AF214843

Rowohlt Verlag GmbH, Kirchenallee 19, 20099 Hamburg

Kontaktadresse nach EU-Produktsicherheitsverordnung:
produktsicherheit@rowohlt.de

Elke Loewe hat bereits drei erfolgreiche historische Romane veröffentlicht, die alle im norddeutschen Raum spielen: «Teufelsmoor» (rororo 23259), «Simon der Ziegler» (rororo 23516) und «Der Salzhändler» (rororo 23683).

Daneben sind von der Autorin, die selbst auf einem Bauernhof in der Ostemarsch lebt, drei Kriminalromane erschienen, in denen Heldin Valerie zwischen Deichen und Obsthöfen ungeklärten Todesfällen nachgeht: «Die Rosenbowle» (rororo 22986), «Herbstprinz» (rororo 23396) und «Engelstrompete» (rororo 23868).

Elke Loewe

Sturmflut

Historischer Roman

Rowohlt Taschenbuch Verlag

5. Auflage Oktober 2021

Originalausgabe

Veröffentlicht im Rowohlt Taschenbuch Verlag,

Reinbek bei Hamburg, Dezember 2005

Copyright © 2005 by Rowohlt Verlag GmbH,

Reinbek bei Hamburg

Umschlaggestaltung any.way, Cathrin Günther

(Foto: Kunstsammlungen Chemnitz,

Johann Christian Klengel, 1751 – 1824, Schiffbruch, um

1820, Öl auf Leinwand, 97,4 ÿ 146,7 cm,

Kunstsammlungen Chemnitz, Inv.-Nr. 209)

Satz aus der Berthold Baskerville

bei Pinkuin Satz und Datentechnik, Berlin

Druck und Bindung BoD - Books on Demand GmbH,

Norderstedt, Germany

ISBN 978 3 499 24099 7

Für Philipp Loewe, der dort Fußball spielt,
wo 1717 alles Land unter gegangen war,
zu seinem 18. Geburtstag am 4. Januar 2006

Kein Land ohne Deich,
kein Deich ohne Land.

Prospect des Wischhavener Teich-Baues Anno 1720

Ebbe Dam

Neu gemachter Elb Deich

Fluht Dam

Jacob Die Haus

arbeits Klocke

Elbe Schade Johannes vo- ..nig jährige Entreprise

Im September 1742, am Tag der endgültigen Schließung des Deiches, fünfundzwanzig Jahre nach der Weihnachtsflut im Jahre 1717

An warmen Spätsommertagen hörte das ungeborene Kind seine Eltern lachen und seine Geschwister kichern. In der frostigen Winternacht drang ihr Schreien und Wimmern in seine Ohren.

Es gibt vieles zwischen Himmel und Erde, was sich einfach erklären lässt: Wie man Fische fängt, wie man Schafe schert. Rätselhaft bleibt für uns Menschen dagegen, warum das Wasser zweimal täglich kommt und geht, und welche Macht die seltsamen Zeichen setzt, die von der Zukunft künden. Zogen Sturmwind und Mond die todbringenden Wellen aus dem Meer, oder war es Gott, der die Menschen mit einer Sintflut bestrafte, in der Nacht der Geburt unseres Herrn Jesu Christi, am Morgen des Tages, an dem ich das trübe Licht dieser Welt erblickte?

Von diesem wilden Wasser will ich, Maria Magdalena Marten, berichten, und von dem, was danach geschah. Von meinen Eltern Joenes und Geeske ist zu erzählen, Friede ihren Seelen, und von meinen Geschwistern Mattes, Lüder, Hedwig und Johanna, Friede drei kleinen Seelen. Weiter von Joenes' jüngerem Bruder Claus, und was die beiden aneinander kettete. Auch von Lise, ihrer älteren Schwester, soll die Rede sein, sie säugte mich zusammen mit ihrem zwölften Kind. Gedacht werden soll der Hausleute Metta und Fieten, die meinem Vater in der

9

Not beistanden wie einem eigenen Sohn. Über Catharina, die gottlose Alte mit dem zweiten Gesicht, gibt es einiges zu sagen, wie auch über ein paar Leute aus Moor und Marsch. Und nicht zuletzt muss Zeugnis abgelegt werden von jenen Männern, die sich dazumal rühmten, den in jener Nacht gebrochenen Deich wieder zu stopfen. Einer von ihnen, Jacob Ovens mit Namen, wurde meinem Vater zum Schicksal.

Maria Magdalena Marten

Wenn aber freches Volk zur Bosheit Bündnis stiftet,
wenn Trügerei und List sich sind in vollem Brauch,
wenn Gott verhasster Stoltz der Menschen Hertz vergiftet
und was noch Tugend heißt, verschwindet wie im Rauch,
ja, wenn das Hertz verstockt von keiner Buß will hören,
dann pfleget Gottes Grimm die Länder zu zerstören.

C. J. Emmen, Prediger zu Jever in Ostfriesland,
nach der Sturmflut 1717

1.

Zunächst soll für die, welche im Mittel- und Oberdeutschen wohnen, das flache und weite Land unweit der Nordsee beschrieben werden. Damit sie ein Bild davon haben, wie es ohne Ende in einem hellen Dunst eins mit dem Himmel wird und nichts deinen Blick aufhält, wenn du von dem braunen Moor und den grünen Deichen einmal absiehst. Wie gegen den Nordwestwind Bäume um die Höfe stehen, die sich beugen, dass ihre Äste kahl zum Abendhimmel sind und nur zum Morgen dicht belaubt herabhängen.

So breit strömt die Elbe in ihrem Bett, dass die Fähre des englisch-hannoverschen Königreiches mehrmals kreuzen muss, um das jenseitige nördliche Ufer anzulaufen, wo der Dänenkönig regiert. Bei Niedrigwasser lauern Sandbänke und Untiefen, bei Hochwasser rutscht der Besan-Ewer mit gebauschten Segeln leicht darüber hinweg. Sind jedoch Sturm und wildes Wasser angesagt, bleibt er besser auf gutes Wetter wartend im Heimathafen liegen. Manch verwegener Kapitän ist schon zusammen mit seiner Mannschaft zugrunde gegangen, und Witwen und Waisen betrauerten wehklagend ihr Los.

Auf beiden Seiten am Fluss verlaufen bis zur Mündung in das Meer und von dort aus westlich und östlich an der Küste weiter aus schwerem Boden aufgeworfene Deiche, die Menschen und Land vor dem Wasser schützen. Sie tragen eine grüne Grasnarbe und werden festgetreten von Wollschafen und ihren Lämmern, die in einem fort fressend und kötelnd die eine Seite rauf- und die andere Seite wieder runtertrampeln, sodass du ihre Lieblingspfade erkennen kannst. Im Frühjahr an St. Johanni und im Herbst an St. Martin gehen auf ihnen die Herren Geschworenen der Schauung, allen voran der Deichgräfe. Sie begutachten den Zustand des Deiches und halten fest, was sie an Ordnungswidrigkeiten entdecken, wobei sie danach oft schwere Bußen verhängen über diejenigen, die ihrer Pflicht nicht nachgekommen sind.

Hinter den Deichen liegen die Marschen mit fruchtbaren Fluren für Getreide und fetten Weiden für das Vieh. Es sind lange, zur Mitte hin aufgeschaufelte und somit gewölbte Beete, umrahmt von Gräben und Fleeten, die das Wasser forttragen, in dem sich der Himmel spiegelt.

Ein paar Tagwerke entfernt, dort, wo die graue Marsch tiefer wird und Sietland heißt, steigt das Moor auf. Wenn du bei gutem Wetter deine Augen weit öffnest, erkennst du es vom Deich aus, und umgekehrt kannst du vom Moor herab den Fluss sehen, auf dem die windgeblähten Segel der Tjalken und Ewer wie große, schwimmende Vögel treiben.

Im Sommer leuchtet das Moor weithin durch die hellgrünen Blätter der Birken, im Winter trägt es tiefes Braun. Es ist ödes Land. Nur der genügsame, weiß blühende Buchweizen mag auf ihm gedeihen, den die Moorleute wohl stolz Weizen nennen, der aber kein Getreide ist. Zum Frühstück backen sie aus seinem Mehl dicke Pfannkuchen, ohne dieser eintönigen Kost je überdrüssig zu werden. Dazu kommt das bisschen Backtorf, den sie in jedem Frühjahr mit einem scharfen Spaten von ihrem nassen Boden unweit ihrer Hütten stechen, der nach dem Trocknen das Feuer für die Suppe und das Brennen der Ziegel gibt. Den Ton dafür graben die Marschbauern zusätzlich zu ihrem Ackerbau und ihrer Viehzucht von dem Land vor den Deichen ab, bloß dass sie dafür so viel mehr erwirtschaften, als es sich der Moorbauer mit seinen krummen braunen Soden in der Kiepe auch nur erträumen kann.

Eines allerdings haben die Torfgräber den Ziegelbäckern voraus. Sie hocken auf dem Moor ein paar Fuß höher als die Leute in der Marsch, und die Flut kann ihre Hütten nicht erreichen. Denn so viel Wasser hat der Ozean, dass er an jedem Tag und in jeder Nacht einmal überläuft und eine große Welle an die Küsten und in die Flüsse schickt, wo sie an die Deiche brandet. Sie hält eine Weile inne, bevor sie wieder zurückweicht in sein Becken, und bei jedem Stillstand lagern sich fruchtbare Schichten auf dem Boden ab. Niemals bleibt deine Fußspur sichtbar, wenn du bei Niedrigwasser auf dem trocken gefallenen Meeresgrund den Butt getreten und in deinen Korb geworfen hast. Eh du dich's versiehst, ist das Land schon wieder See. Du musst gewaltig aufpassen, dass du den Fisch nach Hause bringst und nicht selbst zum Futter wirst, falls ein reißender Priel dir den Heimweg versperrt.

Es gibt Menschen, die glauben, die Welle mache der Mann im Mond. Wenn er Wasser holt, dann ist Ebbe, wenn er sich ausruht, dann ist Flut. Wenn er aber das Schöpfen vergisst, läuft es mit gewaltigem Getöse immer höher auf und überschwemmt das Land hinter den Deichen. Diese Erklärung gehört ins Reich der Ammenmärchen.

Wie auch Jan Rasmus, der Gott des Meeres und der Stürme, heute noch als Flutbringer in einigen Köpfen der Menschen spukt, obwohl sie hier doch schon über tausend Jahre lang mehr oder weniger fromme Christenmenschen sind, die keiner Gottheiten für die verschiedensten Gelegenheiten des irdischen Lebens mehr bedürfen.

Es ist der Nordwestwind, mal stärker, mal schwächer, der das Wasser in der Nordsee vor sich herschiebt, sagen die Naturapostel, und sein Zurückweichen käme daher, dass die Flüsse es mit ihrem Wasser aus den Quellen der Gebirge ins Meer drücken. Dagegen spricht aber, dass es so regelmäßig auf- und abläuft.

Erfahrene Reisende hingegen behaupten, wenn der Mond am Himmel wandere, ziehe er das Wasser mit sich, und das sei die Ursache für Ebbe und Flut. Dies habe ein Engländer namens Isaac Newton herausgefunden; in dessen Büchern stehe das zu lesen. Doch wer versteht schon Englisch? Woher sollte der Mond denn die Kraft haben, das Wasser der Meere zu bewegen, wo er doch so klein und weit weg von der Erde ist, und nur in seltenen Nächten so nah, als wäre er ein reifer Apfel an einem Baum?

Für die meisten Menschen aber bedeutet das seltsame Geschehen an der Küste nichts anderes als die Allmacht des HErren, der Himmel und Erde und die Ozeane erschaffen hat. Sie sagen, wenn Er fremdes Wasser schickt, das die Deiche brechen lässt, kündet es von Seinem Grimm über die Sünden der Menschen. Ob aber diese Erklärung die einzig richtige darstellt, das muss jeder für sich selbst herausfinden.

Verbürgt ist, dass es oftmals vor wilden Wassern Zeichen gibt, die nicht aus dem gewohnten Gang der Natur abgeleitet werden können, sie müssen aber richtig gedeutet werden. So auch bei der Weihnachtsflut 1717. Da hätte es, so wird von den Leuten berichtet, die sie erlebt haben, eins gegeben, das indes keiner so recht wahrhaben wollte. Nicht nur, weil alle in Feiertagserwartung waren, sondern auch, weil es Catharina vom Moor erschienen war. Die war zwar für ihr zweites Gesicht bekannt, doch ein verdrehtes altes Weib war sie auch.

Wer mag sich schon fürchten vor dem, was allein in Seinen Händen liegt? Und diese nicht zu ergreifen, wenn er sie ausstreckt, sondern zurückzuweisen, womöglich mit dem Schicksal zu hadern, das grenzt an Gotteslästerung! Und davor hüte man sich. Ganz besonders hatte man sich zu hüten vor einer, die mit ihren Tieren Zwiesprache hielt. Wie am Morgen des dreiundzwanzigsten Dezember geschehen; da trat Catharina Klindworths gefleckte Ziege mehrmals kräftig mit dem Fuß aus, obwohl sie beim Melken sonst lammfromm stand. Im weiß bewimperten linken Auge des Tiers erschien auf dunklem Grund ein sprechendes Bild.

Wildes Wasser wird in einem Schwall durch den
gebrochenen Deich strömen und alle Äcker,
alle Häuser und alle Hütten überfluten.
In das Brausen des Sturms werden sich
die Schreie der Menschen und das Brüllen

der Tiere mischen, und in der Nacht
wird ein einziges Tosen sein.
Mehr als zwanzig Sommer und zwanzig Winter lang
wird das fremde Wasser mit jeder Tide kommen
und gehen, vielfältig Not bringen, Habgier auslösen
und Zwietracht unter den Menschen säen.

Catharina hauste dort, wo sich die kleinen Leute in Torf-
hütten krümmten, deren fensterlose Dächer tief im schwarzen Boden steckten. Wo tagaus, nachtein Rauch in den
Augen, Staub in der Lunge, Hunger in den Gedärmen
und Reißen in den Knochen saß, bis nichts mehr vorwärts
oder rückwärts, bis die arme Seele nur noch zur letzten
Ruhe hinab in die Grube ging, um dann zur Belohnung
für das finstere Tal des Lebens himmelwärts zu steigen,
wenn man sich denn auf Erden nichts hatte zuschulden
kommen lassen. Die Alte vermochte Rose und Kopfweh
zu besprechen, auch Festsitzendes auf der Brust zu lösen.
Gern rühmte man sich, mit ihr nichts im Sinn zu haben.
Doch an manchen Tagen, wenn sogar das Fell dreifarbi-
ger Glückskatzen mausgrau war und der Nebel auf den
Wiesen festlag, ohne in den Himmel zu steigen, wenn nur
noch struppige Kopfweiden an den Gräben und weiße
Birken den Weg wiesen, dann schlich einer von den Kät-
nern aus der Marsch heimlich zu Catharina aufs Moor und
fragte sie um Rat in dieser oder jener Angelegenheit, das
Vieh, die Frau oder den Mann betreffend. Ließ danach
ebenso erdverbunden eine Viertel geräucherte Speckseite,
manchmal auch ein Säckchen Mehl liegen. Münzen wies
die Alte stets zurück, aus Gründen, die zu erläutern sie sich

nicht herabließ, und das war denen, die sie aufsuchten, recht so. Taler gab es nicht im Überfluss, die legte man in kleinen Häufchen aufeinander, bestimmt für die erforderlichen Abgaben an die Grundherren. Und die wiederum schickten lieber einen Boten nach dem Doktor, wenn es Krankheiten gab, die behandelt gehörten, wie Marschenfieber oder ein gebrochenes Bein. Obwohl es unter der Hand hieß, manch einer von denen sei schon das eine oder andere Mal bei Catharina vorstellig geworden, wenn sich etwas nicht so einfach klären ließ, wem die Manneskraft schwand, das Kind dem Veitstanz anheim gefallen war oder das Weib auf dem Stroh nicht mehr wollte. Meistens hatte ebendieses in solchen Fällen dem Moor vorher schon einen heimlichen Besuch abgestattet. Catharina wusste längst Bescheid und somit Rat, der aus vielerlei Kräutern wie Scharbock und Angelica und oftmals auch aus gebrannten Wässern bestand, deren Inhalte Wermut oder Calmus sie im Sommer an den Gräben der Marsch bei vollem Mond zu sammeln pflegte. Nach dem Trocknen setzte sie daraus gern mit der sauren Milch ihrer Ziege einen Trank an. An Haustieren hielt Catharina, außer den Hühnern für die Eier, nichts weiter, wenn man von der Katze für das Mausen mal absieht und den Flöhen für das tägliche Jagen. Das mehr Zeit verbrauchte als die Zubereitung ihres Pfannkuchens aus Buchweizenmehl, Wasser und, soweit vorhanden, Speck.

In den Wagenfurchen auf den Wegen taute in den letzten Dezembertagen das Eis und hinterließ tiefe Pfützen, sodass jedermann unweigerlich von den steilen Rändern aus glitschigem Klei abrutschte, wenn er es nicht vorzog, auf Stelzen zu gehen oder zu reiten. Es besaß aber beileibe nicht jeder ein Pferd, das brauchte schließlich Futter das ganze Jahr, auch wenn es nur im Stall stand. Die Moorbauern zogen den Pflug selbst durch ihr weiches Land, dass sie abends kaum den Rücken noch strecken konnten. Bei den kleinen Pächtern zerrte der Ochse den Pflug hinter sich her, der gab wenigstens im Alter noch eine ordentliche Suppe her. Und nun reite mal einer mit so einem Rindvieh, das selbst im Sommer die Klauen kaum einen Fuß hoch kriegt, im Winter durch den aufgetauten Marschenklei, der wird gleich zum Gespött der Nachbarn, selbst der ärmsten.

Catharina nannte weder Ochse noch Pferd ihr Eigen. Sie stocherte gemeinhin auf Stelzen umher, im schwarzen Moor, wo sie tief einsank, und in der grauen Marsch, wo sie sich alle paar Fuß die tonigen Klumpen vom Holz schlagen musste. Und nach dem Melken ihrer Ziege wusste sie nichts Eiligeres zu tun, als ihren Buchweizenpfannkuchen hinunterzuschlingen, um danach denen, die hinter den Deichen am großen Fluss lebten, anzukündigen, was sie gesehen hatte, ob sie es hören wollten oder nicht.

«Lass deine Unkenrufe nach, Catharina vom Moor!», riefen die Kätner und Häuslinge aus den kleinen Fenstern ihrer Katen, als sie klopfte, und schlugen die obere Hälfte der Tür vor ihrer Nase zu, wenn sie hineinwollte.

Mit einem dünnen Lächeln zwischen den Lippen schoben die Hausleute in der Marsch Catharinas zweites Gesicht als Spökenkiekerkram beiseite, Aberglauben, der nicht mehr in die Zeit passte.

Besonders Fieten Burmester tat sich hervor. Als sein Kätner Joenes Marten ihn beunruhigt aufsuchte, sagte Fieten zu ihm: «Lächerlich, was die Moorsche erzählt. Wir haben anhaltenden Wind aus Südwest! Der dreht nicht einfach auf Nord, Nordwest oder West!»

«Und wenn er doch dreht und an den Deich will?», hatte Joenes gefragt.

«Dann stopfen wir den Deich wieder dicht, wie wir das sonst auch machen», hatte Fieten geantwortet, und Metta, seine Frau, hatte beruhigend hinzugefügt: «Unsere Wurt ist so hoch, da kommt kein Wasser hin, und wenn euch euer Dachboden nicht sicher genug ist, dann kommt ihr mit euren Orgelpfeifen zu uns rübergelaufen.»

Und damit hatte sie wohl Recht. Ihr Haus stand hinter dem Deich in der hoch aufgeschlickten Marsch, worauf schon die ersten Siedler, die vor den Deichen da waren, für ihre Behausungen ordentliche Hügel gegen das Wasser geschaufelt hatten, die sie Warft oder Wurt nannten, und auf denen sie ihre Häuser bauten. Und wenn sie ein neues wollten, weil das alte schief und bröselig geworden war, machten sie einfach alles platt, auch die Ställe und den Mist. Würdest du tief graben, kämen bestimmt noch die Scherben von Kruken und Grapen der alten Heiden zum Vorschein, wenn da mal etwas am Herd zu Bruch gegangen war. Auch Knochen fändest du, denn die vergehen beinah nie.

«Genau so wie Metta das gesagt hat, wollen wir es halten», hatte Fieten bekräftigt.

«Und wenn das Wasser noch höher ansteigt, dann sind wir alle zusammen fix auf dem Moor, bevor wir nasse

Füße kriegen», hatte Metta lachend hinzugefügt und Joenes noch einen ordentlichen Rosinenstuten fürs Christfest in die Hand gedrückt, versehen mit besten Grüßen an Geeske und die Kinder, die bestimmt schon darauf lauerten, wie in jedem Jahr an Weihnachten.

Dieses Gespräch fand am Abend nach dem Besuch von Catharina im burmesterschen Hause statt, die jetzt noch nicht bei Joenes Marten angelangt, sondern immer noch unterwegs war und just bei den adligen Herrschaften klopfte, die ohnehin alles besser wussten. Nicht nur, weil sie auf ihrem fetten Land in prächtigen Zweiständerhäusern aus Eichenfachwerk wohnten, mit blauweißem Delfter Porzellan, feinster Damastwäsche und fadengehefteten Büchern im Schrank, auch weil sie an den Wänden eine lückenlose Ahnenfolge in etlichen Prunkrahmen besaßen. Sie waren schon von jeher hier ansässig und kannten sich aus. Die Herren äußerten sich wohl entrüstet, als die Alte vor der, meist mit einer Sonne oder anderem Zierrat geschmückten Doppeltür stand, neben der oftmals ein paar Bettlerzinken mit Kreide an die Wand gemalt waren, aber so richtig herumschimpfen mochten sie nicht. Wer traute sich schon, eine zu verjagen, die nicht nur Krankheiten wegsprach, sondern auch den bösen Blick besaß und dem Hornvieh Windbauch oder Kälberruhr an den Hals wünschen konnte, wenn ihr die Nase des Bauern missfiel.

«Mit dem Südwest läuft keine große Flut die Elbe rauf, Catharinchen. Geh nach dem Moor und melk deine Ziege, statt bei uns in der Marsch herumzulungern. Wir wissen hier schon selbst, wie das mit dem Wasser geht, das brauchst du uns nicht zu erzählen!» So oder so ähnlich sagten es fast alle.

Kurz vor Weihnachten, dem Fest, an dem die Mägen sich tagelang mit den größten Genüssen füllen durften, hatten sie ohnehin die Hände voll zu tun. Die Frauen mit dem Kochen und Backen und natürlich mit der Wäsche, die zwischen den Jahren um Himmels willen nicht in den Baljen eingeweicht werden durfte.

Das brächte Unglück, sagten sie.

Und die Männer mit dem Schlachten, das einherging mit dem Leeren etlicher Flaschen flüssigen Weizens.

Wegen der Verdauung, hieß es.

Während sie geschäftig in den Wannen die Dick- und Dünndärme ausspülten, danach umdrehten und zwischendrin die Kuhhornringe zum Wurststopfen hervorsuchten, redeten sie miteinander, den Zweifel in ihren Stimmen durch ihr übliches Gepolter übertönend, das keine leisen Töne zuließ. «Ist doch zu und zu lächerlich, was sie da verkündet! Findet ihr nicht auch?»

Das fanden sie dann, alle miteinander, und sie zerkleinerten beidhändig mit ihren Hackmessern Leber und abgekochte Zwiebeln zu einem ordentlichen Wurstbrei, wobei sie auch noch gutes Fett und Fleisch hinzufügten sowie als Würze Catharinas Krötengeschrei, bevor sie ihr die Tür wiesen.

Was soll's!, werden sie sich beruhigt haben. Das Wasser im Kessel kocht ja schon. Erst muss die Wurst in den Darm gestopft werden, dann wird sie mit dem Band zugebunden, als Nächstes wandert sie in den Topf, und während sie brüht, gibt es einen Schluck aus dem Glas, das reihum geht, danach kann Weihnachten kommen.

Catharina war weiter von Haus zu Haus gestapft und hatte mit ihren Stelzen an Türen geklopft, die für sie meist verschlossen blieben. Und öffnete sie einer einen Spaltbreit, misstrauisch und mit zusammengekniffenen Augen, in denen ein *Was willst du denn schon wieder?* stand, dann hatte sie schon ihren Stelzenfuß hineingeschoben und gerufen: «Wehe, wehe, eure Mutter wird tot im Wasser bleiben.»

Oder bei dem Nächsten: «Hört ihr, wie Johann brüllt? Der Firstbalken ist heruntergestürzt und hat ihn eingeklemmt.»

Einmal auch: «Ihr kommt alle auf den Kirchhof!»

Und beim Nachbarn: «Es brennt! Es brennt! Aus diesem Haus wird nur einer lebend herauskommen!»

«Und du Hexe loderst bald im Fegefeuer!», bölkte der und hielt ihr die Forke entgegen, dass Catharina mit den Stelzen rückwärts im Mist zu liegen kam und die Faust mehrmals in den Himmel stieß, bevor sie genug Luft hatte, um weiterzukrächzen:

«Du wirst deine Frau und deine Kinder nicht unter die Erde bringen können und jahrelang mit dem Boot hinausfahren, um die ertrunkenen Seelen nach Hause zu holen. Aber du wirst sie nicht finden, und ihr Geist wird wie dein Geist nicht zur Ruhe kommen und Unruhe stiften bis zum Jüngsten Gericht.»

Später, als das Wasser ungehindert durch den fortgerissenen Deich heraus- und hereinströmte, als alles Land überschwemmt war, hat sich der eine oder andere an ihre Vorhersage erinnert, aber unmittelbar nach der Flut gab es für die Überlebenden wichtigere Dinge zu erledigen, wie das Begraben der Toten, nachdem der Frost aus dem Boden war. Auch mussten notdürftige Unterkünfte für ganze Familien, deren Häuser zerstört waren, hergerichtet, nicht zu vergessen Trinkwasser herbeigeschafft werden, denn all das, was im Überfluss auf dem Land stand, war brackig und schmeckte faul. Und natürlich fehlte den Hungernden Brot, das die Bäcker nicht ohne Vorausbezahlung herausrückten, wobei sie ihre Macht über das Mehl ausspielten und ihre Wichtigkeit genossen.

Hinzu kamen etliche Versuche der Wiederherstellung der Deiche, die mehr Karren und Mann verbrauchten, als der Boden hergab, und nach vielen Jahren auch mehr Kredit erforderten, als Obligationen von den Grundbesitzern gezeichnet werden konnten. Und als das alles nichts nützte, gab man das Land, das einmal vielen Menschen Heimat gewesen war, an die hinter dem gebrochenen Deich entstandenen Bracken und Priele auf, die es mit jedem Hochwasser aufs Neue überschwemmten.

Manch einen drückte nach dem Besuch der Alten vielleicht ein mulmiges Gefühl den Bauch, sei es wegen des ungewöhnlichen Südwestwinds im Dezember, der ihnen nun doch langsam ein wenig ungewöhnlich vorkam, sei es, weil Catharina schon oftmals mit ihren Vorhersagen den Nagel auf den Kopf getroffen hatte, der mit der Zeit auch in harte Bauernschädel eindrang und seine rostigen Spuren hinterließ. Doch welcher Mann aus der Marsch verträgt es schon, wo doch die eigene Frau zu Hause meist Recht hat, wenn eine Frau aus dem Moor Recht behält. Denn was hier am großen Fluss so nah beieinander liegt, magerer schwarzer und fetter grauer Boden, was im Feuer verbrennt und harte Ziegel gibt, das trennt die Menschen, das vermischt sich nicht. Und wenn sich doch einer aus der Marsch eine vom Moor zur Frau holt, dann hängt ihr das ein Leben lang in den geringschätzigen Blicken der Weiber nach. Und wenn einer vom Moor Kätner in der Marsch wird, dann hat er es erst erreicht, einer von denen zu werden, wenn auch seine Kindeskinder eigene Pacht-stellen hinter dem Deich bewirtschaften. Aber wehe, es lässt sich einer aus der Sippe etwas zuschulden kommen wie Diebstahl, Hurerei und Ehebruch oder ist gar dem Zuckerbranntwein verfallen, dann haben es alle vorher gewusst: «Ist ja auch bloß ein Jan oder eine Trine vom Moor.»

Joenes Marten war einer aus dem Moor, der hatte es vor der Zeit geschafft, anerkannt zu werden, der konnte arbei-ten. Dem hatte der liebe Gott allerdings nicht nur Kraft in den Armen und Beinen gegeben wie den meisten Men-schen, der trug einen Kopf voller Gedanken herum. Und dazu ein klares Gesicht, in dem ohne Misston beinah alles zueinander passte, bis auf die kirschschwarzen schmalen Augen und die rabenschwarzen krausen Haare mit einer weißen Strähne darin. Das Dunkle verlieh ihm das Ausse-hen eines Fremden, dem du nicht so einfach über den Weg trauen darfst, wenn er dir begegnet, mit dem auch einer so leicht nicht warm werden kann. Das hatte bei seiner

Geburt Anlass zu vielerlei Vermutungen, gar Verleumdungen gegeben, weil so etwas einfach nicht in die Gegend gehörte. Von fahrendem Volk war hinter vorgehaltener Hand häufig die Rede gewesen, und den Spitznamen «Zigeunerkind» hatte er gleich weg. Den Vater hatte es nicht geschert, der war einer von denen, die lieber dem Branntwein zusprachen, als mit seiner Frau und den Kindern zu reden. Eines schönen Sommertages war er als Tagelöhner beim Deichbau unter einen Sturzkarren geraten, mit dem die Pferde durchgegangen waren. Voll wie eine Haubitze soll er gewesen sein.

Als Kind hatte Joenes sich wegen seines fremdartigen Aussehens geschämt, als Junge hatte er sich deshalb geprügelt. Selbst als er schon bei Fieten Burmester Kätner geworden war, kümmerte es ihn noch, wenn die Leute ihn hänselten, was allerdings die wenigsten vor seinen Augen taten. Seine Mutter konnte er nicht mehr nach der Wahrheit fragen. Sie war beim Torfstechen kopfüber in die Moorkuhle gefallen und hatte sich danach vom Kopf abwärts nicht mehr bewegen können, und in den Tagen ihres elenden Sterbens gab es für die Beichte vergangener Sünden keinen Platz, den füllten die Schmerzen aus. Wer weiß schon, ob sie überhaupt geantwortet hätte? Denn manches, tief im Inneren Versteckte, wird mit ins Grab genommen und kommt erst beim Jüngsten Gericht heraus, wenn sich der Weg der Menschen vor Himmel und Hölle gabelt.

Obwohl Joenes frühzeitig in der Hölle hätte landen können, war er an einer Wegkreuzung den zum Himmel gegangen, und das hatte er seinem Bruder Claus zu verdanken. Der hätte ihn nach dem Unglück auch in die andere Richtung schicken können, wo einer mir nichts, dir nichts vor Richtern und Gaffern am Galgen aufgeknüpft wird, was meistens vor Sonnenaufgang stattfindet und ein Vergnügen für ganze Familien darstellt.

Wo andere ein Herz prall gefüllt mit Missmut herumschleppten, saß bei Joenes Marten meist das Lachen seiner Kinder. Vier Monate nach seiner Hochzeit mit Geeske krähte Mattes im Stroh bei den Schafen, im dritten Frühling griff Hedwig nach den Halmen im Gras, als der fünfte Herbst kam, stapfte Lüder über die Diele, und sechs Sommer später krakeelte Johanna in der Wiege am Herd. In schöner Abwechslung trugen sie gelbe und schwarze Schöpfe auf ihren Köpfen, und Geeske, deren Weizenblond im Sommer leinenfarben ausbleichte, die meinte bei jedem Kind im Wochenbett, die Haare seien vom lieben Gott gerecht verteilt worden. Und wenn sie es sagte, hatte sie ein verschmitztes Lächeln im Gesicht, das Joenes an ihr so liebte.

Vor der überraschenden Heirat hatten sich die Leute gewundert und sich so oder so ähnlich geäußert.

«Wenn das man gut geht, sie waren ja nicht mal verlobt miteinander.»

Einige sagten: «Hat der Zigeuner aus dem Moor doch wirklich eine aus der Marsch abgekriegt.»

Ein paar meinten zu wissen, hinter der Hochzeit stecke weit mehr als nur Geeskes zu früh gerundeter Bauch.

Trotzdem: Der Polterabend schreckte die meisten bösen Geister ab. So ist es eine schöne Feier am nächsten Tag auf der Diele gewesen, mit zwei Kesseln voller Hochzeitssuppe aus bestem Rindfleisch und Fleischklößchen darin, die hatten die Frauen stundenlang beidhändig gerollt. Dazu Reis mit Rosinen in Schüsseln, so viel du wolltest. Süße Stuten standen, in dicke Scheiben geschnitten, auf dem Tisch, dazu Sauerrahmbutter in Holzschüsseln, obenauf mit einem heißen Messer zu einer Rosenblüte verziert.

Beim ersten Schluck auf das Brautpaar saßen sie noch getrennt, die Gäste aus dem Moor und die aus der Marsch, beim zweiten wurde schon miteinander über das vorherrschende Wetter geredet, und bei den nächsten zehn mischte sich untereinander, was sonst nichts unterschied als der Boden unter den Häusern und trotzdem unter seinesgleichen blieb. Und sogar beim Tanz, der bis in den frühen Morgen andauerte, machten sie keine Ausnahmen mehr, weil der Zuckergebrannte den Kopf vernebelte und das ohnehin Flache einebnete, bis alle Gräben dicht waren.

Einer, Joenes' jüngerer Bruder Claus, der bekam keinen Tanz von den Frauen in den blauen Röcken mit dem weißen Unterzeug aus Spitze ab, obwohl er eine scharlachrote Weste über seiner blauen Hose trug. Dem schmeichelten die Frauen nicht ins Ohr, wie sie es früher getan hatten, wenn bei der lauten Blasmusik niemand mithören konnte. Sie gruselten sich vor ihm und seiner Augenklappe, auch wenn er damals noch prächtig beieinander war.

Nur die Braut tanzte mit ihm, obwohl sie nach dem Unglück seinen Bruder vorgezogen hatte. Das gab natürlich Anlass zu Tuscheleien. Ihr heimliches Verlöbnis mit ihm soll sie gelöst haben, nachdem ihm das in der Kleikuhle widerfahren war. Einen Mann an der Hand führen müssen, das ist etwas anderes, als die Hosen anzuhaben. Vielleicht aber war sie Claus auch schon vorher davongelaufen, man hatte da ja allerhand von ihm gehört. Welche Frau, ganz ehrlich, mag ihr Leben lang treu zu Hause sitzen, wenn der Verlobte oder Ehemann Seemann ist und nicht nur den Walfischen nachstellt? Und sie dazu auch noch die Kinder allein großziehen muss, für die der heimkehrende Vater jedes Mal ein Fremder ist. Oft bringt er seltsame Gaben mit. Muscheln, in denen du das Meer rauschen hörst, und Ketten aus Haifischzähnen, manchmal einen riesigen Walknochen, den er am Gartentor aufstellt, damit jeder sieht, wessen Haus das ist.

So wurde geredet über die Braut, den Bräutigam und dessen Bruder. Es gab aber auch welche, die fügten nach der Hochzeit Gutes an. «Die Liebe will wohl nachkommen, wenn sonst alles passt.»

Außer den sechs Zeiten brachte das Jahr nicht allzu viel Abwechslung mit sich, weil sich die Arbeit wiederholte. So gaben nur die Menschen den nötigen Gesprächsstoff her. Wie dann nacheinander die Kinder purzelten, hörten die Leute auf, über die beiden zu reden, denn inzwischen waren andere an der Reihe, über die man sich das Maul zerreißen konnte. Sogar Joenes' Spitznamen vergaßen sie mit der Zeit, weil er fleißig war und treu zu Geeske hielt, ohne anderen Weibern schöne Augen zu machen, wie sein Bruder es früher getan hatte.

Im Vormittewinter, wenn die Tage kurz und die Abende lang dauerten, gab es beim Wollekratzen oder Strümpfestricken genügend Muße für wichtige Neuigkeiten, dann verblassten die von gestern, wenn keine frischen Zutaten sie am Kochen hielten. Und im Nachmittewinter, wenn die Tage länger wurden, musste nicht nur das Reet auf den Schallen geschnitten, es konnte schon vorausgeblickt werden auf das Vorjahr und die beginnende Pflugarbeit auf dem Acker. Im Vormittesommer musste an das Trocknen des Heus gedacht werden, im Nachmittesommer an das Schneiden des Getreides, im Nachjahr an das Dreschen und Stroheinbringen, und dann ging es wieder von vorn los. Auf all das war Verlass an der Küste, wie auch auf Geburt und Tod und das vielstimmige Amen in der Kirche. Nur eins vermochte das Leben für einige Zeit aus dem Lot zu bringen: Wenn wildes Wasser die Deiche brechen ließ, was, Gott dem Allmächtigen sei es gedankt, nicht in jedem Jahr geschah.

Neun Jahre nach der Hochzeit mit Joenes trug Geeske wieder ein Kind in sich, das von Tag zu Tag schwerer wurde und ihren Körper nach hinten drückte, dass ihr war, als schleppe sie monatelang einen Mehlsack vorm Bauch.

«Und wenn ich es herausgepresst hab, ist es nur ein winziger blonder Wurm», hatte Geeske lachend gesagt und den Rücken gestreckt, das Feuer geschürt und die Kuh gemolken, ihren Mann bedient und in die Hand genommen, was es sonst noch alles für eine Frau mit vier Kindern auf dem Hof zu tun gab. Das Kochen und Backen, das Wasserschleppen, die Kinder und das Feuerhüten, das ließ sie sich auch vor diesem Wochenbett nicht nehmen, weil draußen die Arbeit ruhte. Es lag ja bis vor ein paar Tagen noch der blanke Frost auf dem Land, und auf dem Feld gab es keinen braunen Kohl zu hacken, im Garten keine gelben Rüben zu säen und kein Kraut aus der Petersilie zu jäten.

Nur die Arbeit im eigenen Viehstall rechts und links von der Diele, die Geeske sonst oblag, die hatte Joenes ihr in den letzten Tagen abgerungen, und dies war ihr auch recht so. Das Füttern, Melken, Fegen und Striegeln war ihr in den letzten Wochen doch zu schwer geworden.

Joenes verrichtete sein Tagwerk und bekam seinen Lohn bei Fieten Burmester, einem dickfleischigen, rotgesichtigen, nicht unrechten Herrn. Der saß nicht nur am höchsten von allen auf seiner Wurt, der hatte sechsunddreißig Kehdinger Morgen unter dem Pflug und zur Weide, mehr als manch einer von den Adligen, dazu noch sechs Zugpferde im Stall. Fietens Kühe gaben fette Milch, und seinen Weizen verkaufte er als Brotgetreide und sogar als Saat nach England. Dazu baute er Hafer, Gerste, Roggen, Bohnen, Erbsen und Rübsamen an, er besaß einen Hof mit Apfel- und Birnbäumen, fünferlei Zwetschgensorten, Sträucher von roten und schwarzen Johannisbeeren und einen Garten für braunen Kohl. Fietens Frau Metta stand ihm an Fülle nicht nach, ihr Leib allerdings war nicht gesegnet. Das nagte an ihr, zumal Fieten Burmester, wie sie wusste, wegen ihrer häufigen Unpässlichkeit seinen Samen anderweitig verstreut hatte. Die kleinen Bastarde mochte Metta sich nicht auf den Hof holen, den sie von ihrem Vater geerbt hatte, obwohl es sich angeboten hätte. Sie aber ließ Fieten gewähren, damit er für das alltägliche Leben gut zu haben war. So ist zu berichten, dass er die Scholle zur richtigen Zeit mit seinen Knechten beackerte, sie das schöne Zweiständerhaus mit Hilfe ihrer Mägde reinlich hielt und beide fleißig die Gottesdienste aufsuchten, wozu sie den Zweispänner nahmen. Und dass Metta auf dem Stroh nichts taugte, wer wollte da schon nachreden, wenn sie doch immer gute Mahlzeiten auf den Tisch brachte und damit Fietens anderweitiges leibliches Wohl befriedigte, was er ihr durchaus mit Freundlichkeit dankte. Und wenn beide an Sonntagen nach der Kirche einen Ausflug zu den Verwandten machten und alle Welt sah, dass Fieten trotz ihrer Unfruchtbarkeit zu ihr hielt, war Metta beinah eins mit dem Leben und mit dem Herrgott auch, von dem man nun einmal nicht alles haben kann, was das Herz und der Leib begehrt.

«Nützt nichts», sagte Metta dann wohl seufzend.

Wenn Joenes es nun so recht betrachtete, sein Leben als Familienvater, dann war er zufrieden damit. Zumal Metta Burmester erst kürzlich durch die Blume hatte verlautbaren lassen, sie sei geneigt, eines Tages seinen Ältesten, den Mattes, an Kindes statt anzunehmen, damit Haus und Hof später nicht in gar zu fremde Hände kämen, wenn sie aufs Altenteil müssten. Dies war Joenes recht, denn von seinen eigenen paar Kehdinger Morgen war schwerlich eine zweite Familie zu ernähren. So konnte er frohgemut in die Zukunft blicken. Für seinen zweiten Sohn Lüder würde sich später schon eine ordentliche Einheirat finden lassen, zumal viele Bauernsöhne lieber zur See fuhren, als sich auf der heimischen Scholle abzurackern, und für seine beiden Töchter würde sich ein passender Ehemann bestimmt ergeben, dessen war er sich gewiss. Bis auf die schwarzen Haare und Augen waren sie nach der fröhlichen Geeske geraten, die sich nicht scheute, das Leben so anzunehmen, wie es ihr unter die Finger kam, ohne Angst, sich dabei schmutzig zu machen.

Nicht das kleinste Zeichen wies Joenes an diesem dreiundzwanzigsten Dezember darauf hin, dass sein Glück zerbrechen könnte, wenn man von dem ungewöhnlichen Südwestwind einmal absah, der in der letzten Dezemberwoche Tauwetter gebracht hatte. Keiner der Bauern in der Marsch konnte sich an derartig warme Wintertage erinnern; um diese Jahreszeit war an der Nordsee der kalte und stürmische Nordwest vorherrschend. Selbst als Joenes von seinem Nachbarn gesteckt bekam, Catharina Klindworth sei mal wieder mit ihren Unkenrufen vom wilden Wasser unterwegs, hatte er gehöhnt und gesagt:

«Die Alte aus dem Moor kann mich mal kreuzweise!»

Möglicherweise hatte er auch ein deftigeres Wort gebraucht, wie es üblich war unter Männern, wenn sie unter sich waren und gern einander übertrumpften, während ihre Frauen, die Kinder am Rockzipfel, das Feuer schürten und die Suppe rührten.

Südwest und Catharina, was sind die schon wert, wenn ich noch ein ganzes Leben vor mir habe, dachte Joenes sich.

Trotzdem war ihm ein schaler Geschmack geblieben, neben der Hoffnung, der Wind würde nicht drehen, der Nachbar hätte bloß übel nachgeredet, und Catharina würde bei den aufgeweichten Wegen gar nicht bis zu seiner Kate in der Marsch kommen. Was einer nicht weiß, macht ihn nicht heiß. Aber die Gedanken an die Alte verließen ihn nicht, die hatte schon ein paar Mal in sein Leben eingegriffen.

Sie kam nicht oft zu ihm, aber wenn sie kam, dann selten ohne Botschaft, und wenn ihr mal wieder ein Gesicht untergekommen war, nie mit einer guten. Wobei er das eigentlich anzweifelte, weil er sich nicht vorstellen konnte, dass ausgerechnet die krumme Alte aus dem Moor, die nie in die Kirche ging, Zeichen von Gott empfangen sollte, da gab es andere, denen das eher zustand, die Katechismus und Gesangbuch auswendig konnten.

Zwei Tage nach der Wintersonnenwende, der Nachmittewinter hatte begonnen und die Tage wurden schon wieder länger, häuften die Kinder im Stall eifrig Höhlen aus Stroh zusammen und versteckten sich darin, dass Joenes Acht geben musste, nicht mit der Forke hineinzustechen, wenn er es den Schafen und der Kuh unter den Bauch schob. Und wie er dann zum Spaß lospolterte, als wäre er Fieten Burmester, dem die Arbeit der Knechte und Tagelöhner mal wieder nicht schnell genug ging, dann kreischten die Kinder vor Vergnügen und zerrten an seinen Hosenbeinen, bis er umfiel und auf dem Rücken liegend vor Lachen um Erbarmen bettelte. Dann warfen sie ihre Holzschuhe von den Füßen und hüpften auf ihm, und Johanna, die Jüngste, zog an seinen Haaren und flocht ihm Zöpfe, gerade so, wie sie welche trug. Eins nach dem anderen wollte von ihm in den Armen herumgeschwenkt werden, aber bei Mattes machte er lachend schlapp, der Junge war einfach schon zu groß und zu schwer.

Als Catharina dann in seiner Kate hinter dem Deich angelangt war, hatte sie sich schon überall Feinde gemacht und war ganz und gar aus der Puste. Sowie sie ihren Vogel-kopf zur Tür hereinsteckte, stoben die Kinder ohne jeden Mucks auf und versteckten sich im Stroh. Während Joenes sich mit einer Hand durch die schweißnassen Haare fuhr und mit der anderen die Fliegen scheuchte, was seine Kinder auf sich bezogen und als willkommene Aufforderung nahmen, blitzschnell und ohne ein Wort durch die Höhlen davonzukriechen, ließ Catharina sich ächzend auf den Melkschemel fallen.

Joenes schien das Weglaufen der Kinder recht zu sein. Jedenfalls rief er sie nicht zurück. Er wusste es von Geeske. Die alte Frau war ihnen nicht geheuer, seit sie bei den Nachbarn gelauscht und gehört hatten, dass sie eine Hexe sein sollte. Aber das durften sie trotzdem vor ihm niemals laut sagen, mochte Catharina sein, wie sie wollte, und vielleicht war sie auch das, was man ihr nachsagte. Er jedenfalls wollte es ihr nicht vergessen, dass sie seinem Bruder Claus nach dem Unglück beim Kleikuhlen das Leben gerettet hatte. Wenn sie nicht gewesen wäre, hätte ihn die Hitze seiner entzündeten Augen von innen her verbrannt. So war er in seiner Meinung, was Catharina und ihre Gesichte betraf, hin und her gerissen, und am liebsten sah er die Alte nur aus der Ferne und am allerliebsten gar nicht. Doch so ganz aus dem Weg gehen konnte er ihr nicht.

«Ist was, Catharina?», fragte Joenes. «Hast du was gesehen?»

Die dachte zunächst gar nicht daran, seine Frage zu beantworten, sie nickte bloß. In das Reiben ihrer geschundenen Knie hinein murmelte sie dann doch noch etwas. Sie sei schon seit Sonnenaufgang unterwegs, er möge sie eine Weile verpusten lassen.

Ihr Atem ging stoßweise, wurde nach einer Weile ruhiger, ihr Kopf rutschte auf die flache Brust, der graue, geflochtene Zopf fiel über ihre Stirn. Sie schlief. Ein paar Fliegen umschwirrten ihren Körper und krabbelten in Ohren und Nase.

Joenes wandte sich ab. Ihr Anblick erinnerte ihn an den letzten heißen Sommer, als er die Brummer verscheucht hatte, bevor der Zimmermann die Bretter für den Sarg seines alten Nachbarn Georg mit Nut und Feder zusammenfügte. Dem war ein paar Tage vorher das Leben zu viel geworden, der Sohn auf See geblieben, die Frau gestorben, die Beine wollten nicht mehr. Da hatte er den Kälberstrick vom Holznagel genommen, wie es auch sein Vater vor ihm schon getan und dessen Vater ebenfalls.

Eine ungewöhnliche Unruhe hatte Joenes zu Georg geführt, und als er ihn dann mit dem Strick am Balken hantieren sah, der direkt neben den Zimmermannskerben hing, schimpfte er mit ihm.

«Vor der Ernte stirbt ein Bauer nicht, das ist ganz und gar ohne Gewissen.»

«Gewissen?», hatte Georg gebrummt, «was ist das denn für ein dummes Zeug? Wenn der Herrgott mich nicht abrufen will, muss ich selbst Hand anlegen, denn für wen soll ich ernten, wenn keiner mehr da ist, für wen, das sag mir mal!»

Er hatte unter Joenes' Augen den Strick genommen und wieder an den Nagel gehängt, wo er hingehörte. Das war einen Tag, bevor der Alte von der rossigen Stute getreten wurde und an den Folgen des Wundbrands starb. Seitdem verfiel sein Haus, weil niemand wohnen wollte, wo einer Hand an sich gelegt hatte.

Damals hatte Joenes sich gefragt, ob er selbst womöglich auch das zweite Gesicht hätte. Wie jetzt auch wieder, als er statt Catharina einen toten, fliegenübersäten Frauenkörper vor sich sah. Und diesem Gedanken wollte er auf keinen Fall weiter nachgehen. Weil er wusste, dies würde helfen, den Schrecken des Gesichts zu vergessen, rückte er gute Bilder aus der Vergangenheit vor die Gegenwart, wie er es schon oft getan hatte.

Mit Lüder und Mattes sonntags nach der Kirche Hechte fangen. Brauchst nur einen Stock mit einem Köder aus Mehlklüten am gebogenen Nagel in den Graben zu halten, dann kommen sie geschwommen und beißen sich fest vor lauter Gier, und du kannst sie leicht herausziehen. Danach einen Arm voll Röhrkohl am Ufer schneiden und wie Geeske den Fisch damit füllt und ihn im Ganzen schmort … Schon stieg ihm der Duft aus dem Topf über dem Feuer in die Nase, und er schmeckte den köstlichen Sud auf der Zunge, mit der er sich über die Lippen fuhr.

Bis Catharina ungeduldig mit ihren Stelzen auf den Lehmboden klopfte und Joenes zum zweiten Mal erschrak.

Du sollst nicht fürchten, was sie gesehen hat, befahl ihm sein Kopf, alles ist in bester Ordnung. Geeske ist immer noch fein zuwege und kommt an Weihnachten mit dem Fünften nieder, das bestimmt wie die anderen gesund sein wird. Keines von den Kindern hustet. Niemand außer Geeske nennt mich mehr Zigeuner. Mit Claus gibt es

38

nur noch selten Zwist. Die Kuh gibt fette gelbe Milch. Der Hammel hängt am Haken. Der Schweinskopf für das Festessen liegt bereit. Jeder kommende Tag wird heller als der vergangene.

Joenes zog Geeskes Melkschemel heran und hockte sich abseits neben Catharina, dass er sie und sie ihn eben noch hören konnte. Ihr Geruch war ihm unerträglicher als der von dem frischen Fladen der Kuh, der eben grün aus dem Hinterteil platschte und auf den sich gleich ein Schwarm Fliegen setzte.

Er sah die langen, dunklen Röcke, den grauen dünnen Zopf. Das Gesicht voller Risse, Schrunden und Furchen erinnerte ihn an trockenen Kleiboden, gebacken in der Sonne, von Silberglanz keine Spur. Dazu große scharfe und spitze Henkelohren, die tiefen Augen wässerig, unter der langen Nase ein Vogelmund, geöffnet über einem hervorstehenden Kinn, aus dem schwarze Bartstoppeln sprossen, an denen sie manchmal mit ihren Fingern zog, was ihn bei jedem Mal den Blick abwenden ließ.

«Also was hast du gesehen, Catharina?», fragte Joenes.

Sie beugte sich mit ihrem krummen Rücken weit nach vorn, ihr Zeigefinger fuchtelte vor seinen Augen, sie sagte, was am Morgen beim Melken in den Augen ihrer Ziege gestanden und zu ihr gesprochen hatte, und wiederholte am Ende: «Ich habe wildes Wasser gesehen.»

Zum Teufel mit der Alten!

Tief hinten in seinem Hals spürte Joenes jetzt einen bitteren Geschmack, der sich mit Catharinas Verkündigung fest verklumpte. Sein Herz begann zu klopfen. Gedanken trieben durch seinen Kopf.

Gegen wildes Wasser konnte man nichts ausrichten, da gab es nur ein Mittel, den ordentlichen Deich. Den zu pflegen allen oblag, die von ihm geschützt wurden: Disteln, Dornen, Nesseln und Mauselöcher beseitigen, schweren Viehtritt gar nicht erst zulassen. Wenn aber doch geschehen, die Löcher mit guter Kleierde füllen und weggeschwemmte Soden bei Bedarf wieder aufpacken, notfalls die Erde mit Stroh besticken, falls keine Soden zur Hand waren. Auf jeden Fall den Deich niemals mit offener Wunde liegen lassen, in die das Wasser Löcher wühlen konnte, besonders wenn er ohne Vorland bis auf ein paar Reetfelder schar am Strom lag, also dem Wellenschlag ausgesetzt, wie bei ihm vor der Haustür.

«Hast du es den anderen auch schon gesagt?», fragte Joenes.

Catharinas Kopf nickte heftig.

«Du bist der Letzte.»

«Und was haben sie geantwortet?»

Ein schäbiges Lachen erschien auf ihrem Gesicht.

«Willst du es wirklich wissen? Alles?»

Er nickte, obwohl er es nicht wissen wollte. Lieber in Ruhe nachdenken, was zu tun wäre, sollte Catharina Recht haben mit ihrem Gesicht. Im Boot wäre es leicht, mit der ganzen Familie bis zum hohen Moor zu gelangen, falls der Deich trotz aller Pflege nicht hielte. Aber er hatte im Herbst den Steven zu ungestüm an den eichenen Schleusenbalken gesetzt und dabei zerbrochen. Gleich nahm er sich vor, Maß für einen neuen zu nehmen, damit er danach gesägt, gehobelt, eingepasst, kalfatert und geteert werden konnte. Und noch am Abend, nach der Arbeit bei

Fieten Burmester, wollte er den Deich in ganzer Kabellänge abschreiten, den Fieten zu betreuen hatte, um zu sehen, ob es womöglich schadhafte Stellen gab. Einfach, um sein Gewissen zu beruhigen.

Auf Catharinas grauen Wangen wuchsen rote Flecken und breiteten sich bis zu den Ohren aus, und wenn sie zu ihren Geschichten mit den Stelzen aufstieß, dröhnte es in Joenes' Kopf.

Er sah sie alle vor sich, die Häuslinge und Kätner, die Meier und Hausleute und die Adligen obenan und machte sich so seine Gedanken dazu, wobei er Catharinas Worten nicht immer folgte. Er spürte immer stärker den bitteren Klumpen im Hals, der jetzt nach fauligem Hecht schmeckte, spuckte ihn aus, und schon saß ein neuer Klumpen fest, auf dem er herumkaute, ohne ihn loswerden zu können.

Catharina schien nichts von dem schweigsamen Joenes zu halten. Schwerfällig erhob sie sich, warf ihre verschobenen Röcke übereinander, dass er die Luft anhalten musste, und furzte mehrmals hintereinander, bis er gar nicht mehr zu atmen vermochte.

«Dann will ich mal wieder los.»

Er sah ihr in die Augen.

«Warte!»

Sie erwiderte den Blick.

«Und was hast du noch gesehen?»

Hoffentlich nichts.

«Dein Haus fällt auseinander.»

Er spürte, wie der Boden unter ihm schwankte.

«Nur das Dach oder ganz und gar?»

Ihre Augen stachen ihn.

«Das Dach schwimmt davon.»

Er sah es jetzt auch.

«Wird einer von uns tot bleiben?»

Sie stand mit ihren Stelzen an der Tür.

«Bin ich ein Prophet wie Jesaja?»

Er hoffte, nein!

«Dann will ich mal los!»

Das ist auch besser so.

Catharina öffnete die Tür.

«Ich werde Obacht geben und morgen gleich an das Boot gehen. Man kann ja wirklich nie wissen, ob es nicht doch gebraucht wird.»

Diese verdammte Schleuse.

«Nimm deinen Bruder zu Hilfe, der versteht immer noch was davon!»

Sie warf die Tür in die kreischenden Angeln.

Er hörte noch das Stochern der Stelzen in den Pfützen, ein entferntes Patschen, danach war es still.

Dein Bruder, der versteht was davon! Immer war Claus der Bessere von beiden gewesen, der Stärkere, der Schnellere, der mit dem richtigen Haar auf dem Kopf und den richtigen Augen unter der Stirn. Brachte zu Ende, was er anpackte, und tat zu allem Überfluss auch nur, worauf er Lust hatte. War zur See gefahren, weil er die Meere hinter der Nordsee kennen lernen wollte, wofür Joenes ihn bewundert, aber auch beneidet hatte. Ins Gesicht lachte der ihm, wenn er sonnenverbrannt zurückkehrte. Dann gab er am Feuer seine Abenteuer zum Besten, während ihm die unverheirateten und die verheirateten Frauen gleichermaßen schöne Augen machten und das Treten der Spinnräder vergaßen, um ja den Faden zu behalten, auch den aus Wolle, der sich dann oftmals in den Abenteuern verhedderte.

Was sollte er, Joenes, diesem Bruder schon entgegenhalten? Er war ja noch nicht einmal bis Cuxhaven, Hamburg oder Bremen gekommen, geschweige denn nach Grönland. Hatte sich eingeredet, es gar nicht zu wollen, dieses Unterwegssein, bei dem einer nie wusste, ob er die Heimat wiedersehen würde, oder womöglich gar für einen Hausierer gehalten wurde, was ihm schon einmal widerfahren war, und das war bloß ein Stück weiter auf der Geest gewesen.

Manchmal, früher, war in seinem Kopf ein böser Gedanke aufgekeimt, hatte sich mit kräftigen Wurzeln eingenistet und war in seinen Träumen gewachsen. Claus würde eines Tages auf See bleiben. Segelschiffe verschwanden ja immer mal wieder mit Mann und Maus, ohne dass auch nur eine Eichenplanke, ein Sauerkohlfass oder eine Heringstonne wieder auftauchte. Und nach dem Unglück war es ihm insgeheim recht gewesen, dass der Bruder hilflos geworden war. Aber das behielt er natürlich für sich.

Kamillensud hatte Catharina für Claus gebraut, obwohl der Doktor ihn aufgegeben und der Pastor bereits zu Pferde auf dem Weg zu ihm war. Das Augenlicht konnte sie Claus allerdings nicht zurückgeben, vom Scheidewasser, mit dem sie den Kalkgehalt der Erde prüften, waren sie für immer verbrannt. Dass Joenes danach direkt über der linken Schläfe eine weiße Strähne in den schwarzen Haaren wuchs, wurde allgemein auf den großen Schreck zurückgeführt, den das Unglück seines Bruders in ihm hervorgerufen hatte.

Und niemand wusste, wie so etwas Dummes in der Kleikuhle hatte geschehen können, bei einem Mann wie Claus, der bis zu diesem Tag jeden Gegner bezwungen hatte, auch den Tod, der überall auf den Meeren lauerte, wo der Klabautermann in den Wanten der Dreimaster saß und gellend lachte. Und deshalb zerrissen sie sich auf den Feldern und in den Ställen lange die Mäuler darüber, dass Claus wohl am Abend zuvor einmal zu viel bei einer in der Kammer gelegen hätte, deren Mann nicht auf See war, sondern die Kühe molk, und dann, von einer bösen Ahnung getrieben, nachgesehen hatte, ob die Frau auch in der Milchküche stand und pflichtschuldig die Kannen auswusch. Stroh gab es ja allenthalben, nicht nur in der Butze. Dass einige von ihnen sozusagen aus Erfahrung sprachen, das mussten sie ja nicht eigens erwähnen.

Herausgekommen war es nicht, was wirklich geschehen war. Es blieb beim Unglück.

Seitdem war der helle Tag für Claus nichts anderes als die dunkle Nacht, und mit dem alljährlichen Anheuern als Harpunier auf dem Walfänger hatte es ein Ende. Mit dem Zwist der Brüder allerdings nicht, obwohl der jetzt nur noch auf kleiner Flamme kochte. Wohl konnte Claus nicht mehr alle seine fünf Sinne gebrauchen, doch den, der ihm fehlte, ersetzte er mit den anderen vier, die dadurch umso schärfer hervortraten, sodass er nicht nur die Flöhe husten hörte. Er wusste auch, welches Kraut die Ziege gefressen hatte, deren Milch er schlürfte, er roch die Flut schon, bevor sie zweimal am Tag den Fluss herauflief, und jeden Wetterumschwung fühlte er als Reißen in den Knochen. So trabte er Joenes immer ein bisschen voraus, und das ließ er ihn auch spüren, wenn ihm danach zumute war.

Eines aber verband die Brüder seit dem Unfall unauflöslich miteinander, ein Wissen darüber, das niemand sonst mit ihnen teilte, auch Geeske nicht. Weder hatten sie sich feierlich gelobt, darüber ihr Leben lang zu schweigen und es mit ins Grab zu nehmen, noch hatten sie es mit einem guten Korn besiegelt. Sie hatten einfach niemals darüber gesprochen, weil es nun einmal Dinge im Leben gibt, bei denen Worte nichts nützen. Dafür war Joenes Claus dankbar, auch wenn er es ihm nie gesagt hatte und auch niemals sagen würde. Und hätte Catharina davon Wind bekommen, dann wäre es wohl kein Geheimnis geblieben. Aber sie ahnte nichts davon. Wenigstens das nicht! Sie war viel zu beschäftigt mit ihrer Kamille gewesen, als dass ihr zum Nachsinnen über das Unglück Zeit geblieben wäre. Und wenn doch, dann hatte sie es für sich behalten.

Und jetzt zweifelte Joenes einfach an ihrer Vorhersage. Nichts als Wichtigtuerei! Wer so lebte wie die, außer einer mageren Ziege, einem roten gestreiften Kater, ein paar bunten Hühnern und einem Gockel nichts zum Meckern, Miauen, Gackern oder Krähen, der empfand vielleicht ein Vergnügen dabei, den anderen Angst zu machen. Ganz bestimmt wollte sie das nur, redete er sich jetzt ein, weil sie vom Christfest nichts hielt und die Kirche noch nie von innen gesehen hatte, obwohl sie aus der Bibel nicht nur die Propheten kannte. Weiß der Kuckuck, wer sie das Lesen gelehrt hatte! Aber vielleicht lauschte sie auch heimlich. Denn als der Pastor die lange Predigt zur zweihundertsten

Wiederkehr der Reformation Martin Luthers in diesem Jahr hielt, wollten einige gesehen haben, wie Catharina durch die Kirchenfenster spähte, die vom Erdboden aus gar nicht einsichtig waren, es sei denn, eine stünde auf Stelzen oder ritte auf einem Besen. Der letzteren Meinung allerdings hatte Joenes sich nicht angeschlossen. Von derartigen Verleumdungen hielt er sich aus Erfahrung fern.

2.

Sollte er Geeske nun von Catharinas Besuch berichten oder nicht? Joenes war uneins mit sich, und das schleppte er bis zum Abend auch in seinen Gedanken herum. Er entschied sich fürs Reden, aber so direkt und geradeheraus wie Catharina mochte er es nicht tun. Lieber machte er zuvor noch einen Besuch bei Fieten Burmester, der für die Sicherheit des Deiches in diesem Bereich verantwortlich war.

Fieten stand vor seinem Haus, klemmte die Daumen hinter die Weste, rülpste einmal kräftig und dachte gar nicht daran, wegen Catharinas Gesichten beunruhigt zu sein. Und Metta, die war beschäftigt mit den Festtagsanweisungen für die Mägde. Nur kurz fragte sie Joenes, ob Geeske schon niedergekommen wäre, was er verneinte und zum Anlass für seine Frage an Fieten nahm, bevor er auf das Wesentliche kommen würde, das ihn hergetrieben hatte.

«Ob ich wohl den Schecken nehmen dürfte, um die Wehmutter zu holen? Jetzt um die Feiertage herum dürfte es so weit sein.»

«Wenn du ihm danach den Schweiß wieder gut abtrocknest und die Hufe auskratzt, dann sollst du das wohl tun», antwortete Fieten Burmester.

Und dann gingen beide auf den Deich und befanden ihn für ordentlich gepflegt, wenn auch ziemlich aufgequollen. Danach schritten sie das schmale Vorland ab, auf dem eine Menge Treibholz von der letzten Flut angeschwemmt war, überzogen mit Muscheln und Tang, dazwischen ein paar tote Fische, an denen die Möwen mit ihren Schnäbeln zerrten und hackten.

«Hol dir das Holz man weg für dein Herdfeuer», sagte Fieten, «das muss runter vom Gras.»

«Das mach ich gleich im neuen Jahr», erwiderte Joenes. Und dann sagte er noch etwas.

«Mir scheint fast so, als ob das Vorland nicht nur in deinem Kabelbereich noch weniger geworden wäre, Fieten, meinst du das nicht auch?»

«Da hast du nicht Unrecht», sagte Fieten.

«Das kommt bestimmt von der Septemberflut», sagte Joenes. «Als es da über den Deich gelaufen ist, da hat es wohl keinen schweren Bruch verursacht, aber ganz schön viel Korn ist weggeschwommen, und denk daran, wie viel Äpfel es von den Bäumen geschlagen hat.»

«Ich denk auch, wir haben damals das fremde Wasser wohl nicht schnell genug an die Regierung gemeldet, sonst hätte die ja längst schon etwas im Außendeich getan. Das ist schließlich deren Pflicht.»

«Vorm Winter geschieht meist gar nichts mehr», antwortete Joenes.

«Ich will dir was sagen», begann Fieten noch einmal. «Wenn jeder seine Kabelfläche am Deich, für die er zuständig ist, in Ordnung gebracht hat, dann wird das wohl so gehen.»

«Aber manch einer von den Adeligen und Hausleuten verlässt sich auch darauf, dass die Schauung Hilfe gibt und notfalls die ganze Region, bevor er den Spaten stechen muss», meinte Joenes.

«Den Spaten hat hier schon lange keiner mehr in den Deich gesteckt. Wer gibt schon freiwillig sein Land ab», sagte Fieten. «Zuerst ist die Nachbarschaftshilfe dran, und die hat bisher noch nie versagt. Wenn wir hier, wie die Schweden das damals gewollt haben, die Kommuniondeichung hätten, dann würden sich alle bloß auf die Regierung verlassen, stimmt's?»

Joenes nickte. Solange jeder für seinen Teil des Deiches verantwortlich war, hielt er ihn auch einigermaßen in Ordnung. Trotzdem hatte er noch etwas zu sagen: «Wenn du hier mal längs siehst, Fieten, guck, da sieht der Deich aus wie aneinander geklebte Schwalbennester, so buckelig ist der.»

«So ist das», sagte Fieten schmunzelnd, «jeder hat so seine eigene Ansicht, wie der Deich auszusehen hat. Der eine will ihn hoch und steil ansteigend, der andere niedriger und abgeflacht. Was wirklich richtig ist, das sagt dir nur die Erfahrung.»

Nicht einmal Schaumkronen standen auf dem Wasser, wie sonst oft. Mit leise klatschendem Glucksen dümpelte es in den Reetschallen, die sie jetzt, wenn endlich wieder Kälte käme, nach den Festtagen schneiden würden. So machten Joenes und Fieten es miteinander aus, denn ohne Frost kamen sie mit den Gespannen nicht nah genug heran. Andererseits brachte Frost auch scharfe Eisschollen, die bei hohem Wasserstand ganze Reetfelder sauber abmähten, dass sie davonschwammen, und dann gab es keine langen gelben Bündel aufzustellen für die Instandsetzung der Dächer nach dem Winter.

«Also Acht geben und den richtigen Zeitpunkt wählen»,
sagte Fieten.

Er stand eine Weile ruhig da und sah auf den Fluss. Nach
dem Stillstand begann das Wasser jetzt schnell aufzulau-
fen.

«Ich will dir was sagen», begann Fieten zögernd, und
es sah so aus, als hätte er noch einmal über den Deich
nachgedacht. «Wenn ich mir das hier ansehe, wie reißend
jetzt das Wasser aufläuft und in die Süderelbe strömt, dann
sollten wir das vielleicht doch besser mal im Auge behalten. Bei ungünstigem Wind kann es schnell das Vorland
wegreißen, und dann ist es just bei der Schleuse. Und ob
die hält, das wage keiner vorherzusagen, auch wenn sie es
schon viele Jahre gemacht hat.»

«Na ja, aber eigentlich ist das auch schon lange bekannt», sagte Joenes. «Ich meine, das mit der Schleuse. Ist
ja auch immer gut gegangen.»

Fieten nickte, und Joenes fuhr fort.

«Ich sag's dir! Wir sollten hier genauso wie auf der anderen Elbseite neue Stacks als Ufersicherungen anbringen. Am
besten gleich im Frühjahr. Was meinst du dazu, Fieten?»

Der nickte bedächtig mit dem Kopf.

«Als ob wir das nicht schon ein paar Mal über den Deichgräfen eingebracht hätten. Wenn wir keinen ungünstigen
Wind mehr kriegen, dann hält die Schleuse wohl noch.
Aber jeder Krug wird so lange zum Wasser getragen, bis er
bricht. Dieses Mal werden wir nicht lockerlassen. Wollen
mal zuversichtlich sein über die Festtage. Im neuen Jahr
wird alles besser. Da werden wir Geschworenen mit dem
Deichgräfen eine neue Eingabe bei der Regierung ma-

chen, damit etwas geschieht. Wir können wohl den Deich in Ordnung halten, aber für die Ufersicherung sind die anderen da.»

Und hätte Joenes nicht gerade etwas entdeckt, dann hätten die beiden vielleicht doch noch ein bisschen ausführlicher miteinander geredet. Vielleicht wären sie auch noch einmal auf Catharinas zweites Gesicht zu sprechen gekommen, aber der Fund hatte Vorrang, der hellte ihre Mienen auf.

«Da liegt doch was?», sagte Joenes.

Er stapfte vorsichtig durch das Reetfeld, dann drehte er sich zu Fieten um, ein breites Lachen im Gesicht.

«Rate mal!»

«Ein Fässchen etwa?», fragte Fieten und spitzte genüsslich die Lippen.

«Ich glaub, Rum!», sagte Joenes. Da waren mindestens drei R's am Anfang dabei.

«Nee!?», rief Fieten höchst erfreut. «Was für ein Glück, das wir hier die Einzigen sind. Sonst hättest du gleich die ganze Meute auf dem Hof sitzen.»

Es dauerte nur einen Moment, dann rollte Joenes das Fässchen heran. Er stellte es vor Fieten auf. Gemeinsam begutachteten sie die hölzerne Beute. Sie war fest mit dem Stopfen verschlossen und aufgequollen vom Wasser.

«Gibt was Feines für den Neujahrsgrog!», sagte Fieten. «Da kannst du dich gleich mal für anmelden! Ob da wohl noch mehr angeschwommen ist? Vielleicht ein feiner Roter?»

Aber bis auf ein paar abgeschliffene Planken lag nichts mehr im Reet, sosehr Joenes auch suchte.

Trotzdem kehrten sie zufrieden zurück. Joenes rollte das Fässchen vor sich her, es sollte sich bis zum neuen Jahr erst einmal im Vorratsraum ausruhen. Vor Fietens Haus zogen sie vorsichtig den Stopfen heraus, rochen daran und verdrehten seufzend ihre Augen. Metta kam heraus und bestaunte die Beute ebenfalls freudig schnuppernd. Woraus dieser Schnaps denn gebrannt würde, fragte sie, vielleicht könnte man so etwas ja auch anbauen, dann hätten sie ihren eigenen Rum.

«Den brennen sie in Amerika aus Zuckerrohr. Das wächst hier aber nicht, ist zu kalt bei uns», sagte Joenes.

«Woher willst du das denn wissen?», fragte Metta.

«Das hat ihm sicher Claus erzählt», sagte Fieten, «der weiß doch beinah alles.»

Joenes kniff sein Gesicht zusammen. Stimmte ja auch. Passte ihm aber nicht.

«Ach was!», sagte Metta mit Schalk in der Stimme. «Rohr ist Rohr, und Reet ist auch Rohr, dann lass uns mal gleich anfangen mit dem Brennen, das gibt ein feines Geld zusätzlich.»

Fieten sagte: «Wir brauchen hier kein Zuckerrohr wie die Neger. Wir erwirtschaften auch so genug. Wenn in diesem Jahr die Wintersaat gut durch den Frost gekommen ist, kannst ja schon sehen, wie prächtig sie auf dem Halm steht, da erzielen wir einen guten Preis, und dann stocken wir unseren Rinderbestand wieder auf, wäre doch gelacht, wenn uns die Seuche der letzten Jahre noch Jahre zu schaffen machte, oder wie siehst du das?»

«So sehe ich das auch», erwiderte Joenes. «Und mit den Pferden sollten wir auch weitermachen wie bisher.»

«Das ist ein Wort», sagte Fieten.

Sie nahmen dann noch drinnen eine Probe von der frischen Wurst und zum Runterspülen einen Schluck vom letzten Korngebrannten, und natürlich blieb es nicht bei dem einen, sodass Fieten schon begann, sich zu wiederholen.

«Wäre ja gelacht, wenn wir das nicht hinbekommen mit den Stacks an der Süderelbe, das melden wir gleich bei der Frühjahrschauung an, dann sind die richtigen Leute dabei, die was zu sagen haben.»

Bevor Metta dann den Stuten in ein Leinentuch wickelte und für Geeske mitgab, wurden noch einmal die Stacks besprochen, und als sie für die Kinder süße Kuchen zum Naschen dazulegte, standen die Stacks schon am Fluss, und wie sie Joenes noch ein besticktes Erstlingshemdchen aus feinem Leinen in die Hand drückte, fingen die Stacks schon Schlick für neues Vorland ein. Das war es dann auch.

Für ihr eigenes Kind hatte Metta das Hemd genäht. Nachdem sie neun Monate lang von ihm erzählt und an Leibesumfang auch gewaltig zugelegt hatte, war es einfach nicht gekommen. Was bei manchen Leuten ein übles Lächeln hervorgerufen hatte.

Sie hätte sich mit Catharina zusammen auf den Teufel eingelassen, munkelten sie, um Fieten endlich den Hoferben zu gebären, der sich dann aber in heißer Luft auflöste. Metta hatte daraufhin nur kurz an ihrem Herrgott gezweifelt, der solche Täuschungen und anschließendes Gerede zuließ, dann die bereitgestellte Wiege in die hinterste Heubodenecke verbannt, wo die Holzwürmer sich darüber hermachten, ansonsten geschwiegen und sich wie sonst den alltäglichen Verrichtungen gewidmet.

«Nützt nichts», hatte Metta dann wohl gesagt und sich ihren Pflichten auf dem Stroh hingegeben, die aber auch weiterhin zu keinem Erfolg führten.

Joenes' Zweifel waren bei diesem Gang nicht ausgeräumt worden. Er hätte es nicht benennen können, was ihm am Deich so missfallen hatte. Nicht nur, dass es hier zu wenig Vorland bis auf die kleinen Reetschallen gab und das Wasser schon ohne Flut seinen Fuß umspülte. Vielleicht war es die trügerische Ruhe, die von einem Wimpernschlag auf den anderen ins Gegenteilige umschlagen konnte, wenn der Wind drehte. Vielleicht war es aber doch der Keim, den Catharina in seine Gedanken gepflanzt hatte. Gegen böse Keime war er machtlos, die trieben ständig Wurzeln aus und ließen sich auch durch gute Gedanken schwer am Wachsen hindern, aber meistens schaffte er es dann doch, sie zu vertreiben, besonders, wenn Geeskes Zuversicht ihm dabei half. Manchmal reichten aber auch ein oder zwei Schluck, die dunklen Wolken aufzulösen. Heute allerdings war dies nicht der Fall.

In sein dünnes Heft, das ihm Fieten Burmester einmal für besondere Verdienste überlassen hatte, schrieb er seine Beobachtungen vom Deich. Das tat er an jedem Abend, in seiner großen steilen Schrift. Sorgfältig zog er mit der Feder die Buchstaben, er passte auf, beim Eintauchen in das Tintenfass keinen Klecks zu machen, und schrieb, diesmal etwas zitterig vom Schluck, über den Wind aus Südwest, die Fliegen im Stall, die bedrohte Schleuse, über den gequollenen Deichfuß und: Catharina vom Moor hat Gesicht von wildem Wasser.

Manchmal machte sich Geeske lustig über sein Ge-schreibsel, und ob das wohl für etwas nützlich wäre, aber er wusste, das tat sie nur, weil sie selbst nicht schreiben konnte, bloß lesen.

An diesem Abend vor Weihnachten saß sie am Herd-feuer und wickelte Wolle zu einem Knäuel auf. Daraus woll-te sie ein Leibchen für das Kind stricken, die alten waren schon aufgetragen und grau, kein Bleichen auf der Wiese vermochte sie mehr aufzuhellen. Sie tat das, ohne hinzu-sehen, mit einer kreisenden Bewegung ihrer rechten Hand, und hatte sie einen ordentlichen Teil drauf, drehte sie das Knäuel einmal und wickelte quer darüber weiter, damit die Fäden schön festsaßen. Viel mehr als das flackernde Licht und ihre beiden Hände brauchte sie dafür nicht, nur noch ihre Zunge, die treu allen Windungen folgte.

Joenes pustete auf das Geschriebene, bis es trocken war, wedelte es noch ein bisschen vor dem Feuer und klappte das Heft zu. Er stand auf, legte es in die Truhe und verstau-te Feder und Tintenfass in dem kleinen Kästchen auf der Fensterbank.

«Was gab es denn heute Wichtiges aufzuschreiben?», fragte sie.

Er blies das Talglicht aus.

«Wie jeden Tag», sagte er. «Das Wetter. Den Wasser-stand.»

«Und wozu soll das jeden Tag gut sein?»

«Wenn die Hand nicht schreibt, verlernt sie es», sagte Joenes.

«Nee», sagte Geeske. «Nicht die Hand. Höchstens der Kopf.»

«Du hast ja Recht», sagte er.

«Wie meistens», lachte sie.

Joenes nahm das bestickte Hemdchen vom Schrank herunter, auf den er es gelegt hatte.

«Hier. Für dich. Von Metta mit besten Grüßen. Und das mit dem Schecken geht auch in Ordnung.»

Sie sah auf, ließ ihre Hände für einen Moment ruhen und betrachtete das Hemd, indem sie es in die Höhe hob. Winzige Bienen hatte Metta hineingestickt, die zwischen großen Blüten flogen. Das Leinen hatte eine gelbliche Farbe. Bestimmt war es noch nie gewaschen worden.

«Arme Metta», sagte sie. «Wie reich sind wir doch durch unsere Kinder gesegnet worden.»

«Und einen Stuten hat sie uns auch mitgegeben», sagte Joenes.

«Wer soll ihn dort auch essen», sagte Geeske und lächelte. «Fieten mag Getreide ja lieber flüssig.»

Genau das schmeckte Joenes jetzt noch nach. Die Hitze im Magen, wenn man ihn in einem Zug hinuntergekippt hatte und, weil man auf einem Bein nicht stehen kann, auch noch den zweiten genommen, beide für gut befunden und den dritten zum Nachspülen gebraucht, wonach dann meistens über die Herren aus Stade oder Hannover oder gar über die am königlichen Hof in London hergezogen wurde, denen man misstraute, weil sie vom Bauernleben keine Ahnung hatten. Die saßen bloß in dunklen Amtszimmern und kochten nach dem Schreiben von Gesetzen ihren Siegellack am Talglicht auf.

«Ich werde es morgen früh waschen», sagte Geeske, «dann kann es am Feuer trocknen.» Und ein bisschen mit einem schlechten Gewissen, wegen Weihnachten: «Das kleine Hemdchen sieht ja niemand, wenn ich es aufhänge.»

«Und ich hab mir für morgen Nachmittag von Fieten freigeben lassen.»

Das kam recht beiläufig bei Geeske an.

«Soll mir recht sein», sagte sie.

«Ich hab nämlich nach Claus geschickt, der kommt vom Moor runter. Wir wollen das Boot auf Vordermann bringen.»

«Hat das nicht Zeit bis nach den Festtagen? Lass doch einmal die Arbeit ruhen. Dein Bruder kann so feine gruselige Geschichten erzählen, da freuen sich die Kinder schon lange drauf.»

«Ich weiß, ich weiß. Werden sehen», sagte Joenes.

Damit war das Gespräch zunächst beendet.

Geeske wickelte wieder Wolle auf, und Joenes zog es vor, erst mal nichts weiter zu sagen, weil er das abendliche Beisammensein mit Geeske am Herd liebte, wenn die Kinder schon schliefen, und das wollte er sich durch Catharina nicht verderben lassen.

Diese eine Stunde, bevor sie selbst aufs Stroh gingen, gab ihm die Muße, den Tag vorüberziehen zu lassen, um dem nächsten Platz zu machen, damit der frisch begonnen werden konnte. So stapelten sich die Tage aufeinander und wurden zu einem Mondumlauf, dem der nächste folgte, bis das Jahr zu Ende war und alles wieder von vorn begann. Die vergehende Zeit sah er am Keimen und Wachsen des

Getreides, am Blühen und Fruchttragen der Obstbäume und am Größerwerden der Kinder, die alle vier recht gesund waren. Eines von ihnen hustete nun doch im Schlaf, na ja, das kam immer mal wieder vor um diese Jahreszeit und war, wenn es nicht länger anhielt, ohne Bedeutung. Wenn aber doch, wusste Geeske einen Trank aus gekochten Zwiebeln zu bereiten, der, heiß getrunken, über Nacht half, dem Husten den Garaus zu machen. Manchmal lief sie wohl auch zu Catharina und kam mit einem Beutel trockener Kräuter zurück, aus denen sie einen Tee aufgoss, der nach Sommerheu duftete.

Frisch geschlagene Birkenscheite lagen über den Torfsoden auf dem Herd und knackten. Ihr duftender Rauch zog aus der geöffneten Halbtür ab. Mäuse raschelten in den Ecken. Lauthals stritten die Katzen um die Macht über das Revier, als gehörte die Kate ihnen allein, obwohl sechs Menschen darin lebten und bald ein siebenter dazukommen würde.

Platz genug gab es für alle, denn dieses Haus war ordentlich gebaut, mit kleinen Ziegelsteinen zwischen den Fächern aus krummer Eiche. Es maß drei Ruten in der Länge, das waren achtundvierzig Fuß, und knapp ein und eine halbe Rute in der Breite. Im hinteren Giebel, zum Abend gerichtet, gab es drei kleine Stuben, die jeden Sommer frisch gekalkt wurden, mit Schlafbutzen an den Seiten, deren Türen in den äußeren Fächern ein helles Grau wie der verhangene Himmel trugen und in den inneren ein Blau wie das Meer, und wo die Farbe abgegriffen war, glitzerte die Gischt. Zu jeder Kammer gehörte ein Fenster aus Glas, vom Tischler in schmale Sprossen gesetzt, davor hingen zur Zierde ein paar von Geeskes geklöppelten Spitzen. Im mittleren Zimmer, von dem aus Türen nach rechts und links abgingen, die dritte Tür führte auf die Diele, stand unter dem Fenster ein eisenbeschlagener Koffer auf Rädern, damit man ihn bei einem Feuer schnell hinausschieben könnte. Darin lagen die Wäsche und ein Kästchen mit Papieren, obenauf eine bestickte Decke aus Leinen. Auf der Fensterbank stand eine Geranie, die war Geeskes ganzer Stolz. In jedem Jahr schaffte sie es, die Pflanze durch den Winter zu bringen, auch wenn sie wegen des Lichtmangels bis April lange geile Triebe mit hellgrünen gezackten Blättern ausstreckte, die einen betörend süßen Duft verströmten, wenn einer sie streifte. Manchmal, sonntags, fand Joenes ihr Grün auch in der Milchsuppe wieder, wo es einen feinen Geschmack hergab, den er weder vom Gemüse noch von den Kern- und Steinfrüchten kannte.

Ging man durch die Tür hinaus auf die Diele, stand dort ein hoher Schrank für die Kleider, mit zwei Schubladen eine Handbreit über dem Boden. Zum Mittag auf der einen und zur Nacht auf der anderen Seite führte je eine schmale Tür nach draußen. Wenn das große Doppeltor geöffnet war, gab es den Blick zum Morgen direkt auf den Deich frei, zu dessen Füßen das Haus stand, nur dass es nicht auf einer Wurt gebaut war, wie Mettas und Fietens Haus. Den Deich hatte Joenes in der Frühe vor Augen, wenn er sich mit kaltem Wasser aus dem Graben wusch und den Tag begrüßte, und ebenso, wenn er ihn verabschiedete. Jetzt war die Tür halb geöffnet, weil kein Wind darauf stand.

Nach Norden und Süden hin, wie manche statt Nacht und Mittag schon sagten, weil sie in den Städten die Himmelsrichtungen so bezeichneten, lagen längs der Diele mit dem festgestampften Boden und den verräucherten krummen Balken, an denen alte, buckelige Nester der Rauchschwalben klebten, die Stallungen für die Tiere. Darüber befanden sich die schrägen Hellen unter dem Dach, wo Platz war für Gerät, das nicht jederzeit gebraucht wurde. Gleich vorn, neben der Tür zu den drei Kammern, die einen Fuß hoch gemauerte Feuerstelle mit dem Herd aus dicken, inzwischen vom Ruß tiefschwarz gefärbten Ziegelsteinen, die von einer Ziegelei im Kirchspiel gebrannt wurden. Über dem Herd hing am eisernen Kesselhaken der Topf für Kohl, Fleisch, Fisch, Milch, Mehlklüten oder Wasser, je nachdem, was gerade Feuer unter sich brauchte. Unweit davon stand die Leiter, mit der man auf den Dachboden gelangen konnte, wo sich die Kinder gern versteckten, weil es ihnen verboten war, denn eine Sprosse war wurmzerfressen und drohte zu brechen.

Und auf allem lag das dicke Dach aus verblichenem Reet, schützende warme Haut im Winter und kühlende im Sommer, bewachsen an der Westseite mit dickem grünem Moos, das sie in jedem Frühjahr aufs Neue abkratzten, damit das herabfließende Regenwasser sich nicht staute und das Schilf darunter verschimmeln ließ. Eine kleine Birke mit einem dreifachen Stamm wuchs darauf, die hatte er schon ein paar Mal abgeschnitten, die sollte im Frühjahr endlich raus. Dann wärmte schon die Sonne den nassen Boden, das Gras wuchs, und in der alten Bracke quakten abends die Frösche, bevor sie einander umschlangen. Fohlen, Kälber und Lämmer sprangen auf allen vier Beinen in den Himmel, und den Deich vor der Kate traten die Schafe mit ihren Klauen fest und grasten. Weil ihnen nur Fressen und Saufen und sonst nichts anderes im Leben bestimmt war, bis sie nach sieben Jahren ihres Erdendaseins im Topf landeten und neben einer kräftigen Suppe wenigstens noch guten Talg für die Lichte hergaben, die Geeske selbst zog.

All das war etwas, worauf Joenes sich fest verlassen konnte, und das machte auch einen großen Teil seiner Zuversicht aus, das Leben in seiner ganzen Länge zu meistern, bis die Kinder groß waren und er mit Geeske aufs Altenteil gehen würde. Aber bis dahin würde noch ordentlich Wasser den Fluss rauf- und runterlaufen und würden noch viele Jahre lang die Äpfel und die Johannisbeeren im Obstgarten blühen und fruchten.

«Warum denkst du gerade heute an das Boot?», fragte Geeske in Joenes' Gedanken hinein, als hätte sie gespürt, dass noch Unausgesprochenes im Torfqualm hing, etwas, vor dem er gerade geflohen war. Sie hörte auf, mit kreisenden Bewegungen die Wolle zu wickeln, und sah ihn an, wieder mit diesem forschenden Blick in den Augen.

Entweder hatte er jetzt den Mut verloren, oder er zweifelte bereits wieder, ob er es berichten sollte. Darum sagte er nur so beiläufig wie möglich: «Catharina war heute im Stall.»

Geeske zögerte einen Augenblick und verzog ihren Mund. So richtig schien auch sie die Alte nicht zu mögen, aber sie wusste ja, weshalb Joenes und Claus viel von ihr hielten. Und selbst fragte sie Catharina auch hin und wieder um Rat, nicht nur was Frauenangelegenheiten betraf. Die hatte immer ein Mittel bereit, das mit siedendem Wasser übergossen und heiß getrunken werden musste, aber davon mochte Joenes nichts wissen. Derartige Geheimnisse überließ er allein seiner Frau.

Jetzt aber war sie neugierig.

«Und was wollte sie von dir?»

Joenes stocherte im Feuer herum und sah Geeske nicht an.

«Nun sag's mir schon.»

«Der Deich ist durch den andauernden Regen und das Tauwetter nach dem Frost in ganzer Länge aufgeweicht. Fieten meint auch, der müsste mehr vom Wasser her abgesichert werden.»

«Deswegen war Catharina hier? Sonst kümmert sie sich aber nicht um den Deich.»

«Stimmt schon.»

«Der geht sie ja auch im hohen Moor gar nichts an, da ist noch nie Wasser hingelaufen. Und arbeiten tun die auch nicht umsonst dafür.»

«Das stimmt. Und ich glaube auch nicht, dass der Wind dreht», sagte Joenes beschwichtigend.

«Warum nicht? Wir haben doch sonst meist Nordwest um diese Zeit. Und was soll jetzt dein Drumherumgerede?»

Geeske sah ihn mit dem ihr eigenen Blick an, den sie im Gesicht trug, wenn es um den Deich ging, dem sie misstraute.

Er antwortete nicht.

Sie begann wieder, Wolle aufzuwickeln.

Er dachte zum ersten Mal, hätte ich bloß nicht damit angefangen.

Sie sah nicht auf.

«Hat Catharina etwa fremdes Wasser gesehen?!»

«Gesagt hat sie es wohl.»

Das Wollknäuel wanderte von einer Hand in die andere.

«Aber sie hat nicht immer Recht. Und sie sieht nicht alles. Du weißt schon, was ich meine.»

Er wusste es und sah zur Seite. Er mochte nicht daran erinnert werden. Sie tat es auch nicht oft. Und wirklich gesprochen hatte sie noch nie darüber.

Mit der Feuerzange schob er schon wieder die Torfsoden zurecht, was gar nicht nötig war.

«Jetzt mach ich mir eben Gedanken, seit ihrem Besuch», sagte er.

«Und warum?», fragte sie. «Ist der Deich etwa nicht in Ordnung? Ich denk, bei der Deichschauung waren alle zufrieden gewesen.»

Joenes überlegte, ob er näher darauf eingehen sollte. Er wollte ehrlich sein.

«Bei einem Kappsturz könnte die Erde nach innen wegfließen.»

«So?»

«Ja.»

Nach einer Pause erklärte er weiter: «Bei einem Grundbruch nach außen.»

«So?»

«Ja.»

Dann schob er beruhigend nach: «An Weihnachten

brauchen wir ganz bestimmt keine Angst vor dem Wasser zu haben.»

«So? Dann müssen wir nur noch hoffen, dass es wieder kälter wird», sagte Geeske.

Sie legte das fertige Wollknäuel beiseite und streckte ihre Füße zum Herd.

«Ja, so ist es», sagte Joenes.

«Ordentlichen Frost kriegen wir ja nur mit Wind aus dem Morgen.»

«Richtig. Bei Ostwind kommt kein Wasser.»

Sie seufzte.

«Ich werde trotzdem Augen, Ohren und Nase aufhalten, wie immer in der stürmischen Jahreszeit», meinte er.

«Und warum erzählst du mir das dann alles?», fragte sie. «Müssen wir uns wegen irgendetwas sorgen?»

Er wehrte mit beiden Händen ab. Dachte zum zweiten Mal, hätte ich bloß nichts gesagt, und wollte sie zum Lachen bringen, bevor sie die Erinnerung an schlechte Tage überfiel.

«Keine Angst. Ich kann es schon meilenweit riechen, bevor das Wasser kommt.»

Er schnupperte wie ein Kaninchen.

«Riechen kann das Wasser nur Claus!», sagte Geeske.

Joenes kniff Augen und Mund zusammen, die Stirn lag in Falten. Er hoffte, es würde nicht noch mehr kommen.

Wegen Weihnachten. Kam aber doch.

«Der liebe Gott wird eine Flut zum Christfest nicht noch einmal zulassen wie die, bei der meine Mutter und mein Vater, Gott hab sie selig, ertrunken sind.»

«Wir Menschen haben den Deich zu verantworten», erwiderte Joenes und zwinkerte mit den Augen. Er wollte sie auf andere Gedanken bringen. «Kannst du dir etwa den Allmächtigen mit einem Kleispaten in den Händen vorstellen?»

«Da hast du wohl auch wieder Recht.»

Und danach überfiel sie nun doch ein Lachen, weil sie sich genau das vorstellte.

«Beim Kleigraben! Die Hände voller Blasen! Klumpen unter seinen Holzschuhen. Der Rauschebart voll Schlick und Reet!»

Sie konnte gar nicht aufhören damit, lehnte sich an Joenes' Schultern und kicherte in seine Jacke hinein. Joenes lachte mit und spürte ein Glück in sich aufsteigen, mächtiger als Geeskes Bauch. Es war ihm so, als wären sie beide ganz allein auf der Welt. Er schob die Wolle beiseite, die noch in ihrem Schoß lag, und legte ein Ohr auf ihren Leib.

«Wenn du in der Christnacht mit ihm niederkommst, soll er Christian heißen.»

«Psst», flüsterte Geeske. «Man darf den Namen nicht vor der Geburt aussprechen, das bringt Unglück. Erst nach der Taufe ist der Mensch mit seinem Namen ein Mensch von Gottes Gnaden und steht unter seinem Schutz. Auch wenn er gerade beim Kleigraben ist.»

Und dann fügte sie leise lachend an, damit ER es nicht hörte: «Und wenn es eine Tochter wird, wollen wir sie Märy nennen, wie meine Mutter.»

Er hatte es gehört.

«Ist mir recht», sagte Joenes, «Mädchennamen sind Frauensache.»

«Und danach soll Schluss sein», flüsterte Geeske ernsthaft und richtete sich wieder auf. «Mehr kriegen wir nämlich nicht satt.»

Joenes zog sein Gesicht in lauter Kummerfalten.

«Nee, damit doch noch nicht! Erst wenn wir Großeltern geworden sind. Dauert doch bloß neun Monate, bis es fertig ist.»

«Psst, die Kinder», sagte Geeske. Und dann flüsterte sie noch einmal, diesmal wieder in seine Jacke hinein, die vertraut nach der Kuh roch. «Manchmal auch bloß sieben oder acht, egal. Catharina hat mir kürzlich schon gesagt, was wir tun sollen.»

«Wir? Ich? Und das hat Catharina dir gesagt?!»

«Ja, du auch!»

«Müssen wir darüber reden?», fragte Joenes nach einer Weile. Denn von Catharinas Empfehlung mochte er gar nichts wissen, die gehörte nicht in die Butze. Was dort geschah, das ging die Alte gar nichts an. Es schüttelte ihn ein bisschen. Wo sich sowieso noch nie ein Mann aus bestimmten Gründen in ihre Hütte verirrt haben soll, auch nicht, als sie ein junges Mädchen war. So hatte es jedenfalls mal seine Mutter zur Nachbarin gesagt.

«Nein», sagte Geeske. «Das lass man meine Sorge sein. Ich kümmere mich schon.»

«Sorge?», fragte Joenes.

Sie lachte. «Hast du Schafe, hast du Sorgen. Hast du Kinder, läuft die Zeit geschwinder.»

Er wollte ihre gute Laune festhalten.

«Hast du eine Frau …» Er stockte gleich wieder. Das war nur etwas für Männer im Wirtshaus.

«Das ist bestimmt ein Spruch von Claus. Weiter!»

Claus! Schon wieder Claus. Es ärgerte ihn, dass sie ihm nicht mal einen eigenen Spruch zutraute, trotzdem: «Der hier ist aber von mir: Trau, schau, wem, aber keinem Schwed' und Dän'!»

«Der Spruch gilt! An König Georg von Hannover und England hat er uns verkauft, der raffgierige Däne, und ob das nun besser für uns ist?»

Wie immer, wenn das Gespräch auf die Herren im Lande kam, auch auf die, die den Knechten hier täglich Arbeit und Brot gaben, kroch etwas in Joenes hoch, worüber er oft nachdachte und häufig auch mit Fieten Burmester sprach, auf den als Einzigen er nichts kommen ließ.

«Eins will ich dir sagen, Geeske, die Mächtigen sind alle gleich. Einerlei ob Dänen, Schweden oder Hannoveraner. Wollen immer mehr haben, als sie ausscheißen können. Wenn ich könnte, ich würde mit dir weit weg gehen und ein neues Land gründen, wo keiner mehr hat als der andere und wo alle einander beistehen.»

Ihre Antwort hörte sich so an, als hätte sie genau dies schon hundertfach von ihm gehört.

«Jaja, ich weiß, aber wo soll das sein und wie willst du das schon machen? Du wolltest doch nie fort wie Claus. In der Fremde ist es nicht besser als hier, und eines schönen Tages wird es auch dort wieder Tagelöhner, Kätner, Hausleute und Adlige geben, da kannst du getrost Wasserschierling drauf essen.»

«Du hast ja Recht.»

Diesen Satz hörte sie immer wieder gern aus seinem Mund.

«Wie meistens», lachte sie.

«Wie immer», sagte er, «du bist ja auch eine aus der Marsch.»

«Eben. Wir haben unsere Nachbarschaftshilfe, unser Auskommen und unsere Kinder, wir werden täglich satt und wollen lieber zufrieden sein, statt an den Umständen herumzumäkeln.»

Sie gähnte.

«Holst du noch Feuerung, bevor wir schlafen gehen?», fragte sie.

Er stand auf, um im Schuppen vor der Tür einen Korb mit Torf zu füllen. Die Luft war lau, viel zu warm für Dezember. Den Mond umgab ein gelbglänzender Hof, und die Sterne schienen blass. Wildschwäne zogen lärmend vom Fluss her über das Haus. Als er zurückkam, stapelte er die Soden vor dem Ofen auf und versorgte das Feuer, das durch den herabrieselnden Grus ordentlich funkte, heller als die Sterne eben.

Geeske war eingeschlafen, den Kopf auf die Wolle gelegt.

Weiß der Himmel, weshalb er sie so gern ansah, wenn sie schlief und nur das bisschen Feuer ihr Gesicht anstrahlte, mal bläulich, mal rot, mal gelb, grad wie die Soden aus Torf, die Kloben der Birke und die Scheite vom Treibholz verbrannten. Die sammelte er mit Mattes und Lüder bei Ebbe an Fietens Strand ein. Gleich nach dem Fest würden sie es wieder tun. Der Vorrat ging langsam zur Neige.

Weißblonde Haare kringelten sich von der Feuchtigkeit draußen und der Wärme drinnen ein wenig über Geeskes

Ohren, viel schöner noch, als wenn sie sonntags mit der Brennschere Wellen hineinzauberte. Ihre Nase, ein wenig krumm von einem Sturz vom Heuboden, und deshalb lustig anzuschauen neben den Lachfältchen um die Augen. Deren Himmelsblau konnte er jetzt nicht sehen, aber die Kinder Mattes und Lüder fand er im Gesicht gespiegelt, Hedwig und Johanna mit ihren dunklen Augen und Haaren kamen ja mehr nach ihm, und übers Jahr würde Christian, der Ungeborene, schon nach den Katzen greifen, mit winzigen, tollpatschigen Händen. Natürlich würde es ein Junge werden und nach Geeskes Vorhersage wieder ein Blondschopf. Und danach müsste doch noch ein Schwarzhaariges kommen, von ihm aus gern wieder eine Deern. Dann wäre die Reihe voll.

Wenn eine Frau in ihren Monaten so fein aussieht, wird es ein Junge, hatte Metta gesagt. Und Metta hatte ebenfalls meistens Recht. Dass sie selbst damals so fein ausgesehen hatte wie Geeske, das konnte Joenes sich nicht vorstellen, wo doch alles nur ein Spuk gewesen war.

Geeske hatte wohl aufgesprungene Lippen, aber das war kein Wunder um diese Jahreszeit. Einreiben mit dem Fett aus der Schafswolle half manchmal. Doch weil sie nicht so streng riechen wollte, tat sie gern Lavendelöl ins Wasser, bevor sie an den Sonnabenden im Zuber badete. Auch beim Waschen ihrer Haare nahm sie es, das kribbelte so angenehm in seiner Nase und rief Vorfreude auf die Nacht hervor.

«Aus dem hitzigen Süden Frankreichs», hatte der fliegende Händler beteuert, «wo die Mademoiselles und Monsieurs sich mittags auf den heißen Steinen zwischen den blauen Lavendelsträuchern vergnügen, weil der Duft ihnen die Sinne raubt.»

Joenes seufzte. Geeske mochte in den letzten Wochen nicht mehr und wollte nur den Kopf auf seine Brust legen und ihn dafür anderweitig trösten, darauf verstand sie sich. Zuerst, bei Mattes, mochte er es nicht zulassen, aber als Lüder unterwegs war, gefiel es ihm schon gut, dann mit Hedwig und Johanna noch besser, und jetzt im Winter, mit Christian, gab es nichts Schöneres in der Butze, wenn die Kinder schliefen und der Wind im Reetdach zauste wie im Frühjahr die dusseligen Spreen.

Die so taumelig von der Vögelei sind, dass du sie dann leicht mit den Händen greifen, den Hals umdrehen, rupfen und sieden kannst. Köstlich schmecken sie. Besser als jeder gebratene Hahn.

Bald würde Geeske wieder richtig für ihn bereit sein, nachts auf dem Stroh, was er, wenn er es so ehrlich bedachte, auch einmal wieder gut gebrauchen konnte. Nicht, dass er nicht damit zufrieden wäre, andere, die keine Frau haben, müssen darauf verzichten und selbst Hand anlegen. Aber das richtige Beisammensein war eben doch noch etwas anderes, da fühlte er sich als Mann, das hatte er auch seinem Bruder voraus, der früher in jedem Hafen eine hatte, und nun keine mehr.

Und dieses Glück, das da vor ihm schlief, konnte ihm niemand rauben, auch Claus nicht mehr. Und wenn einer es wagte, dem würde er schon die Leviten lesen, dass der seine Knochen einzeln aufsammeln müsste und seines Lebens nicht mehr froh würde.

Er seufzte noch einmal. Ihm fiel wieder der Händler ein.

Der hatte dunkle krause Haare und ein dunkles Gesicht, in dem ein verschmitztes Grinsen lag, als er Joenes zum ersten Mal erblickte, der ihm einen tiefen und langen und recht erschrockenen Blick zugeworfen hatte.

«Schau! Guckst wie in einen Spiegel», hatte der Hausierer gesagt. «Kenn noch mehr von deiner Sorte. So ein bisschen fremdgehen frischt das Blut in den Adern auf, sag ich dir, ist besser, als wie es der Kuckuck macht. Der legt bloß seine Eier in fremde Nester, und wenn die Amseln oder Rotkehlchen ihn aufgepäppelt haben, kommt immer ein echter Kuckuck heraus und kein Bastard wie bei unsereins. Und weiß der Kuckuck, wie viel ich schon herumlaufen hab. Bei den Weibern, wo ich schon in der Butze war, da schau ich nämlich lieber nicht ein zweites Mal vorbei, hier bei euch in der Marsch sitzen die Fäuste lockerer als anderswo. Deine Mutter war wohl auch kein Kind von Trübsal?»

Da hatte Joenes auch gleich seine Fäuste zu Hilfe nehmen wollen, von wegen der Ehre seiner Mutter und so, sich dann aber eines Besseren besonnen. Er rückte die Schillinge für das Lavendelöl erst nach kräftigem Herunterhandeln raus, nicht nur, weil man das einfach so tat bei den Hausierern, sondern weil er nach dessen losen Reden eine grimmige Freude daran hatte, dem Kerl sein dreckiges Grinsen auszutreiben. Obwohl der ihn dann doch noch übertölpelt hatte. Kritzelte der Pfiffige doch tatsächlich verstohlen mit Kreide drei Kreise über einem Strich an die Hauswand, die Joenes erst nach ein paar Tagen entdeckte und mit einem Fluch abputzte. Damit nicht der nächste Reisende erfuhr, dass es hier etwas zu holen gab und Geeske mit blumigen Worten betörte, auf die sie meist hereinfiel. Wie er selbst auf ihren Lavendelduft, der mit der Zeit so zu ihrem Körper gehörte, dass Joenes, als das Fläschchen leer war, selbst schon Ausschau nach dem Karren des Fahrenden hielt. Auch Metta nahm gern eins seiner Öle für den süßen Stuten, der dann das ganze Jahr nach Anis und im nächsten Jahr vielleicht nach Zimt schmeckte, und seine Rosinen knetete sie auch meist mit hinein. Und da der Fahrende alle Jahre immer wieder von Süden her auf dem Deich auftauchte und, bevor er nach Norden weiterging, Geeske etwas verkaufte, war Joenes sich der Treue seiner Frau sicher.

Jetzt trugen ihre Züge etwas Kindliches, fast Unschuldiges, wie es der Tag niemals hergab, und er wünschte sich nichts weiter, als bis in alle Ewigkeit neben ihr zu sitzen und sie zu betrachten. Und vielleicht ist dies das Paradies, das es auf Erden nicht geben soll. Denn manchmal dachte Joenes insgeheim, ohne dem Pastor oder dem Herrgott nahe treten zu wollen, er hätte es in Geeske schon gefunden, die stets fröhlich und zufrieden war und niemals zänkisch und abweisend, wie so oft die Weiber der anderen Männer, die dann zur Erleichterung eine in den windschiefen Hütten aufsuchten, bei denen sie willkommen waren, wenn sie denn zahlen konnten. So etwas hatte und hätte er nie im Leben getan. Da holte man sich die Läuse, Wanzen und Flöhe immer wieder aufs Neue, die schon so eine Plage waren und deren man niemals Herr wurde, auch wenn man die Kleider abends zum Lüften an die Sparren oder bei gutem Wetter gar vors Haus hängte, damit der Wind das Geziefer herauspustete.

Es schien Joenes so, als wäre auf einmal die Zeit vorausgelaufen und hätte ihn mitgenommen. Alle vertrauten Geräusche, die auf die Diele gehörten, waren verstummt. Ein feines Sirren und Sausen klang in seinem Kopf, wurde lauter und schwoll an zu einem Brausen, bis er vor Schmerz die Hände hochriss und sich die Ohren fest zuhielt. Erst als Graugänse laut rufend über das Haus hinweg zum Fluss Oste flogen, kam die Zeit mit Mäuserascheln, Blöken, Muhen und Katzengeschrei zurück. Er nahm die Hände wieder herunter und ging hinaus, um nach den Gänsen zu sehen.

An den Tagen zogen sie der Sonne entgegen, ohne ihr mit dem Gefieder zu nahe zu kommen, wie es Ikarus ergangen war, der fliegen wollte. Von dem hatte ihm ein Fahrender erzählt, der weit herumgekommen war und von überall seine Geschichten mitbrachte. In den Nächten schien es, als berührten sie mit ihren Schwingen Mond und Sterne. Jetzt konnte er nur ahnen und hören, was er schon so oft am Tag wahrgenommen hatte, wenn der Herbst den Winter ankündigte oder der Frühling ihn wieder ablöste. Wie die Vögel dann, oft dreißig oder vierzig Stück hintereinander, in einem langen Keil zu den mitternächtig hellen Ländern zogen und dabei einen Haken an den Himmel malten. Und wie sie sich an der Spitze abwechselten, ohne sich zu vertun. Dafür brauchten sie keinen König, der Gesetze erließ, keine Beamten, die diese mit ihrer Feder aufs Papier kratzten und danach versiegelten, und keine geheimen Kammerräte, die das Siegel ablösten und auf Einhaltung des schwarz auf weiß Geschriebenen pochten und sie vom Pastor über die Kanzel verkündigen ließen, der nicht ungern zu seiner geistlichen die weltliche Macht gesellte. Verlieh es ihm doch nicht nur ein höheres Ansehen bei seinen Schäfchen, es brachte ihm oftmals auch einen kleinen Schinken oder zwei Mettwürste ein, falls er einmal bei Eingaben oder Klagen als Schreiber tätig werden musste. Nicht jeder konnte wie Joenes die Feder leserlich führen und ohne einen einzigen Tintenklecks Buchstaben auf dem Papier zustande bringen.

Nach Westen flogen die Gänse heute Nacht, das hieß, es würde bald wieder kälter werden. Woher sie dieses Wissen nahmen, das hätte Joenes zu gern gewusst. Aber niemand hatte es ihm bis jetzt erklären können, auch nicht der Oberdeichgräfe, der sonst die Weisheit mit Löffeln gefressen hatte und sie auch gern wieder ausspuckte. Claus wollte er nicht danach fragen.

Wenn er die Gänse hörte, wie jetzt auch, stellte er sich jedes Mal vor, was sie sich zuriefen, sodass er es längst auswendig konnte wie ein Lied aus dem Gesangbuch. Nur einem Menschen hatte er es aufgesagt, das war Mattes, als der von Worten noch nichts verstand. Geeske mochte er es nicht verraten, die hätte laut gelacht. Und dass er es hinten in ihr Gesangbuch geschrieben hatte, hatte sie noch nicht einmal gemerkt, weil sie die Lieder auswendig konnte.

Nun geh du nach vorn an meinen Platz,
und ich ruh mich am Ende aus,
bis ich wieder an der Reihe bin,
in den Himmel zu stoßen
und die Richtung anzugeben.

Und wenn wir dann landen,
eine nach der anderen,
denkt daran, grad so viel Platz
zwischen uns zu lassen,
dass wir die Flügel schlagen können
nach dem langen Gleiten in der Luft,
bevor wir uns über die Wintersaat
hermachen, die der Bauer
nur für uns gesät hat,
wofür wir ihm mit gutem Dünger danken,
ganz und gar umsonst.

Wer vermag schon mit Graugänsen zu reden oder mit all dem anderen Gefieder, das dort oben unterwegs war? Höchstens Catharina, aber was die heraushörte, war meist nichts Gutes. Ihm fiel ein, dass er sie noch niemals hatte lachen sehen. Die konnte überhaupt nicht lachen.

Joenes überfiel ein Schütteln. Ihre Botschaft lastete schwer auf ihm. Und dass er wegen Claus in ihrer Schuld war, passte ihm ganz und gar nicht.

Die Gänse waren vorüber, aber über dem Fluss hörte er schon den nächsten Keil heranziehen. Niemals hatte er gesehen, dass zwei Keile sich kreuzten und die Ordnung durcheinander brachten, wie es nur die Menschen untereinander vermochten.

Ob die wohl früher auch eine Ordnung hatten, wo sie, ohne Krieg zu führen, alles teilten, dass alle satt wurden?

Joenes ging wieder ins Haus und verschloss die Tür mit dem Bolzen aus Holz, stellte sich hinter das Vieh und erleichterte seine Blase. Die Kuh rülpste laut und käute wieder, was sie am Tag gefressen und nun aus dem Labmagen hervorwürgte, um es noch einmal durchzukauen. Aus ihrem unablässig mahlenden Gebiss tropfte grauer Saft, der roch säuerlich. Der Bauch des trächtigen Schafes hob sich mit den Atemzügen auf und ab.

Morgen ist es mit ihm so weit, dachte Joenes, da muss ich aufpassen. Schafe sind manchmal zu dumm und besonders wenn sie Zwillinge ausgetragen haben, dann vergessen sie nach dem ersten gern, dass ein zweites Fell trocken gekaut werden will, und wenn du es nicht frühzeitig bemerkst, dann ist das Kleine platt.

Geeskes Platz auf dem Stuhl war leer. Nur die Wolle lag da, und ihren Körperabdruck auf dem Schaffell sah er noch. Ihre Wärme und ihren Lavendelduft spürte er, als er die Hand darauf legte, und er wusste nicht, weshalb er auf einmal darüber erschrak.

Er stellte den Feuerstülper auf die Soden und fühlte, wie ihm das Blut in den Kopf schoss. Er hörte Catharinas Reden, dachte an die Fliegen und an das Boot, bevor er einschlief, und als er aufwachte, dachte er wieder daran und meinte, kein Auge in dieser Nacht zugetan zu haben. Das wollte er Geeske aber nicht sagen.

Sie lag mit dem Kopf auf seiner Brust, ihre Haare kitzelten seine Nase, dass er niesen musste. Sie wachte auf, hob den Kopf, blinzelte ihn verschlafen an und kraulte in seinen Haaren.

«Guten Morgen, mein schwarzer Zigeuner. Heute vor eintausendsiebenhundertsiebzehn Jahren wurde uns Jesus Christus geboren. Und bis zum Altjahrsende will der Blondschopf raus!»

Was Joenes kein bisschen beleidigte; sie durfte ihn ja so nennen, wenn es niemand hörte. «Und die eine von den alten Schafen ist heut auch dran», sagte er. «Diesmal aber zum letzten Mal, die kommt nicht wieder zum Bock.»

Worauf Geeske kein bisschen empört über ihren Bauch strich und lachend hinzufügte: «Neun Monde sind nämlich rum für mein kleines Schäfchen!»

«Wird aber auch Zeit», sagte er. «Bei unseren Alten sind es bloß fünf Monde.»

«Falsch! Fünf Monde und fünf Tage tragen sie», berichtigte Geeske.

«Du hast ja Recht, wie immer!»

«Wie meistens», lachte sie.

«Du hast aber gesagt, Christian ist kein schwarzes Schäfchen und wird wieder blond.»

«Wird er auch», sagte Geeske.

«Und stehen und laufen können die Lämmer dann auch gleich», sagte Joenes.

«Ist schon merkwürdig, dass die kleinen Menschen so hilflos auf die Welt kommen», sagte Geeske. «Warum hat der liebe Gott das bloß so eingerichtet?»

«Ich glaube das nicht», sagte Joenes. «Ich meine, dass der da oben alles bestimmt. Wie soll er das denn sehen, was hier vor sich geht?»

«Wie ein Vogel. Der hat die beste Übersicht vom Himmel aus und erspäht auch die kleinste Maus vorm Loch. So ist das.»

«Nee, ist es nicht. Manchmal denke ich, die Menschen sind ihm aus dem Geschirr gelaufen, sonst wäre auch nicht so viel Schlechtigkeit in der Welt. Das kann er doch nicht gewollt haben, dass es wilde Wasser oder Räuber und Mörder gibt.»

«Nein, das kann er nicht», sagte Geeske ernst.

Joenes hätte sich wegen des letzten Satzes auf die Zunge beißen können. Aber Geeskes Gesicht war gleich wieder fröhlich.

«Weißt du, was er gewollt hat? Jetzt gerade? Ich schwör's, ich hab's gehört.»

«Na, und was?», fragte Joenes voller Erwartung. Er legte schon mal seinen Arm um Geeskes Taille, die er kaum noch mit beiden Armen umfassen konnte.

«Dass wir auch an Weihnachten zeitig aufstehen, das hat er gewollt. Sonst kommt Claus vom Moor runter, und was soll der von uns denken, wenn wir noch am helllichten Morgen in der Butze liegen, das mal dir mal aus!»

«Nee», sagte Joenes, «der nun noch nicht, der kommt erst gegen Mittag. Und wer von uns beiden ist denn gestern allein aufs Stroh gegangen?»

«Reiß mir den Bernstein nicht von der Kette», kicherte Geeske, «wenn ich den nicht trage, gibt es Unglück.»

3.

Claus kam wirklich erst gegen Mittag. Auf großen Füßen, in Holzschuhen mit Lederschäften, in denen seine Beiderwandhosen steckten. Unter der warmen Jacke breite Schultern über einem mächtigen Brustkorb, in dem es niemals rasselte. In seiner Kiepe brachte er vom Moor frischen Kienspan für das Licht mit und in den Händen ein paar Zweige duftenden Gagelstrauch, der auch im Winter seine silbergrauen ledrigen Blätter behält.

«Claus ist da!», riefen die Kinder und hüpften lärmend um ihn herum.

Fröhlich begrüßte er, was ihm entgegenlief, stellte den gewundenen Krückstock an die Wand zu den Kammern, tastete nach einem Astzinken am Sparren und hängte seine Mütze daran. Mit seinen kräftigen Händen hob er eins der Kinder nach dem anderen in die Höhe, dass sie laut juchzten und in die dicke gelbe Wolle auf seinem Kopf griffen und daran zogen. Sie bildete einen scharfen Kontrast zur schwarzen Klappe auf dem rechten Auge, die hatte Geeske ihm nach dem Unglück genäht. Das linke Auge steckte noch, wo es hingehörte. Nur ein weißer Fleck saß darauf, fast wie ein Splitter, von dem die Kinder glaubten, er wäre durch den Kampf mit dem Einhorn hineingeraten, was Claus niemals richtig stellte. Wie die Kinder liebte er Geheimnisse über alle Maßen. Auf einem Schemel versuchte er ächzend die Holzschuhe auszuziehen, die nicht von den dicken Wollsocken gleiten wollten, bis Mattes sich vor Claus hockte, jeden Stiefel in beide Hände nahm und sie herunterzerrte. Danach stellte er sie ans Feuer. Claus streckte seine Füße zum Herd. Die Strümpfe dampften.

«Der Wind hat von Südwest auf West gedreht», berichtete er.

«Wem sagst du das!?», erwiderte Joenes.

«Wenn er man nicht heute noch auf Nordwest geht.»

«Wollens nicht hoffen!»

Die Kinder setzten sich zu ihm auf den Boden und zogen die Knie bis ans Kinn.

«Na, dann greift man in die Kiepe», sagte er. «Da hat Tante Lise für euch was reingetan.»

«Die sehn aus wie Kuhfladen», sagte Joenes.

Für jedes der Kinder lag darin ein Buchweizenpfannkuchen, obwohl Lise selbst nicht viel zu verteilen hatte. Lebte mit ihren neun Kindern allein, nachdem Georg verschwunden war, was Lise nur mit «Er ist unter die Räder gekommen» bezeichnete, zu etwas anderem ließ sie sich nicht her.

«Lise hat ja doch ein gutes Herz», sagte Geeske.

Sie gab jedem einen Becher voll mit ihrem scharf gebrannten, bitteren Zichorienkaffee, auf dem süße Sahne in kleinen Fettinseln schwamm.

Claus trank in kleinen Schlucken, bis der Becher leer war, und drehte ihn verschmitzt lächelnd um. Geeske nahm den Becher, füllte ihn noch einmal und drückte ihn Claus wieder in die Hand.

«Vielen Dank für den Gagel», sagte sie. «Dass du immer daran denkst!»

«Wenigstens den haben wir Moorkerle euch Marschleuten voraus», antwortete Claus und lächelte spöttisch.

«Und warum ist das so?», fragte Geeske. Eigentlich wusste sie das, aber sie wusste auch, wie man Männer zu nehmen hatte.

«Der Gagel braucht das Magere zum Wachsen. Auf eurem fetten Klei würde er bloß verkümmern.»

«Ist das nicht seltsam mit der Erde?», sagte Geeske. «Euer Buchweizen würde bei uns auch nicht gedeihen.»

«Dass Pflanzen wissen, welcher Boden ihnen gut tut, hat die Natur weise eingerichtet», sagte Joenes.

«Es ist, wie es ist», sagte Claus, «auch bei den Tieren. Eisbären wollen auf gefrorenem Boden leben und Wale im Meer, obgleich sie atmen können wie wir.»

«Weiter erzählen!», bat Mattes, der immer noch Claus zu Füßen hockte.

«Du und deine Weisheiten», sagte Joenes. «Hast wohl schon alles gesehen, was kriecht, fliegt und schwimmt.»

«Stubenhocker sind immer neidisch auf die, die in die Welt gehen», sagte Claus. «Und dann wissen sie mit vielerlei fadenscheinigen Gründen zu erklären, weshalb sie zu Hause geblieben sind, statt ehrlich zu sagen, ich habe mich vor der Fremde gefürchtet.»

Geeske mischte sich ein, um den Streit, der unweigerlich folgen würde, zu verhindern.

«Der eine so, der andere so», sagte sie. «Es können ja nicht alle fortgehen. Wer würde dann das Land bearbeiten und für Milch und Getreide sorgen?»

Den Moment, in dem weder Claus noch sein Vater etwas sagten, nutzte Mattes schnell für sich.

«Und jetzt, wie du mit dem Eisbären gekämpft hast und er dir seine Pranken auf die Schultern gelegt hat und wie du den Walfisch besiegt hast.»

Auch die anderen Kinder bettelten gleich mit großen, hungrigen Augen und mit gespitzten Ohren, in die gut eine oder zwei Geschichten von Claus gepasst hätten, denn so häufig kam er nicht vom Moor herunter in die Marsch. In den Händen hielten sie die Pfannkuchen, von denen sie rundherum den Rand abbissen, bis nichts mehr übrig war als ein Stück so groß wie eine Murmel, und das wurde dann ganz in den Mund gesteckt.

«Erst will ich den Kaffee trinken, dann müsst ihr meine Stiefel putzen.»

Die Kinder zogen lange Gesichter und verdrückten sich auf klappernden Holzschuhen.

«Was du heute kannst besorgen, das verschiebe nicht auf morgen», rief Claus ihnen nach. «Nach dem Putzen will ich die Ungeheuer für euch zum Leben erwecken.»

Die Kinder machten sich daran, mit Holzscheiten den Klei von seinen Schuhen zu schlagen. Danach putzten sie sie mit feinen Birkenreiserbürsten, während sie aufmerksam auf den Moment lauerten, wo der Vater den Onkel nicht mehr brauchte und die Becher endlich leer getrunken waren.

Die Brüder sprachen über das zu warme Wetter, über das Reetdach, welches im Frühjahr nachgestopft werden müsste, auch der Heidefirst brauchte dringend eine Aufbesserung und, nachdem Geeske die Kinder fortgeschickt hatte und selbst vor die Tür gegangen war, über Catharinas zweites Gesicht, von dem Claus schon gehört hatte.

Und danach über den aufgeweichten Deich, wobei Joenes sich gehörig aufregte, dass manche ihn nicht ordentlich pflegten, im Gegensatz zu Fieten Burmester, auf den könne man sich verlassen.

«Sie bringen viel zu schweres Vieh darauf, was aus guten Gründen verboten ist, aber sie scheren sich nicht darum und holen sie erst kurz vor der Deichschauung herunter, und dann sind sie es nicht gewesen, wenn der Boden voller Kuhlen und die Grasnarbe zerstampft ist.»

«Und was ist mit deinem Kahn?», fragte Claus, ohne auf den brüchigen Deich einzugehen. «Soll ich dir nun dabei helfen, oder wollen wir hier reden, bis das Wasser übern Deich kommt, falls Catharina Recht haben sollte?»

Joenes steckte den Vorwurf mit einem stummen Augenaufschlag weg. Er hatte ja nach ihm geschickt, weil Claus einfach über die größere Erfahrung im Bootsbauen verfügte, und deshalb wollte er es sich gerade jetzt nicht mit ihm verderben.

«Lass uns später ans Boot gehen. Erst zu den Schafen, da will eins lammen, und ans Klauenbeschneiden müssen wir auch noch ran.»

«Und warum sind wir nicht längst dabei?»

«Bist du der Bauer, oder bin ich es?»

«Nun ist es aber gut», mischte Geeske sich ein, die gerade wieder hereingekommen war.

Sie ließen ihre Becher auf der Bank stehen, übersahen die mauligen Mienen der Kinder und gingen in den Stall. Claus konnte sich nicht erinnern, jemals im Winter Fliegen gehört zu haben. Das war wohl der verdammte warme Südwest, sonst wären die Viecher längst krepiert.

«Summ, summ, summ, Fliegchen summ herum! Über Stock und über Steine, aber brich dir nicht die Beine ...!»

Joenes verdrehte seine Augen. Claus redete unbekümmert weiter.

«Eine Fliege über den Winter im Haus behalten, das bringt Glück, sag ich dir, so wahr ich Claus Marten heiße.»

«Lass endlich mal deine verdammten Sprüche im Moor!», sagte Joenes. «Ich kann sie längst alle auswendig daherbeten, die Kinder quaken sie schon nach! Das kommt alles davon, weil du keine Frau hast, die dir mal den Kopf zurechtstutzt!»

Kaum dass er die letzten Worte ausgesprochen hatte, bereute er sie schon und sah erschrocken zu Claus. Trotz der blicklosen Augen kam der tatsächlich ganz gut allein zurecht mit sich und dem Kochen und Waschen.

Claus blieb stumm. Wie sollte einer antworten, der in einem fort nur in seinem Kopf herumspazierte, wo er sich wenigstens keine Beulen holte, wie jetzt von seinem Bruder, der sein Glück doch ihm zu verdanken hatte. Aber darüber jemals zu sprechen, das hatte er sich verboten. Sein Gesicht blieb für einen Moment gänzlich leer.

Und das sah Joenes natürlich. «Und was bringen viele Fliegen im Winter?», fragte er, um Mäßigung bemüht, «Glück oder Unglück?»

«Dagegen hab ich den Gagel mitgebracht», sagte Claus. «Was zu viel ist, ist zu viel.»

Ein einjähriges Schaf hatte als Erstes mit dem Lammen angefangen. Sein Körper zuckte im Liegen, der gewölbte

Bauch bebte, es schob immer wieder ruckend den Kopf vor und atmete in schnellen Stößen ein und aus. Die beiden älteren, ebenfalls trächtigen, stupsten es an, bereit zur Geburtshilfe. Claus schob sie und Joenes beiseite, kniete sich schwerfällig nieder, tastete den Leib ab und drehte sich zu Joenes um.

«Hat bei dir wohl nur saures Binsenheu gefressen und davon den Wurm gekriegt? Die ist zu schwach, um auszutreiben.» Und ohne eine Antwort auf seinen Vorwurf abzuwarten: «Lass mich mal machen, bevor es in ihr tot bleibt und sie daran verreckt. Gib mal Wasser her!»

Joenes stellte ihm wortlos einen Eimer hin.

Bedächtig tauchte Claus seine Arme ins Wasser und schob dann eine Hand in die aufgewölbte Scheide. Den Kopf hielt er dabei schräg, als horche er aufmerksam.

«Verflucht! Da liegt was quer. Wenn das man gut geht mit den beiden!»

Er drückte seinen Arm weiter in das Tier hinein, drehte ihn vorsichtig herum, bekam das Lamm zu fassen und zog es mit einem Ruck zusammen mit der platzenden Fruchtblase und dem strömenden Blutwasser heraus. Das verklebte Bündel flutschte aus seiner Hand und lag ohne jede Regung im Stroh, durch die Nabelschnur noch mit der Mutter verbunden, die sich zur Seite legte und die Läufe von sich streckte, als wolle sie sterben. Claus tastete das Lamm ab, fühlte Kopf und Läufe und lächelte zufrieden.

«Willst du wohl aufstehen!»

Joenes griff in die Wolle und zog die Alte mit einem Ruck hoch, bis sie stand. Die Nabelschnur riss. Mit einem stumpfen Blöken begrüßte sie ihr Lamm und schob, ohne sich zu verpusten, ihr Maul nach vorn und begann die Reste der Fruchtblase von seinem Fell abzuknabbern und zu schlucken. Die beiden anderen alten Schafe nahmen mit flatternden Nüstern Witterung auf und stießen das liegende Lamm kräftig an.

Joenes beugte sich darüber und bekam sofort einen Schubs von der Alten. Er drückte sie kurz beiseite, dann ließ er sie wieder ran.

«Danke», sagte er.

Das kam von Herzen. So ein gesundes Neugeborenes war immer eine Freude und ein Gewinn für den Bauern, es versprach Wolle für sieben Jahre und am Ende Fleisch. Und bei den Erstlammenden war es auch gut, wenn sie keine Zwillinge zur Welt brachten, die hatten zunächst mal ihre Mutterschaft zu lernen. Oft verstießen sie sonst eins, weil es ihnen einfach zu viel war oder weil sie es vergaßen.

«Dafür nicht», sagte Claus.

«Doch dafür», sagte Joenes.

«Ev oder Bock?», fragte Claus.

«Ev. Und das ist auch gut so. Dann braucht die eine von den beiden anderen Alten im Erntemond nicht mehr zum Bock und kommt, wenn sie nach dem Lammen trocken steht, gleich in die Wurst.»

Die eine von den Alten beäugte, beschnupperte und stupste das Lamm, das, erst ein paar Minuten auf der Welt, ihr eigenes Todesurteil war, um sich danach wiederkäuend, auf den Vorderläufen zuerst, dann die Hinterläufe unter den Bauch schiebend, in die Einstreu aus Schilf zu legen.

Als die Wolle des Lamms trocken war und sich kräuselte, rief das Mutterschaf es mit kurzen hohen Blöktönen, knuffte es an, bis es aufsprang. Auf dünnen Beinen taumelnd, die Nase voran, suchte es die Zitzen, stieß sein Maul mehrmals in ihre Lenden und trank.

Noch während des Saugens schiss das Neugeborene seinen Teufelsdreck aus, dünn und schwarz. Und die Mutter drückte derweil die Nachgeburt heraus, die sich sofort eine von den Katzen holte und auf den Hellen schleppte, wo sie das blutrote Stück mit Krallen und Bissen gegen die anderen Katzen verteidigte.

Claus kam von den Knien nicht hoch. Als Joenes ihm unter die Arme greifen wollte, stieß sein Bruder ihn stumm zur Seite. Er fand mit seinen Armen Halt an einem Ständerbalken und zog sich daran empor.

Während sie dann vor der Tür Wasser abschlugen, sagten beide gleichzeitig: «Nordwest!?»

«Ist das Boot noch dicht?», fragte Claus.

«Es liegt kopfüber an der Schleuse», sagte Joenes.

«Also kein Leck?», fragte Claus.

«Nee.»

«Dann holen wir es gleich mit der Schlickrutsche», schlug Claus vor. «Wir haben Niedrigwasser. Die Jungs können schieben helfen.»

«Morgen früh nach der Kirche ist Zeit genug», sagte Joenes, als sie schon auf der Diele waren.

«Was du heute kannst besorgen, das verschiebe nicht auf morgen», sagte Claus. «Aber du sollst es wissen.»

Joenes schluckte hinunter, was er erwidern wollte, weil Geeske den Streit zwischen ihnen nicht mochte. Wenn der wenigstens mal neue Sprüche hätte, dachte er. Aber nein, die alten werden immer wieder durchgekaut, seitdem er nicht mehr zur See fährt.

Sie wuschen Hände und Gesicht im warmen Wasser des Eimers, der am Feuer bereitstand, und trockneten sich mit den Leinentüchern ab, die an den Sparren hingen.

Die Kinder lauerten, Erwartung in den Gesichtern.

«Nun bin ich für Weihnachten schon sauber», sagte Claus. Er zeigte seine Hände. Sie griffen danach und ließen ihn die kleinen runden Löcher fühlen, die sie in den festgestampften Ton der Diele gebohrt hatten, gaben ihm eine Murmel aus rotem Ton in die Hand und ließen ihn damit kullern, was ihm so gut gelang, dass er nach einigen Versuchen, die er sich erbeten hatte, als Sieger aus dem Spiel hervorging. Er legte sich der Länge nach hin und ließ die Murmeln rollen. Mit einem Ohr auf dem Boden hörte er dem Kullern zu. Dann stand er auf, zählte die Schritte und fühlte nach, wie nah die Kugeln an das Loch gekommen waren. Er ging zurück, warf noch einmal und traf.

«Na?», fragte er.

Die Kinder vergaßen die Antwort und staunten mit offenen Mündern. Sie schlossen die Augen und versuchten es ihm nachzumachen, aber die Murmeln rollten bloß ins Stroh. Sie streckten ihm die Zungen heraus und kicherten, weil er es nicht sehen konnte, versteckten ihm den Krückstock und wunderten sich, wieder mit offenen Mündern, wie er den Weg zur Braunkohlsuppe fand, die in einem Topf über dem Feuer kochte. Wie er sich mit der Kelle eine Probe herausholte, pustete, davon schlürfte und sie mit einem Grinsen für gut befand.

Geeske schüttelte ihn zum Spaß ein bisschen an den Schultern und versuchte einen Reim und eine Melodie.

«Naschende Ka-hatzen kriegen von mir eins auf die Ta-hatzen.»

«Vögel, die am Morgen singen, holen die Ka-hatzen am Abend», flüsterte Claus und kniff ihr in den Po, worauf sie ihm einmal über die Haare strich. Er hielt ihre Hand fest, einen kurzen Moment, und zog sie an seinen Mund. Geeske lächelte ihn an.

Joenes sah dieses Lächeln aus den Winkeln seiner Augen, aber er verkniff sich eine Bemerkung. Sie gehörte ihm, und Claus konnte es ja nicht sehen.

Danach setzten sich die großen Kinder ihre Mützen auf, zogen die Jacken an und halfen den Kleinen. Sie nahmen ihren Onkel an den Händen mit hinaus und schleppten ihn zu den niedrigen, dicken Kopfweiden am Graben, deren zweijährige Äste wie einen Sitz die Kronen umstanden. Sie wollten ihm hineinhelfen, aber er schüttelte sie ab und zog sich an seinen Armen allein in den Baum. Und während der Wind die Weiden zauste, nahm Mattes Johanna auf den Arm, und alle suchten sich einen Platz in den Weiden und bettelten um die Geschichte vom riesigen Meeresungeheuer, das sie Walfisch nannten. Claus ließ sich nicht lange auffordern, setzte mit einer Hand ein Fernrohr vor die linke Augenhöhle, zwinkerte mit der rechten Braue und sah weit über den Deich bis aufs Meer hinaus, und es schien so, als müsse er erst einmal den Standort des Seglers bestimmen, bevor es mit vollen Segeln aufs Eismeer zuging.

«Das war zu der Zeit, als ich noch vor Grönland auf Walfang ging. Wir kreuzten schon unter dem zweiten Vollmond durch das Eismeer und hatten immer noch keinen Wal zu Gesicht bekommen und dachten schon, wir müssten unverrichteter Dinge wieder umkehren. Wie uns dann langsam der Sauerkohl zur Neige ging und der geräucherte Speck schon beinah von ganz allein davonlief, weil darin die fetten Maden saßen, und wie unser Kaptein schon mit Tränen in den Augen an die Heimfahrt dachte und dass er nun seinen Anteilshabern nichts würde auszahlen können, da sahen wir endlich einen Walfisch, wie er so einen mächtigen Wasserstrahl in die Luft blies, Mann, ich sag's euch, der war höher als der Kirchturm im Dorf. Die Fischhaut war von schillernder schwarzgrüner Farbe und in seiner Stirn gab es zwei Löcher, mit denen er das Meerwasser ausblasen und Luft einatmen konnte. Und was glaubt ihr, was wir gemacht haben? Ratzfatz haben wir die Segel in den Wind gesetzt und das Ungeheuer umkreist, bis wir an den vielen Fontänen merkten, dass da noch mehr auf uns lauerten, die unseren Kahn umwerfen wollten.»

Jetzt nahm Claus die Hand wieder herunter.

«Nun, wir nichts wie in die kleinen Boote und sie in die Enge treiben, die sollten ja müde werden, und immer, wenn einer hochkam, patsch, eins mit der Stange auf den Rücken, dass er wieder abtauchte. Wie wir nun dachten, gleich haben wir ein leichtes Spiel und können einen harpunieren, da erhob sich so ein Riese direkt neben unserem kleinen Boot zu seiner vollen Größe, so groß wie Fieten Burmesters Haus, sag ich euch. Und einen Zumpen hatte der …», an dieser Stelle kicherten die Kinder jedes Mal, deshalb schob Claus hier stets eine Pause ein, «der war so groß wie mein Schenkel, das könnt ihr mir glauben. Er wollte mich zuerst gerade mit seinem riesigen Fischmaul verschlingen, aber der Kaptein hatte schon Wind von der Sache bekommen und kam mir zu Hilfe und rammte den Walfisch, dass der bloß eine Fontäne blies und wieder unterging. Als er dann wieder hochkam, warf ich die Harpune nach ihm, ich war Erster Harpunier, müsst ihr wissen, und dann hat er uns noch mindestens zwanzig Seemeilen mit sich über das Meer gezogen, bis wir ihn an Deck gehievt und geschlachtet haben, dann die Barten ab und mit dem Speckmesser den Speck rausgeschnitten. Das gab nachher in der Brennerei hundert Quardelen Tran!»

Die Kinder nickten einander bewundernd zu, denn hundert, das überstieg bei weitem ihre Vorstellungskraft und musste demnach unermesslich viel gewesen sein.

«Hundert?»

«Hundert Quardelen, sag ich euch!»

«Hundert Quardelen?»

«Jawohl! Und das war die Geschichte von der wundersamen Rettung eures Onkels vor dem Walfisch.»

«Nochmal!», rief Lüder.

«Einmal ist genug. Nun wird Mutter den Kohl wohl weich gekocht haben.»

Geeske stand unter dem Weidenbaum, die Hände auf den runden Bauch gelegt.

«Hat sie. Wird schon dunkel! Schnell ins Haus! Und was soll das nun bei dem Sturm hier in den Weiden, Claus, da gibt es Husten und Triefnasen.»

«Ooch, Geeske», sagte der, «nun mal halblang! Deine

91

Lütten sind ja nicht aus Honig gemacht, die sind hart wie gebackener Klei.»

«Jetzt von der Riesenseeschlange», rief Hedwig.

«Die Schlange schläft aber gerade.»

«Meerfrau, Meerfrau!», kreischte Johanna.

«Wie sie Lieder für euch gesungen hat und euer Schiff ist beinah gegen einen Eisberg gestoßen», fügte Hedwig ernsthaft an.

«Die Geschichte von der Meerjungfrau erzähl ich euch nach dem Essen», sagte Claus.

Mattes rief: «Die Meerjungfrau ist blöd. Erzähl die von der Krake, wie sie ihre Arme um die beiden Schiffsmasten geschlungen hat, und wie du sie mit dem Speckmesser abgeschnitten hast, und wie sie schwarzes Blut geblutet hat, und wie sie dich damit vergiften wollte, und wie du noch einmal …»

«Morgen gibt es was von der Krake und der Meerjungfrau», entschied Claus.

«Was du heute kannst besorgen, das verschiebe nicht auf morgen», sagte Mattes.

Claus schmunzelte.

Und das hielt Mattes wohl für eine Aufforderung, nun einmal selbst loszulegen.

«Eines Tages kreuzten wir vor der westafrikanischen Küste und wollten gerade den Anker setzen, um bei den Kaffern eine halbe Buddel Schluck gegen einen Korb mit grünen Roggenschoten zu tauschen …»

«Okraschoten», verbesserte Claus. «Die sehen beinah aus wie dicke Bohnen, nur dass sie breiter sind, und schmecken tun sie wie Erbsen, nur dass sie süßer sind, und hängen tun sie an Sträuchern mit armdicken Ästen, wo sie dir fast in den Mund wachsen, und blühen tun sie in einem hellen Himmelblau mit einem dunklen Punkt in der Mitte, und duften ...»

Er hätte wohl die Okraschoten immer noch weiter beschrieben bis hin zur Zubereitung, wenn Mattes nicht ungeduldig geworden wäre und dazwischengequatscht hätte.

«... da tauchte ein ungeheuer riesiger Tintenfisch mit tausend Armen direkt an Steuerbord auf, schlang hundert Arme um unsere Masten ...»

«Schluss, Mattes!», rief Geeske. «Die Geschichte ist vorm Schlafengehen zu jämmerlich. Da weiß ich besser eine von lieblichen Engeln.»

Nachdem Geeskes Rosinenklüten zusammen mit dem Schweinskopfbraten und dem braunen Kohl in den Mägen verschwunden, die Becher mit dem Johannisbeerwein geleert waren und das Feuer noch einen Korb voll Torfsoden zu fressen bekommen hatte, dass die Wärme alle einhüllte, auch die Katzen, die schmatzend an den Knochen saugten, wurde erst gebetet, «Herr, dein Name sei geehret, dass du uns das Brot bescheret, zeitlich Gut hast du gegeben, gib uns auch das ewig Leben. Amen», und dann durfte Mattes vorlesen.

Wenn er stockte und hilfesuchend aufsah, half Geeske ihm weiter, denn sie kannte alles auswendig. Von dem leuchtenden Stern am Himmel, der den Weg wies, von den Hirten auf dem Felde, von den Weisen aus dem Morgenlande, von den Engeln in den Lüften und dem neugeborenen Kind in der Krippe, über das Maria und Josef sich beugten, und wie sie zwei Tauben für das Festmahl opferten, weil sie für ein Lamm, wie es sonst bei einer Geburt üblich war, keine Taler hatten.

Joenes saß still dabei und hörte zu.

Ja, so war es gut.

Obwohl ihnen längst die Augen klein geworden waren, kauerten Johanna, Hedwig und Lüder aneinander gelehnt am Feuer und verlangten immer mehr zu hören, bis Geeske ihnen die langen Nachthemden überstreifte und sie ins Stroh schickte. Ihre Kleidung hängte sie an den Astzinken auf, damit sich alles Geziefer herunterfallen ließ, das am Tag hineingekrabbelt war.

«Lieber Gott, kannst alles geben, gib auch, was ich bitte nun: Schütze diese Nacht mein Leben, lass mich sanft und sicher ruhn. Sieh auch von dem Himmel nieder auf die lieben Eltern mein, lass mich alle Morgen wieder fröhlich und auch dankbar sein. Amen.»

«Ich werde später Harpunier», flüsterte Mattes seinem Bruder Lüder ins Ohr.

«Ich nicht.»

«Was wirst du?»

«Weiser aus dem Morgenlande.»

Als sie dann endlich in ihren Butzen schliefen, belegte Geeske bei der Truhe im Mittelzimmer für Claus einen Strohsack mit Leinen, das sie sorgfältig glatt strich, bis keine Falten mehr zu sehen waren, und schüttelte ihm das Bettstroh zum Zudecken und den Kopfsack ordentlich auf, nachdem sie beides in einen Sack gestopft hatte. Sie stellte ihm noch eine Kruke mit gutem Wasser an das Kopfende, es hatte ja so viel geregnet in letzter Zeit, aber Claus sagte, bei den Schafen fühle er sich eher zu Hause als neben den anderen.

«Da gibt es doch nur Schnarcherei und Gehuste aus der Butze.»

«Ach komm», sagte sie.

Er wolle gern noch allein am Herd sitzen und das vergangene Jahr an sich vorüberziehen lassen, sagte Claus, das täte er bei sich und Lise auf dem Moor auch so, wenn auch erst zwischen den Jahren so richtig, wo alle Arbeit ruhte und sogar die Katzen das Mausen sein ließen, weil sie vom Festessen satt geworden waren.

Recht hatte er. Sie lagen träge ausgestreckt, aber wachsam am Feuer und schnurrten, nur manchmal stellten sie ihre Schwänze steif und ließen die Spitzen spielen.

«Sinnieren kannst du ja auch hier», sagte Geeske.

«Gib schon Ruh», sagte er.

Geeske gab es seufzend auf, Claus zu überzeugen. Bevor sie sich selbst ins Stroh legte, fragte sie besorgt bei beiden Männern nach.

«Und was meint ihr zu dem Nordwest? Kommt der nochmal zurück, oder lässt er uns heut Nacht in Ruhe? Was sagen deine Knochen, Claus?»

«Er flaut immer weiter ab», sagte Joenes, ehe Claus antworten konnte. «Du kannst ganz beruhigt schlafen gehen, Geeske.»

«Wollens hoffen, dass er nicht wieder zunimmt», murmelte sie.

Und was Claus daraufhin zu Joenes sagte, hörte sie nicht mehr.

«Irgendwas stimmt da nicht. Hörst du das auch? Er dreht immer mal wieder und faucht aus verschiedenen Richtungen, meist aber vom Abend her. Das will mir ganz und gar nicht passen.»

«Ich wollte Geeske nicht unnötig in Angst versetzen», sagte Joenes.

«Versteh schon», brummelte Claus.

«Glaubst du etwa, das da noch was nachkommt?», fragte Joenes.

«Glauben nützt gar nichts. Ich werde die Ohren aufhalten. Geh du man schlafen.»

«Sollte ich nicht besser auch wach bleiben?», fragte Joenes.

«Das musst du schon selbst wissen. Genau wie das mit dem Boot.»

Das saß.

Und nicht nur deswegen, und nicht nur, weil Geeske so viel Platz neben ihm brauchte, wälzte Joenes sich hin und her und konnte nicht einschlafen. Gleich morgen, nahm er sich vor, nach dem Kirchgang würde er mit Claus das Boot holen, jetzt, wo der ohnehin schon hier schlief. Hätte der im Stall nicht seinen Spruch abgelassen, wäre Joenes wohl noch mit ihm zur Schleuse gegangen. Der sollte sich lieber nützlich machen, wie heute im Stall, und nicht nur den Kindern seine Lügengeschichten erzählen. In der Zeit hätten sie auch schon den Steven zusägen können. Aber die Kinder mochten Claus einfach zu gern. Einerseits wollte Joenes nicht, dass sie zu sehr von ihm verwöhnt wurden, andererseits gönnte er ihm den Spaß mit ihnen. Vielleicht sollte er ihn sogar zu sich auf die kleine Kätnerstelle nehmen, er könnte Geeske behilflich sein. Dass er sie in Ruhe ließ, darauf konnte er sich wohl bei ihm verlassen und bei Geeske sowieso; ein bisschen herumschäkern, das war ja keine Sünde, und seine Mehlklüten würde er allemal selbst durch seiner Hände Arbeit verdienen. Dieser Gedanke beflügelte Joenes, sich im Frühjahr noch zusätzlich beim Deichbau zu verdingen, und beileibe nicht bloß als Tagelöhner. Da wurden nicht nur Leute mit Händen, sondern auch die mit Köpfchen gebraucht. Erfahrung hatte er ja, und Aufstiegsmöglichkeiten gab es genügend, wenn man sich nach den Regeln verhielt und mit der gebührenden Achtung, die vor dem Deichgräfe und den Regierenden notwendig war, eigene Vorstellungen einbrachte, die der Verbesserung des Deiches dienten, der allen am Herzen lag. Wie das frühzeitige Abstaken besonders dem Wellenschlag ausgesetzter Stellen, die Joenes allemal kannte. Es gab ja nicht nur den schar am Wasser liegenden Deich an der Schleuse, auch andere Orte waren gefährdet. Vorschläge von Orten zum Schneiden fester Grassoden, die beileibe nicht überall abgesteckt werden durften, könnte er ebenfalls einbringen. Er kannte da Stellen im weiten Vorland, wo feste Soden wuchsen. Mit dieser zusätzlichen Einnahme vom Deichbau könnte er etwas Land für Weizen dazupachten. Vielleicht würde Fieten Burmester ihm ja auch einen Morgen dazugeben, ohne es groß festzuschreiben, der war ihm ja ohnehin wohlgesinnt, das stand fest.

Weil es so ist, gingen seine Gedanken weiter, dass die Bauern zwischen den Ebbe-und-Flut-Strömen Oste und Elbe frei sind und ihr eigenes Recht pflegen, in das sie sich ungern von der Regierung hineinreden lassen, wie es anderswo gang und gäbe ist. Und vom Deichbau verstanden sie hier allemal mehr als die Obrigkeit, die in Stade, Hannover oder gar London auf dem Sand saß und sich die Finger nicht schmutzig machte, es sei denn, mit Tinte oder Siegellack, aber dafür hatten sie wahrscheinlich ihre Schreiber und Diener. Obwohl, wie der Boden in London beschaffen war, das wusste Joenes nicht so genau. Vielleicht war die Themse ja auch ein Fluss mit Ebbe und Flut und Deichen, und die hatten dort ebenfalls ihre Erfahrungen sammeln können. Denn dass es wilde Wasserfluten auch in England gab, davon hatte sein Bruder früher berichtet.

Ja, das sollte er tun. Claus hierher holen, weil der nie eine eigene Familie haben würde. Und das nagte nicht nur an Claus, obwohl der niemals darüber ein Wort verlor, das schlich sich nun, wie so oft, in Joenes' Gedanken. Und nun schien ihm gerade so, als ob er dazu auch noch Catharinas krächzende Stimme hörte. Er sah vor sich, was Catharina ihm berichtet hatte, auch das brennende Haus, aber vielleicht war es auch nur seine Einbildung oder ein böser Traum.

«Ich habe wildes Wasser gesehen. Es wird in einem Schwall durch den gebrochenen Deich strömen und alles Land überfluten. In das Brüllen der Tiere werden sich die Schreie der Ertrinkenden mischen, und in der Nacht wird ein einziges Tosen sein. Mehr als zwanzig Sommer und zwanzig Winter wird das fremde Wasser mit jeder Tide kommen und gehen, vielfältig Not bringen, Habgier auslösen und Zwietracht unter den Menschen säen. Und dein Haus wird im Ganzen davonschwimmen, bis es auseinander fällt.»

Und noch einmal beruhigten sie sich überall in den Hütten und Häusern, um den Zweifel zu verdrängen, der schon an ihnen nagte, weil der Wind noch an den Westfenstern rüttelte und sich anschickte, ihnen das Fest zu versauern: «Lächerlich, was die Alte da gesehen hat. Wir haben jetzt abflauenden Wind aus Nordwest, der brist nicht einfach wieder so auf!»

Als die Menschen in der Heiligen Nacht schon selig schlafend auf dem Stroh in ihren Butzen lagen, die Bäuche voll, vor sattem Behagen furzend, vielleicht auch träumend, einander liebend oder beschimpfend, grad wie es passte, türmten sich die Wolken und die Wellen übereinander.

Weil es der Herrgott so wollte, vielleicht auch der Mond oder Jan Rasmus, der in dieser Nacht die Herrschaft am Himmel übernommen hatte. Über den man natürlich nicht laut sprechen durfte.

«Du sollst keine anderen Götter haben neben mir», hatte der Pastor während seiner letzten Predigt von der Kanzel gerufen.

Die Kirchenglocken ließ er allerdings zur Warnung erst Sturm läuten, als schon Wasser durch den gebrochenen Deich trieb. Auch er hatte, wie die anderen, nicht damit gerechnet, dass der Orkan noch einmal zurückkehren würde.

Der Mond stand im letzten Viertel. Es war Nipptide. Kurz nach Mitternacht bewegte sich die große atlantische Flutwelle an Englands Osten hinunter, traf auf die kleinere Welle aus dem englischen Kanal, und beide rollten vereint und mit voller Kraft, getrieben vom Westnordwest, in die Deutsche Bucht hinein, drängten an die kleinen ost- und westfriesischen Inseln, an die Küsten des Festlandes und in die Mündungen der Flüsse, wo sie die ersten Deiche brechen ließen und das Land dahinter überfluteten.

4.

Aus einer seltsamen Unruhe heraus, mag sein, Catharinas Stimme in ihm war übermächtig geworden, verließ Joenes etwa zur halben Nacht das Stroh und schlurfte barfuß aus der Kammer. Licht brauchte er dafür nicht anzuzünden, er kannte jede Unebenheit des gestampften Bodens, jede Ecke, jeden Balken, an dem man sich den Kopf stoßen konnte. Fest raffte er sein langes Nachthemd an den Körper, um rasch ein paar Soden auf den Herd zu legen.

Ein scharfer, kalter Luftzug wehte ihm entgegen, als er die Tür zum Flett öffnete. Zu seiner Verwunderung sah er, dass Claus nicht bei den Schafen schlief, sondern noch wach auf Geeskes Fellstuhl am Herd saß und seine Hand über das glimmende Feuer hielt. Er nahm den eisernen Feuerstülper herunter, legte eine Torfsode nach und stellte ihn wieder auf die Glut. Etwas schien ihm ganz und gar zu missfallen, er hob seinen Kopf und schnupperte nach dem Qualm, wendete seinen Kopf zur seitlichen, nach Westen gerichteten Tür, die plötzlich in den Angeln klapperte. Er lauschte einen Augenblick, danach lehnte er sich wieder zurück und drückte die Füße fest an die heißen Steine. Ab und an blähten sich seine Nasenflügel, sein Gesicht blieb wachsam.

Joenes schien es, als wäre sein Bruder weit fort mit den Gedanken. Irgendwo auf den sieben Weltmeeren setzte er gerade die Rah oder saß im Mastkorb und bestimmte die Richtung nach den Sternen. Ja, es mutete fast so an, als hielte er seine Nase in den Wind und horchte, ob er womöglich umschlagen könnte, was geheißen hätte, alle Mann an Deck, jeder an seinen Platz und rauf in die Wanten, die Segel reffen.

Joenes spürte Wärme in sich aufsteigen. Wenn Claus erst einmal hier leben würde, wollte er behutsamer mit ihm umgehen, sich nicht mehr über ihn ärgern. Und seine Redensarten – na ja, oft waren es auch Lebensweisheiten, über die man herzlich lachen konnte. Gott würde es bestimmt gefallen, wenn er Claus an der Familie teilhaben ließe. Doch nun durfte er ihn nicht stören, er wollte sich zurück aufs Stroh legen, um neben Geeske den Tag zu erwarten, sehen, wie sie aufwachte und ihn anblinzelte.

Das war für ihn die beste Zeit zum Nachsinnen, da waren ihm mitunter sogar ketzerische Gedanken gekommen, die Allmacht Gottes betreffend, aber darüber wollte er mit Geeske nicht reden. Die ließ auf den lieben Gott nichts kommen und hatte ihre Kinder schon früh Gebete gelehrt, mit denen sie vor und nach jeder Mahlzeit den Herrn lobten und dankten.

Wenn die Kuh nicht gemuht und die Schafe nicht geblökt und Claus sich nicht mit einem Mal aufgesetzt, den Rücken durchgedrückt und die Nase gehoben hätte, Joenes wäre noch eine Weile weiter seinen Gedanken nachgehangen, ohne ein Ende zu finden.

«Bist du das, Joenes?», fragte Claus zögernd.

Zum Teufel, wie hatte der das mal wieder gemerkt?!

«Bin ich», sagte Joenes. «Und schlafen kann ich auch nicht, genau wie du. Da stimmt was nicht mit dem Wind.»

«Das Wasser kommt!», sagte Claus.

Joenes erschrak und sah mit jener Verwunderung auf seine Füße, die einen Menschen überfällt, wenn ein unglaubliches Ereignis eintritt, worauf er wohl dennoch innerlich vorbereitet war. Die Füße waren nass.

«Das kommt nicht nur, das ist schon da», sagte er. Und leise fügte er an: «Wenn es nur keinen Kappsturz gibt!» Und noch leiser: «Nun hat Catharina doch Recht behalten.»

Claus stand auf, beugte sich vor und tastete nach seinen geputzten Stiefeln, die er sofort anzog.

«Nützt nichts mehr, wer Recht hat! Das Leben ist wie Ebbe und Flut, läuft auf, läuft ab, und kein Mensch begreift, warum es so ist. Und der Herrgott weiß nicht, was er tut, wenn er dem Mond befiehlt, das wilde Wasser über das Land an der Küste zu schieben.»

«Halt dein gottloses Maul!», brüllte Joenes. Und dachte gleichzeitig, mit Claus hätte er mal über seine Gedanken sprechen können, und wusste, jetzt ist alles aus für uns. Ja, er wusste es.

Claus griff schon nach seinem Krückstock, nahm die Mütze vom Haken, setzte sie auf seinen Kopf und grummelte in die ungefähre Richtung seines Bruders: «Weckt der da oben nun deine Leute oder du?»

Da stand Geeske schon neben den beiden im Wasser. Sie zitterte am ganzen Körper und lehnte sich an Joenes.

«Es ist bald so weit», flüsterte sie. «Bei Johanna dauerte es auch nur einen halben Morgen, bis sie kam. Hoffentlich hält der Deich.»

Joenes legte die Arme um seine Frau, nur für einen Moment, an den er immer wieder denken würde, weil es das letzte Mal gewesen war, wo er sie hätte festhalten können und es nicht getan hatte. Er fühlte die Stöße des Kindes an seinem Körper. Sie trampelten gegen sein Herz, es gab einen Riss, und es kam ihm nichts anderes in den Sinn als das, woran er selbst nicht glaubte, weil es eine Lüge war und kein Trost.

«Wenn das Wasser wieder abläuft, hol ich den Schecken von Fieten und bring dir die Wehmutter her.»

«Nein, das wird nichts mehr, Joenes.» Und sie sprach aus, was er nur gedacht hatte. «Es ist aus mit uns», flüsterte sie. «Ich muss dir noch was sagen, es ist wichtig. Es steht zwischen uns, und ich darf es nicht mit ins Grab nehmen.»

«Grab? Ach, Unsinn! Wer redet denn vom Sterben? So schnell kommt das Wasser nicht.»

Er wollte es nicht wissen. Nicht jetzt. Auch wenn eine furchtbare Ahnung von dem, was es sein könnte, in seinen Kopf kroch. Er schob sie weg, so wie er Geeske von sich wegschob.

«Joenes, hör zu, bitte.»

«Später. Hol die Kinder aus den Butzen», sagte er.

Und dann sah er den fliegenübersäten Frauenkörper.

Nein, sagte er sich, nein! Ich habe kein zweites Gesicht. Und Catharina weiß auch nicht alles! Aber ich bin schuld, dass das Wasser kommt, ich habe nicht nur das Boot an die Schleuse gesetzt, das uns jetzt hätte retten können, ich habe noch viel mehr Schuld auf mich geladen! Neun Jahre habe ich so getan, als gäbe es sie nicht. Und sie? Hat sie auch etwas mit sich herumgeschleppt?

Joenes fühlte, wie ihm das Blut in den Kopf und alle Glieder schoss. Das gab ihm Kraft zum Handeln.

«Auf den Dachboden!», rief er. «Da oben sind wir alle acht im Heu sicher aufgehoben, bis das Wasser morgen früh wieder abläuft.»

Geeske holte die Kinder heraus, als das Wasser schon in die Butzen strömte, und schob sie in ihren Nachthemden über die Leiter nach oben. Claus stieg ihnen nach. Sie drängten sich in der stockfinsteren Nacht an ihn, weil er die Wärme des Feuers an seinen Kleidern trug, an die sie sich krallten.

Wer mit Kraken und Walfischen gekämpft hatte, würde der nicht auch das Wasser besiegen?

Joenes warf ihnen Brot, Wasserkruken, eine Speckseite hinauf sowie die Jacken und Hosen, die neben dem Herd an den Astzinken der Sparren hingen. Danach forkte er Stroh aus der Bodenluke in die Mitte der Diele, löste die brüllende Kuh von der Kette und trieb sie mit einem Klaps auf den Haufen, wohin sich schon die blökenden Schafe mit dem Lamm und die gackernden Hühner geflüchtet hatten, außerdem ein paar Ratten und Mäuse samt ihren Flöhen. Wachsam und mit nach vorn geklappten Ohren hockten auf dem Hellen die schon wieder hungrigen Katzen, bereit zum Sprung auf die Beute, bevor sie mit ihr zusammen ersoffen. Die Kuh scharrte mit den Hufen und drehte sich in einem fort um sich selbst, während die Hühner auf ihrem Rücken flatterten und eifrig ihre Henkersmahlzeit pickten.

Geeske lief noch einmal in die Mittelkammer. Sie stolperte über Strohsack, Wasserkruke und die bereitgestellte rotblau bemalte Wiege für das Kind, holte die Kontrakte für Hochzeit und Taufe, für Geburt und Tod und dazu die für Haus und Pacht sowie Joenes' Heft aus der schon schwankenden Truhe, die gleich darauf zu schwimmen begann und auf die Tür zutrieb. Hastig steckte sie die Papiere unter ihre eilig über das Nachthemd gezogene buntgewebte Jacke und entkam mit einem unbeholfenen Sprung eben noch dem schweren Schrank auf der Diele, der erst die beiden unteren Schubladen herausstieß und danach mit einem lauten Krach vornüberfiel und ins Wasser platschte. Atemlos, eine Sprosse nach der anderen mit den Händen einhakend, kletterte Geeske auf den Heuboden, was wegen des dicken Bauches beschwerlich war.

«Ich gebe mich ganz in deine Hände, mein Herr und mein Gott, hilf mir, Amen, aber warum schickst du uns das Wasser gerade zur Heiligen Nacht?»

Das Feuer auf der Herdstelle loderte auf und erlosch dann zischend.

An der letzten Glut entfachte Joenes einen Kienspan, er riss den Kesselhaken vom Balken, warf sich ein Bündel Strohbänder um den Hals und stieg wie die anderen auf der Leiter durch die Luke nach oben. Die Sprosse, die er schon immer auswechseln wollte, brach. Er rutschte ein Stück abwärts, dabei fiel der Kienspan ins Wasser und zischte nur noch einmal kurz auf. Fluchend zog Joenes die Leiter hoch. Sie sollte nicht fortschwimmen.

In der Dunkelheit drängten sie sich aneinander. Joenes rief, als es blitzte und gleichzeitig donnerte: «Haltet euch an den Händen fest!» Was Geeske antwortete, verschluckte der Orkan, der durch das Dach pfiff und schlug.

Ein Rauschen und Brausen ging über das Haus hinweg, das sogleich zu ächzen und zu schwanken begann. Balken barsten, Fensterscheiben splitterten, Mauersteine brachen heraus und klatschten einer nach dem anderen aufs Wasser, bevor sie versanken. Die wurmzerfressenen Dielen knackten unter den Füßen, bogen sich und rissen auseinander. Das mächtige Dach hob sich im Ganzen an, setzte sich aber gleich danach noch einmal krachend auf die Ständer. Entsetzt schrien die Kinder durcheinander.

«Haltet euch aneinander fest!», rief Joenes noch einmal.

«Ich gebe mich ganz in deine Hände, mein Herr und mein Gott, hilf mir. Herr, Herr, sei du mit mir. Amen», betete Geeske.

Wie lange das Dach hielt? Wie viel Blitze zuckten? Wie oft der Donner krachte?

Wenn du Angst hast um dein Leben, kennst du keine Zahlen mehr. Du zählst keine Blitze, keinen Donner und nicht die Zeit, die dir bleibt. Du kennst nicht einmal dich selbst wieder. Du bist einer höheren Macht ausgeliefert, wartest ohnmächtig auf das, was kommt, weil dir nichts bleibt, als hinzunehmen, was geschieht, auch wenn sich alles in dir dagegen sträubt und du nur noch auf ein Wunder hoffst.

Aber das Meer teilte sich nicht, um die trockenen Fußes hindurchschreiten zu lassen, die in ihrer Furcht erstarrt waren.

Kirchenglocken begannen zu läuten, um vor der Flut zu warnen, die längst auf dem Land war. Und wie zum Hohn mahnten sie die Ertrinkenden, bei allem Unglück auf Gott zu vertrauen, der nichts ohne Liebe geschaffen habe und ihnen beistünde in der tiefsten Not und dem höchsten Wasser, wenn sie nur fleißig beteten.

Unter dem Geschrei aller hob sich das Dach noch einmal mit einem Ruck und flog vom Sturm getrieben über ihre Köpfe hinweg, bis es auf das Wasser platschte. Geeske fiel kopfüber hinunter auf das Reet. Claus stürzte ihrem Schrei nach, griff nach ihrer Hand und klammerte sich an einen Sparren. Seine Mütze segelte davon und setzte sich im Wasser auf eine Ente, die vor Schreck abtauchte, gerade als der Blitz das Wasser traf. Und das vergaß Mattes nie in seinem Leben, und noch Jahre später erzählte er davon. Zusammen mit seinen Geschwistern und seinem Vater verlor er in diesem Augenblick den Halt; alle rutschten ins Wasser. Die Ständer des Hauses knickten weg, die große Tür brach heraus und kam ihnen entgegen, überschlug sich und lag mit den schweren Bolzen nach oben. Mattes griff nach Johannas Armen, Joenes packte Lüder und Hedwig an den Nachthemden, bevor sie untergingen, zog sie alle auf die Tür und kroch selbst darauf. Sie hielten sich an den Bolzen fest. Ein gewaltiger Blitz beleuchtete die Stelle, an der einmal das Haus gestanden hatte. Der Donner krachte herunter und rollte davon. Über allem kreischten die Möwen. Vier klatschnasse Kinder kauerten neben Joenes auf der Tür und wimmerten leise. Er versuchte mit dem Kesselhaken das Dach heranzuziehen.

«Halt den Haken fest!», brüllte er zu Claus. «Er ist genau vor deinen Händen!»

Claus griff danach, zog selbst daran und behielt ihn in

den Händen. Verwundert tastete er danach. Das Dach trieb davon. Ein Blitz nach dem anderen zischte ins Wasser, unmittelbar gefolgt von Donner.

«Mutter! Bleib bei uns!», brüllte Mattes.

«Mattes! Lüder! Hedwig! Johanna!», schrie Geeske vom Dach herüber. Und dann, etwas später: «Joenes!»

«Geeske», rief der. «Geeske! Verlass uns nicht!»

Lüder und Hedwig umklammerten einander. Mattes trug Johanna in den Armen. Der Sturm drückte die Tür gegen ein zur Hälfte eingestürztes Haus. Joenes fischte eine Stange aus dem Wasser und stieß die Tür wieder ab. Sie drehte sich mehrmals und drohte zu kentern. Bis sie an einen schwimmenden Berg aus Stroh stieß, auf dem zwei Lebewesen sich aneinander drängten, Schaf und Frau, die durch den Aufprall in einem einzigen Schrei vergurgelten, bei dem nicht auszumachen war, wessen Schrei es war. Gleich darauf verhakte sich die Tür an einem Mauerrest, kippte und rutschte in einem Gewirr von Balken, die einmal das verfallene Kätnerhaus des Nachbarn mit dem Kälberstrick gewesen waren. Mit dem Wasser stieg auch die Tür höher, verkeilte sich und saß fest. Joenes nahm Hedwig und Johanna auf die Arme, Lüder und Mattes klammerten sich an die Balken. Die Kinder klapperten mit den Zähnen und riefen leise nach der Mutter.

In großen Tropfen begann es nun zu regnen, immer mehr strudelndes Wasser drückte der Orkan durch den gebrochenen Deich ins Land.

Geeske und Claus lagen festgekrallt auf ihrem Floß aus Reet. Sie krümmte ihren Körper, wenn eine Wehe ihn erschütterte, und betete, wenn sie vorbei war.

«Lieber Gott, lass dein Strafgericht nicht zu lange über uns walten und behüte allzeit Joenes, Lüder, Mattes, Johanna, Hedwig und alle, die wir kennen. Und lass das Kind nicht zu dir kommen, bevor es seine Zeit gehabt hat. Amen.»

Leise murmelte Claus währenddessen: «Was hat das denn nun gebracht mit den dusseligen Schafen? Nichts hat es gebracht! Abgesoffen sind sie. Wir hätten lieber das Boot fertig machen sollen, aber nein, der Herr Bruder wollte erst nach dem Kirchgang rangehen! Was du heute kannst besorgen, das verschiebe nicht auf morgen.»

Eine Hand griff nach dem Dach, ein Kopf tauchte auf, konnte sich aber nicht halten und verschwand still wieder im Wasser, auf dem eine Kate über ihn hinwegtrieb, sie brannte lichterloh. Auf dem Dachreiter stand ein Hahn und krähte vergnügt dem vermeintlichen Tag entgegen, bis die Flammen ihn brieten und der Regen ihn ablöschte, der jetzt unaufhörlich aus dem Himmel fiel.

Während eine Wehe nach der anderen durch Geeskes Körper raste, hielt sie die Luft an, und wenn sie es hinter sich hatte, atmete sie in hastigen Stößen aus. Dann betete sie wieder für Joenes, Mattes, Johanna, Hedwig, Lüder und für ihr ungeborenes Kind.

Gegen die Nachthemden der Kinder peitschte der Wind. An die Beine, an die Bäuche, an die Rücken.

«Springt!», rief Joenes ihnen zu. «Springt auf und ab, damit ihr nicht erfriert. Und haltet euch dabei an den Balken fest.»

Die Jungen sprangen und schlugen sich den freien Arm

um den Rücken. So hatten sie es bei den Alten gesehen, wenn es kalt war in der Marsch. Die Mädchen stampften mit den Füßen. Das Wimmern vergaßen sie vor Schreck.

Bei jedem Blitz hielt Joenes Ausschau nach dem Dach, aber es trieben nur tote Menschen, Tiere, Schränke, Truhen und Tische vorbei. Ein wieherndes Pferd schwamm vorbei; es schleppte an seinem Schweif einen Mann mit sich, der es unentwegt anspornte und «Hü, du alte Mähre!» und «Hott, du alter Zossen!» schrie, bis ihm der Schwanz aus den Händen glitt und er gurgelnd versank, neben dem hohlen Geripppe, das einmal ein prächtiges Zweiständerhaus gewesen war.

Danach band Joenes die Kinder mit Strohbändern an den Balken fest. Die klammen Finger konnte er kaum biegen.

«Stampft weiter auf.»

Die Jungen stampften. Die Mädchen trampelten.

Und dann sagte er leise tröstend gegen den Wind: «Hier sind wir sicher, und wenn es hell wird, gehen wir an Land zu Mutter.»

Auf dem hohen Moor liefen die Leute zusammen. Weithin sichtbar für alle Ertrinkenden standen sie mit brennenden Kienspänen in den Händen auf dem Kliff, starrten auf die durch die Blitze erleuchtete Marsch und konnten nicht helfen, ohne selbst in Lebensgefahr zu geraten. Unter ihnen schrie, brüllte, winselte und klagte es, und sie spürten vielleicht zum ersten Mal in ihrem Leben Erleichterung über ihre jämmerlichen, aber sicher gelegenen Wohnstätten, während sich die wilde Flut das Land unter ihnen zurückholte, Häuser, Hütten, Scheunen und lebende Kreaturen verschlang, von denen es am Ende nur wenige wieder ausspucken würde.

Wie lange Geeske und Claus auf dem Floß dahintrieben? Wer zählte die Stunden?

Wolken rasten am Himmel, schwärzer als die tiefste Nacht. Sie türmten sich, verklumpten sich, jagten ineinander, zerrissen, fielen zusammen und ließen ihre Last fallen.

Wie viel Blitze herunterzuckten und wie viel Mal der Donner krachte? Sie hörten ihn nicht mehr.

Es gab nur noch eines: festhalten, festhalten!

Die Kälte kroch unter die Kleider und setzte sich auf der Haut fest.

Geeske umklammerte die Hand von Claus. Er reckte die Nase in den Sturm. Sie stöhnte laut. Er sog den Geruch von Torfrauch und Gagel ein.

«Land in Sicht! Gleich werfen wir den Anker! Halt aus, Geeske, bald haben wir es geschafft! Dann gehen wir zu meiner Schwester Lise, dort kannst du gebären, und du wirst sehen, Joenes und die Kinder werden auch schon dort sein.»

Er warf sich bäuchlings auf das Reet und stocherte mit dem Kesselhaken so lange herum, bis er an der Moorkante Halt fand, die schon einmal Ufer gewesen war, vor langer Zeit, als die Menschen noch mit Speeren das Mammut jagten.

«Alles klar zum Festmachen!», rief er.

Und genau hier, und mit all der Kraft, die vom Harpunieren in seinen Armen steckte, hielt er das Dach am Ufer fest, bis es nur noch dümpelte und nicht mehr trieb.

«Geschafft! Jetzt sind wir im Lee!», rief er.

Im Windschatten kroch Geeske zu Claus. Sie legte sich erschöpft an seine Seite und hielt sich an seiner Jacke fest.

«Wenn ich es nicht mehr bis zu Lise schaffe …» Ihre Stimme versagte. Als sie sich danach aufsetzte und flüsterte, hatte sie eine Klarheit, dass es ihm heiß und kalt zugleich über den nassen Rücken lief, weil er fest davon überzeugt gewesen war, sie habe die Wahrheit über das, was in der Kleikuhle geschehen war, nicht gewusst.

«Joenes und ich, wir hatten zehn Sommer lang das Glück miteinander, das er dir genommen hat. Ich bitte dich trotz allem, dass du ihn nicht fallen lässt, jetzt nicht und später auch nicht. Hilf ihm, wenn er verzagen will, steh ihm mit Rat bei, wenn er nicht mehr weiter weiß, und vergib ihm noch vor dem Jüngsten Gericht.»

«Versprochen, Geeske!», flüsterte Claus. «Versprochen bis in alle Ewigkeit!»

«Wie ich auch hoffe, dass er mir und dir vergeben wird, falls er es je erfahren sollte, was wir miteinander getan haben», murmelte Geeske leise, bevor eine neue Wehe sie verstummen ließ.

Er legte seinen freien Arm um ihren Leib und spürte das Stoßen des Kindes, zum ersten Mal in seinem Leben, und er fühlte sich gut und stark.

«Und nun über die Reling und rauf mit dir, eh die Leinen reißen», rief er laut. «Oder sollen wir deinen blonden Jungen mit wildem Wasser taufen?»

Geeske legte beide Arme um ihn.

«Ich danke dir von ganzem Herzen», sagte sie leise. Und dann holte sie noch einmal tief Luft und stieß zwischen ununterbrochen aufeinander folgenden Wehen, die ihren Körper erschütterten und ihren Atem stoßweise herausdrückten, was sie allein mit sich herumgeschleppt hatte, was nun ein Donner zerkrachte.

Ein heißer Blitz fuhr in sein Herz, das heftig schlug. Er ahnte es, was sie gesagt hatte, lange schon, aber er hatte sich jeden Gedanken daran verboten. Zum Nachfragen würde später Zeit sein, dachte er noch, später, wenn alles gut sein wird, später.

«Gleich kannst du pressen», flüsterte er. «Zieh dich rauf auf die Kante.»

Seine Stimme war weich und voller Zuversicht.

Während er weiter mit dem Haken das schwankende Floß hielt, tastete sie nach den Binsen, rutschte ab, griff wieder zu, versuchte sich hochzuziehen. Er spannte all seine Muskeln an und drückte sie mit einer Hand nach oben, und es war ihm, als hielte er den herabstürzenden Himmel fest.

Zwischen Blitz und Donner, begleitet von den Angstrufen der Menschen, dem Gebrüll der Tiere und dem Sturmgeläut der Glocken, rutschte das Kind mitten hinein in die breiten Pranken von Claus, der, obwohl er genau dies vor ein paar Stunden schon einmal bei den Schafen erlebt hatte, verwundert schien, als er in seiner Hand ein warmes Bündel hielt, das in die unwirtliche Welt gefallen war.

Und niemand sonst als Claus hätte in dieser Nacht auch nur einen Schilling auf das Kind gesetzt, das sogleich gotterbärmlich zu schreien begann.

Gewiss, für den ersten Schrei gibt es bessere Geburtshelfer als einen blinden Harpunier und friedlichere Wiegen als ein taumelndes Floß. Aber wer kann sich das schon aussuchen?

«Gott im Himmel, ich danke dir für deine Hilfe. Behüte dieses Kind heute und immerdar», betete Geeske.

Die Hände falten konnte sie nicht dabei. Und dass Claus heimlich wie sie ein Gebet zum Himmel schickte, bevor er sprach, das wusste nur er.

«So ist das nun mal, Geeske. Kinder und Kälber kommen immer mit der Flut ans Licht der Welt. Und warum sollte es gerade bei deinem Wurm nun anders sein.»

Das nasse Bündel im linken Arm, ertastete Claus mit dem rechten den Stamm einer jungen Birke. Er beugte sich zur Seite, wo er Geeske spürte.

«Und nun halt dich mal hier fest, Geeske, bis ich wiederkomm, dann hol ich dich rauf! Und dann erzählst du mir noch einmal, was du eben gesagt hast.»

«Behüte Mattes, Lüder, Hedwig, Johanna und Christian», flüsterte Geeske. Und noch leiser: «Und Joenes.»

Er sog den Orkan in seine Lungen und zog sich weiter auf den Rand des Moores.

Auf festem Grund angelangt, bettete er das Kind zwischen die Binsen, und ihm fiel der Herausgezogene ein, von dem er einmal den Pastor sonntags hatte predigen hören.

«Mose», flüsterte er. «Bleib du man fein hier liegen, bis ich deine Mutter nachgeholt hab.»

Er kroch zurück ans Ufer. Die Heidezweige schlugen in sein Gesicht. Den Blitz hörte er zischen und den Donner krachen.

«Geeske? Geeske, wo bist du abgeblieben?!»

Keine Antwort. Er kroch am Ufer entlang, mal vor, mal zurück, immer wieder rief er ihren Namen, bis seine Stimme heiser war.

«Geeske, Geeske, hörst du mich?»

Er wollte die Mütze abnehmen. Sie saß nicht mehr auf seinem Kopf. Er wollte seine Hände falten. Die Finger passten nicht ineinander.

«Friede deiner Seele», krächzte er, mehr bekam er nicht heraus.

Er wollte weinen. Seine Augen kannten schon lange keine Tränen mehr. Er wollte reden. Aber die Zunge hockte klumpig in seinem Mund und versperrte seinen Worten den Weg nach draußen.

Schreiende Gänse flogen dem Sturm entgegen nach Westen und riefen für ihn: «Leb wohl! Leb wohl! Leb wohl!»

Erst als sie vorübergezogen waren, besann er sich auf das neue Leben, das Geeske ihm geschenkt hatte. Nur eines hatte er noch zu tun. Und jetzt konnte er auch reden.

«Ich hab dir ja nun schon was versprochen. Du sollst nicht mit einer oder vielen Lügen ins Grab gehen, und die nehme ich jetzt von dir, so wahr ich Claus Marten heiße. Hiermit verspreche ich dir, Geeske Marten, auch wenn du mich nicht darum gebeten hast: Niemand soll von mir je ein Sterbenswörtchen erfahren. Aber wenn die Kinder einmal nachfragen sollten, dann muss ich ja wohl ehrlich antworten.»

Durch die Heide kroch er auf die jämmerlichen Schreie zu. Er griff nach dem Bündel, stopfte es unter seine nasse Jacke an seinen nackten Bauch, worauf es sogleich still wurde, und setzte sich mit ihm ins Kraut. Er spürte das Klopfen seines Herzens doppelt, das gab ihm Kraft. Nach der Geburt ihres Ersten hatte Geeske zu ihm gesagt: «Du sollst der Pate sein, und Claus soll er heißen.»

«Jungennamen sind Männersache», hatte Joenes dagegen entschieden. «Mattes soll er heißen. Das bedeutet die Gabe des Herrn.»

«Und du heißt nun Mose!», murmelte Claus, der fest davon überzeugt war, einen Jungen vor sich zu haben. «Ich glaub, das war ein guter Kerl, glaub ich. Und ob du wohl auch eine Gabe des Herrn bist?»

Viele Jahre später suchte das Kind nach der tröstlichen Gewissheit, dass die Seele der Mutter nicht über dem Meer umherirrte, sondern auf dem Land zur Ruhe gekommen war. Obwohl es keinen Platz auf dem Kirchhof gab, an dem es hätte trauern können, entstand in seinem Kopf mit der Zeit eine Geschichte, die als Bild zur Erinnerung wurde, geschmückt mit dem, was es gehört und gesehen hatte, und obwohl genau dies ihm niemand glauben wollte, bestand es darauf.

Die Mutter zieht sich an einem Birkenzweig aufs Moor, wo sie erschöpft liegen bleibt und in einen hellen Traum versinkt, der ihr das Leben verspricht, das sie gleich darauf mit einem letzten Gedanken an ihre eben geborene Tochter, ihren Mann und ihre Kinder hinter sich lässt. Am Morgen wird sie von dem Vater gefunden, in ein sauberes Leinentuch gewickelt und mit dem Pastor voran feierlich gemeinsam mit den Schwestern zur letzten Ruhe getragen.

Den Platz vergessen die Überlebenden in ihrer Erschütterung. Später wachsen Gras und Blumen darüber. Alle Wiesen, alle Äcker, alle Obsthöfe und alle Gärten sind fortan ihr Grab.

Oft sahen die Leute in der Marsch dann das Kind auf dem hohen Marschland um das große Wasser wandern und erzählten ihm später davon. Im Winter trug es die braungelben Samenstände vom Reet in den Händen, im Herbst den Arm voller Weizenähren und blauen Kornblumen, im Sommer einen Strauß aus Hahnenfuß oder einen weißen aus Angelica, und im Frühjahr war es ein Korb voll Wiesenschaumkraut, das sie auf den neu angelegten Schirmdeichen verstreute, sodass dort im nächsten Frühling rosaweiße Schaumkronen blühten, als wäre nur die Gischt über den Deich gekommen und nicht das Wasser. Im Kopf trug es mit sich, was Claus ihm alles erzählt hatte, während es noch mit Lises Säugling Josef im Torfbettchen strampelte.

Jetzt stapfte Claus auf das Moor. Mehrmals fiel er lang hin, rappelte sich wieder auf, hielt immer das Kind fest, kroch irgendwann nur noch auf den Knien weiter, zog sich mit einem Arm voran. Beißender Torfqualm wies ihm den Weg zu einer Hütte, wo Frauen das Feuer zum Trocknen schürten, deren Männer vielleicht mit Booten unterwegs waren. In Bettleinen gewickelt saßen Gerettete, die still vor sich hin starrten und aufsahen, als er hereinkam, die aber nicht zur Seite rückten.

«Geh weiter», sagte eine Frau, «hier ist kein Platz mehr.»

«Wir sind schon zu viele hier», sagte eine andere.

Es gibt Momente im Leben eines jeden Menschen, denen man nicht ins Auge sehen kann. Und Claus konnte dies schon gar nicht. Zitternd, nach vorn gebeugt, stand er da. Das Wasser lief aus seinen Kleidern, die Pfütze unter seinen Füßen sog das Feuer auf. Er holte das Bündel unter seiner Jacke hervor und hielt es wortlos den Stimmen entgegen.

«Nun nimm mir das mal ab», sagte er.

Mit weit aufgerissenen Augen sahen sie das Bündel an, dann ihn, der seine Augenklappe verloren hatte. Sie erkannten nicht, was er vor sich hielt, bis es schrie. Sie sahen auf das noch nicht mit dem heiligen Sakrament der Taufe versehene namenlose Kind voller Blut und Schleim und erschraken. Keine stand auf.

Eine sagte: «Hermann liegt erschlagen unter dem Firstbalken.»

«Wie Catharina es gesehen hat», sagte die Nächste.

«Mein Kleines ist mir aus den Händen ins Wasser gefallen, als das Haus wegbrach», sagte eine andere.

«Junge oder Mädchen?», fragte Claus.

Kann eine Frau in diesem Augenblick auf so eine überflüssige Frage antworten, die womöglich ihr eigenes totes Kind betraf? Sie schien es nicht einmal gehört zu haben.

«Wird wohl ein Junge sein», sagte Claus. «Geeske war ja fein anzusehen, als sie es trug.»

«Joenes Martens Kind?»

Das riefen sie auf einmal alle, wie aus einem Mund.

«Und wo ist Geeske?», fragte eine.

Claus wandte sich ab und blieb stumm. Dass er nach

einer Frage keine Antwort wusste, geschah wahrscheinlich zum ersten Mal in seinem Leben. Aber dann sagte er es doch.

«Geeske ist tot geblieben.»

Die Frauen warfen ihm schnelle Blicke zu und begannen zu flüstern.

«Er soll vor Joenes mit ihr verlobt gewesen sein.»

«Wer weiß, was da zwischen den beiden mal gewesen ist.»

«Sie hat sich nach dem Unglück von ihm abgewandt.»

Da flüsterte auch Claus, und in seiner Stimme klang Spott.

«Ihr Weiber sitzt hier auf dem hohen Moor im Trocknen und habt einer Verstorbenen gut nachreden. Ihr denkt, der Augenlose kriegt nichts mit. Aber der hört alles. Eins sage ich euch: Menschen sind schlimmer als Tiere, weil sie einen Mund voller giftiger Stacheln haben, mit dem sie stechen können wie die Bienen und dazu beißen wie die Stuten und geifern wie ein toll gewordener Hund!»

Er spuckte aus. Die Spucke traf die Flammen. Es zischte.

«Geeske war ja eine Gute», sagte die Erste.

«Das kannst du laut sagen», sagte die Zweite.

Und die Dritte sagte: «Bring es man zu deiner Schwester Lise, die hat ja grade eins an der Brust.»

Claus stopfte das Kind wieder unter seine Jacke, wo es sofort an der Wärme seines Leibs still wurde. Aufrecht gehend und mit einer Hand tastend verließ er die Hütte.

Gleich steckten die Frauen wieder ihre Köpfe zusammen, wobei es vermutlich um Lise ging, die sich über einen unnützen zehnten Esser ganz bestimmt bedanken würde, wo der Mann sich doch aus dem Staub gemacht hatte.

Die bedankte sich dann auch. In ihrer Hütte saßen schon zwei Überlebende, die in einem fort vor sich hin klagten, um sie herum stierten neun Kinder auf Claus und das Bündel, das er unter seiner Jacke hervorholte. Die Hände fest an die Hüften gepresst, starrte Lise auf das Kind, danach sah sie Claus mit einem forschenden Blick an, der so gar nicht zu ihrem stämmigen Körper passte, an dem die Hände zum Zupacken das Wichtigste schienen, wenn man von den tiefen Falten einmal absah, die den Mund hinunterzogen und ihrem Gesicht das Aussehen eines traurigen Hundes gaben. Welche Gedanken durch ihren Kopf gingen, wer weiß es schon? Bestimmt keine mütterlichen, die waren ihr einfach abhanden gekommen im Laufe der Zeit.

«Was glotzt du mich so stumm an?», fragte er in Lises Abwehr hinein. «Ich seh schon, dass du es nicht willst.»

«Kannst du mich denn sehen?», fragte sie.

«Nee! Riechen! Du riechst nach sauer gewordener Milch. Nimm mir das Kind ab!»

«Wo hast du es gefunden?»

«Im Nil!», sagte Claus.

Sie lachte. Sie lachte, wie man über einen Witz lacht, den man nicht versteht. Er hätte es wissen müssen, dass Lise gar nicht begreifen konnte, weil sie selbst nicht wusste, wie sie all das bewältigen sollte, was ihr mit den Jahren aus dem Leib gekrochen war und alles aus dem Kopf mitgenommen und nichts als Dummheit hinterlassen hatte, die jetzt den Platz ausfüllte, wo vorher die Gedanken saßen. Für die Gotteslehre der Bibel gab es keine Zeit, und lesen konnte sie auch nicht.

«Ich hab so schon genug um die Hände mit meinen eigenen Bälgern, seit Georg unter die Räder gekommen ist. Und soll ich mir ein zehntes Balg an den Hals holen, das der Herrgott sowieso zu sich nimmt, wenn er es nicht schon längst getan hat?»

«Weil du grad eins an der Brust hast», sagte Claus, «und wozu sonst haben die Frauen zwei davon?, darum wirst du Geeskes Kind mit groß kriegen, auch ohne Georg, und ich helfe dir dabei.»

«Geeskes Kind? Ist die tot geblieben? Und Joenes, wo ist der? Wo sind Mattes, Lüder, Hedwig und Johanna?»

Claus hob ratlos seine Schultern an.

«Warum hast du es ihr nicht gelassen? Das wäre allemal besser gewesen. Ein Kind ohne Mutter ist genauso schlimm wie ein Buddellamm. Das zieht schneller die Krankheiten an, als du Luft schnappen kannst. Und soll ich dir was sagen? Geeske, die hat mich nicht gemocht, das sag ich dir, der war ich nicht gut genug, weil sie in der Marsch wohnt und ich auf dem Moor.»

«Dummes Zeug! Dann tu es für mich», sagte Claus leise.

Und weil sie nicht antwortete, redete er weiter.

«Du musst es ja nicht für Geeske tun. Ich sag es nochmal. Ich werde dir helfen, wo ich kann, das verspreche ich dir. Und säugen, das kannst du ja.»

Claus wickelte das Kind aus dem Laken.

Lise betrachtete seine verschmierte Haut, in unzählige

Falten gelegt, winzige Hände und Füße und einen weit geöffneten Höhlenmund, aus dem es jämmerlich zu schreien
begann.

Sie atmete schwer.

Er hörte das Schreien des Kindes, das sich mit dem Gebrüll von Lises Säugling vermischte, der in der Wiege lag.

Langsam nahm sie die Hände von den Hüften, faltete
sie vor dem Bauch, drehte unschlüssig die Daumen, sah
ebenso zögerlich ihren Bruder an und danach schnell wieder auf das Kind. Und was nun aus ihr herausfloss, gleichzeitig mit den Tränen aus den Augen, das kam nicht aus
dem Mund, das kam aus einer Ecke ihres Herzens, wo die
Kinder ihr noch etwas gelassen hatten, und ließ ganz langsam ihre Mundwinkel nach oben wandern.

«Du armer, mutterloser Wurm.»

Sie ging zur Seite und zog ein Wurstband von einem
Astzinken am Sparren, schlüpfte aus ihrer Jacke, packte sie
auf den Tisch, nahm ihm das Kind aus den Händen und
legte es darauf. Sie zog das Band fest an und verknotete es
vor dem Nabel.

«Ist ein Mädchen», sagte sie.

«Das war dann ja wohl nichts mit Mose», sagte Claus.
«Aber das macht nichts. Hier fließt ja auch man bloß die
Elbe vorbei und nicht der Nil.»

Sie nahm einen reinen Lappen, putzte dem Kind den
Schleim und das Blut aus dem Gesicht und warf ihn ins
Feuer. Danach wickelte sie das Kind in die Jacke, schnürte
langsam ihre Bluse auf, setzte sich auf einen Schemel und
legte es an ihre Brust.

«Na, du Vogel federlos, bist du wohl aus dem Nest gefallen? Da sei man froh drum, dass der Claus dich gefunden hat und nicht die Katze gefressen. Und mitgekriegt hast du rein gar nichts von dem wilden Wasser, da sei man auch froh drum. Dich kriegen wir auch noch groß. Und nun wollen wir mal hoffen, dass nicht so viele Jungs ertrunken sind, damit du später auch einen Mann abkriegst und keine alte Jungfer wirst, die werden bloß garstig. Und wenn du jetzt erst einmal satt bist, dann werden wir die Nottaufe abhalten.»

Weil das Kind keine Anstalten machte zu trinken, stopfte sie ihm ihre dicke rote Brustwarze in den Mund, dass es gar nicht anders konnte, als daran zu saugen. Und wie sie das Kind betrachtete, sagten ihre Augen, nun würde sie das Kleine auch nicht mehr hergeben, und wie sie ihren Körper vor und zurück wiegte und sich ganz dem Saugen hingab, das ihr so vertraut war, als melkte sie Ziege, Schaf oder Kuh, spürte Claus: Es ist geschafft, einfach, weil es jetzt still war, bis auf das Kind, das bei jedem Schluck fiepte.

Während es noch trank, stand sie auf und nahm mit einem Arm ihr neuntes eigenes Kind dazu und legte es ebenfalls an die Brust, an die andere, die noch schwer von der Milch herunterhing und aus der es tropfte, und nach der ihr Säugling mit beiden Händen griff.

«Josef», schimpfte sie, «nun sei doch man nicht so wild.»

Lises acht Kinder stierten mit großen Augen auf die Mutter mit den Bündeln an der Brust, die beide jetzt wohlig schmatzten.

«Maria Magdalena?», flüsterte sie. «Ja, so sollst du heißen. Die kam ja auch von einem großen See wie du, vom

See Genezareth kam sie, hat der Pastor gesagt. Wo der See wohl liegt? Vielleicht am Nil?»

«Maria Magdalena ...», wiederholte Claus. Es war so etwas wie Andacht in seiner brüchigen Stimme, die hatte er wohl nicht unterdrücken können.

«Sie sieht aus wie unser Vater», sagte Lise zu Claus, nachdem das Kind satt war und noch einmal die Augen öffnete, bevor es einschlief. «Die Neugeborenen sehen immer aus wie die Väter oder Großväter.»

«Da hast du wohl Recht», sagte Claus. «Da hab ich nicht so eine Erfahrung mit.»

«Sieh doch mal, die blauen Augen ...» Hastig verbesserte sie sich. «Ich sag dir, was ich sehe: Grübchen zwischen den Falten, viel blonder Flaum auf dem Kopf und schon so große Ohren.» Und dann vergaß sie sich wieder. «Guck mal, die winzigen Finger. Sind alle dran. Nicht einer zu viel! Und was meinst du, ob Joenes sich mit den Kindern wohl gerettet hat? Und wenn, dann wird er auch übers Jahr eine neue Frau finden, eine, die heut Nacht Witwe geworden ist, da sind bestimmt viele Witwe geworden, aber das Kind behalte ich erst mal hier, das soll er gleich zu hören bekommen, Geeske hat ihn auch nicht an die Lütten gelassen, bevor sie auf ihren Beinen standen. Guck mal, jetzt schläft es schon. Und dir näh ich gleich morgen eine neue Kappe, du siehst ja ganz und gar furchterweckend aus, was meinst du dazu, Claus, soll ich das wohl tun?»

Dem Walfänger, Einhornjäger, Krakentöter und Seeschlangenbezwinger blieb nichts anderes übrig, als ohne Tränen zu weinen. Ein Schluchzen stieg von den Füßen her in seinem Körper auf, es schüttelte ihn, warf ihn um.

Schlotternd lag er zu Füßen von Lise und dem Kind, die Hände zu Fäusten geballt, und presste seinen Schmerz heraus, in hohen Tönen. Hühner gackerten, Schafe blökten, rollige Katzen fielen ein. Das Kind würde er niemals sehen können. Nicht die blonden Haare, nicht die Grübchen, nicht die blauen Augen. Sieh mal, hatte sie gesagt. Sieh mal, Claus.

Einer, der das Schicksal nicht verstand, warum es Geeske ertrinken ließ, nachdem sie ihrem Kind das Leben geschenkt hatte. Und er hatte ihr nicht helfen können. Alles war wieder da. Das treibende Dach. Der brausende Sturm. Geeskes Stöhnen. Ihre Gebete. Das brennende Haus. Die Blitze am Himmel. Das Grollen des Donners.

Die Anteilnahme der beiden anderen Überlebenden, die sich in Lises Hütte geflüchtet hatten, beschränkte sich darauf, dass sie begannen, ihr eigenes Los zu bejammern, obwohl sie doch gerade dem Wasser entkommen waren und den Herrn hätten lobpreisen müssen. Nein, sie beklagten das verlorene Haus, das ersoffene Korn, die weggeschwommene Truhe, die guten Kleider, die armen Kinder, den treuen Mann, den sorgenden Vater, die liebende Mutter, die hochtragende Kuh, die neuen Lämmer, das feine Geschirr, alles, was sie verloren hatten. Ein einziges Gejammer in den verschiedensten Tönen war in der Hütte, lauter als der Sturm, der am Dach rüttelte und in den Sparren knurrte, Zweige an die Fenster warf und sie klirren ließ.

Claus hörte schon lange nichts mehr. Er lag auf dem Boden und schlief wie das Kind. Seine Hände waren wieder offen.

Lise wickelte die schlafenden Kinder zusammen in ein frisches Leinentuch und legte sie in die Wiege, wobei sie nicht einmal aufwachten. Sie betrachtete beide und konnte sich nicht satt sehen an den krausen kleinen Gesichtern. Nicht einmal für eine Speckseite oder einen Laib Brot hätte sie den zweiten Wurm wieder herausgegeben, der sich längst neben den anderen neun ein Loch in ihr Herz gebohrt hatte.

Claus erzählte später dem Kind von diesem Augenblick in Lises Hütte, der sich in sein Gedächtnis gebrannt hatte. Er erzählte auch von Geeskes Bitte, gab preis, was er ihr noch versprochen hatte, bevor sie den nassen Tod starb.

Der Orkan ließ die Hütte schwanken. Erst gegen Morgen flaute er langsam ab. Schwarze Sturmwolken trieben über den grau verhangenen Himmel. Über dem Land lag noch die schützende Dunkelheit der Nacht und verbarg denen, die davongekommen waren, gnädig, was das wilde Wasser in der Christnacht angerichtet hatte.

Das überflutete Land hatte die Größe von siebzig Kehdinger Morgen. Den wenigen, die überlebten, brannte sich der Verlust ihrer Angehörigen tief ins Gedächtnis, zumal sie auch nicht jeden beerdigen konnten. Für die einen war es ein Exempel göttlichen Strafgerichtes, für die anderen bloße Naturgewalt und deswegen auch wieder göttlich, denn nur Gott vermochte die Natur zu lenken. Unzählige Male schon war so etwas geschehen in den Jahrhunderten, seit die Menschen auf dem tief liegenden Land siedelten.

Er gehörte zu ihrem Leben, dieser Tod durch das Wasser, aber sie hatten einen blinden Fleck auf dem Auge, der ihnen die Vorzeichen verdeckte. Die Bedrohung durch das Wasser war das eine, der Wiederaufbau der zerstörten Häuser das andere, und beides gehörte untrennbar zusammen.

Und doch hatte es so etwas wie diese wilde Flut noch nicht gegeben. Das Meer gab nicht, wie sonst, fügsam wieder her, was es sich geholt hatte.

5.

Gegen Morgen legten zwei Boote am Hochmoor an. In einem standen Joenes, Mattes und Lüder, eng aneinander gedrängt. Die Säume ihrer Nachthemden waren steif gefroren, in ihren Gesichtern und weit aufgerissenen Mündern klebte das stumme Entsetzen der Nacht. Joenes kletterte heraus, holte nacheinander die Jungen und stellte sie auf das Ufer, wo sie einfach stehen blieben. Wieder im schwankenden Boot, bückte er sich lange, und als er wieder gerade stand, hielt er Johanna in den Armen.

Erst als die Männer aus dem anderen Boot vier Ertrunkene heraustrugen und sie auf das gefrorene Moor legten, verließ Joenes mit dem reglosen Kind im Arm die Planken, sah sich noch einmal um, als hätte er etwas vergessen, und ging zögernd an Land. Er fuhr zusammen, als Mattes und Lüder sich an seine Arme hängten. Gemeinsam mit seinen Söhnen bettete er Johanna zu den anderen vier Toten. Zwei Kinder umklammerten einander, und als die Männer sie lösen wollten, gelang es ihnen nicht. Die beiden wichen erschrocken zurück; es sah aus, als würde einer von ihnen ein Kreuz vor seiner Brust schlagen, obwohl sie das hier schon seit zweihundert Jahren nicht mehr taten. Sie nahmen ihre Mützen ab und bewegten die Lippen. Dann wandten sie sich ab, stiegen wieder in ihre Boote und ruderten davon, ohne Ziel, den Ohren nach, die sie in den Wind hielten auf der Suche nach Hilfeschreien. Die Ruder klatschten noch lange im Wasser, auch noch, als sie nicht mehr zu sehen waren.

Johannas Haare lagen gefroren auf ihrem Gesicht. Es war friedlich, ja es sah so aus, als lächelte sie Mattes und Lüder an, die sich über sie beugten. Vielleicht hatte sie im letzten Moment ihres Lebens an Claus und die Geschichte von der Meerjungfrau gedacht, die sie so gern hörte, vielleicht aber war ihr Lächeln nur dem Dunkel zu verdanken, das ihre Züge nicht erkennen ließ.

«Johanna hat es jetzt gut und warm bei den Engeln», flüsterte Joenes den Jungen zu.

«Johanna ist aber nass und kalt», sagte Lüder.

«Und wo ist Hedwig?», fragte Mattes.

«Hedwig ist ihr schon in den Himmel vorausgeflogen.» Joenes' Stimme klang heiser, als hätte er zu viel Rauch geschluckt, dabei war es nur der Raureif gewesen, der sie gleich mit belegt hatte.

«Mich friert. Ich will auch in den Himmel», flüsterte Lüder.

«Erst wenn du tot bist, kommst du in den Himmel», sagte Mattes.

«Ich will auch tot sein», sagte Lüder.

Tränen liefen Joenes aus den Augen.

«Kommt, nun gehen wir zu Mutter», sagte er.

Eine alte Frau bückte sich und deckte barmherzig graue Leinentücher über die Toten. Erst als sie sich umdrehte, erkannte Joenes Catharina. Ein winziger Funke Hoffnung zündete in ihm eine Frage an, vor der er trotzdem Angst hatte. Antworten können solche Funken sofort zum Erlöschen bringen, vielleicht aber auch ein Freudenfeuer auslösen, deshalb zögert man Fragen gern hinaus, weil Wahrheit noch kälter sein kann als die kälteste Winternacht.

In Catharinas kleinen Augen las er keine Antwort. Er hörte ihr Geschrei, obwohl sie den Mund geschlossen hielt. Nur das Kinn bewegte sie, als käute sie wieder.

Sie murmelte nicht, ich habe es ja vorhergesehen.

Sie hätte sagen können, wer hat schon das Glück wie du, ein Boot zu haben.

Sie zeterte nicht, du hättest es fertig machen sollen, dann wäre das nicht geschehen.

Sie krächzte: «Mit dem wilden Wasser kommt der Tod. Das war schon immer so und das wird auch immer so sein, solange die Menschen nach Land gieren, weil sie nie genug davon kriegen können und sich auch das Wasser untertan machen wollen, weil es in der Heiligen Schrift steht. Machet euch die Erde untertan! So ist das.»

Er wollte es nicht hören. Er wollte fragen: «Hast du Geeske und Claus gesehen?» Aber er brachte nur eine unwirsche Bewegung zustande, mit der Frage im Gesicht.

Eine Hand im Rücken, richtete Catharina sich auf und schüttelte den Kopf.

Wie sollte sie auch antworten, die immerzu gefragt wurde nach Martin oder Auguste, nach Friedrich oder Elisabeth und manchmal auch nach der Kuh, die doch schwimmen konnte, oder nach der Truhe mit dem Leinen, die genau hier angetrieben sein müsste, wie auch das Feuerholz oder der Vorrat an Torfsoden, der Speck und die Würste.

Wie er davonging, hielt er an jeder Hand einen Jungen. Die gefrorenen Nachthemden raschelten bei jedem Schritt. Aber dann drehte er sich noch einmal nach Catharina um, als sie ihn bei seinem Namen rief, und er sah, wie sie ihm nachblickte, und dann sagte sie noch etwas.

«Es sollen wohl heut Nacht zwei von deinen Leuten bei deiner Schwester untergekommen sein, das sollen sie, davon habe ich gehört.»

Jetzt hatte der Himmel Sterne. Joenes juchzte einmal auf.

«Geeske und Claus?», vergewisserte er sich.

«Das habe ich nicht gesagt», erwiderte Catharina und zerrte an den Leinentüchern.

«Schneller, schneller!»

Sie stolperten ihm nach, Lüder fiel hin, Joenes zog ihn hinter sich her, bis er schrie, und Mattes sprang voraus bis zur Hütte der Vatersschwester, aus deren Dach der Rauch aufstieg.

Am Herd saßen Lise und Claus, allein.

Zwei sollen bei Lise untergekommen sein.

«Bist du das, Joenes?», fragte Claus.

«Der bin ich», sagte Joenes.

Auch jetzt brachte Joenes keine Frage heraus. Er blieb hinter ihm stehen, und ebenso stumm und mit weit aufgerissenen Augen drückten sich Lüder und Mattes aneinander. Der Dampf ihrer tauenden Kleider schlug an die Wände aus Torf, und bis Lise aufstand und wortlos, ohne Joenes anzusehen, die Jungen an den Händen nahm und in die Kammer holte, lief er schon als Wasser herunter.

«Johanna und Hedwig sind bei den Engeln», sagte Mattes.

Es war danach für Joenes so einer dieser Momente im

Leben, wo du tief im Herzen weißt, was geschehen ist, aber nicht glauben willst, dass es so wäre. Wieder einmal dehnt sich die Zeit, bis sie steht, und alle Geräusche verstummen. Hat jemand schon von einer überflüssigen Frage gehört, die doch gestellt werden muss?

Wo ist Geeske?

«Zieh das jetzt an, bevor du es auf der Lunge kriegst!»

Lise war mit trockener Kleidung für ihn zurückgekommen. Die nassen Sachen der Kinder hängte sie über die Astzinken über dem Herd. Sie gab ihm Hose, Hemd und Jacke aus grobem Leinen, geflickt und verblichen.

«Von Georg», sagte sie.

Er hielt die Sachen in den Händen und wusste nicht, was er damit anfangen sollte.

Wo ist Geeske?

«Zier dich nicht», sagte Lise. «Ich hab schon mehr als einen nackten Mann gesehen.»

Er wartete, bis sie ging, und tat, was sie gesagt hatte. Er zog sich das Nachthemd über den Kopf und sah auf seinen nackten Körper, verwundert darüber, dass der noch lebte. Er stieg in die Hose, knöpfte sie zu, steckte seine Arme in das Hemd und schlüpfte hinein, die Hose rutschte ihm von den Lenden, er zog sie wieder hoch, schob das Hemd hinein und suchte an den Balken nach einem Kälberstrick. Band ihn um die Hose, zog ihn immer und immer wieder fest, bis er ihn endlich verknotete und es nichts mehr gab, was seine Frage hätte aufhalten können.

«Wo ist Geeske?»

Claus hob stumm seine Schultern an.

Joenes' Gesicht erfüllte sich mit jenem fassungslosen

Blick, den auch das einströmende Wasser schon hervorgerufen hatte. Seine Arme fielen schlaff herunter.

«Sie hat mir noch etwas sagen wollen», flüsterte er.

«Das kann sie nun nicht mehr», sagte Claus ebenso leise.

«Wo ist sie, dass ich sie holen kann?», fragte Joenes heiser.

«Wenn es einen Himmel gibt, dann ist sie jetzt dort.»

«Aber ich muss sie begraben», sagte Joenes.

«Ertrunkene bleiben nicht an dem Ort, wo das Wasser sie geholt hat, das weißt du ebenso gut wie ich.»

Gleich darauf dröhnten Joenes' Worte Claus in den Ohren, der ebenso laut zurückpolterte, sodass die kleine Diele bald von einem Brüllen erfüllt war, dass selbst brünftige Stiere nicht lauter sind.

«Konntest du nicht besser aufpassen?! Du kennst dich doch sonst mit allen Wassern aus!»

«Ich habe für Geeske alles getan, was in meinen Kräften stand, alles, hörst du?»

«Eben nicht. Sonst wäre sie jetzt nicht tot! Und wenn sie tot ist, bin ich auch tot!»

«Und deine Kinder? Hast du nicht die Pflicht, für sie zu sorgen? Willst du dich an ihnen schuldig machen?»

«Schuld? Ich?»

Joenes suchte nach Worten, fand keine, hob die Arme, packte seinen Bruder an den Schultern und schüttelte ihn.

«Du bist schuld! Das ist deine Rache an mir, dass du nicht gestorben bist! Damit ich dich mein Leben lang ansehen muss und immer an meine Schuld erinnert werde, und jetzt bin ich auch noch an ihrem Tod schuld!»

Claus' Gesicht lief rot an, viel röter noch als seine scharlachrote Weste zum Hochzeitsfest. Die Augenhöhle stach schwarz hervor neben dem blinden Fleck. Joenes schauderte es.

Die Prügelei, die jetzt Schlag auf Schlag folgte und den Worten an Gewalt nicht nachstand, die war längst fällig gewesen, vor zehn Jahren schon, aber sie hatte niemals stattgefunden. Nun war sie da.

Mit der Hand traf Claus Joenes im Gesicht. Der schlug zurück. Claus griff nach Joenes' Händen, hielt sie fest und stemmte sich gegen ihn, bis er auf dem Boden lag und sich nicht mehr rühren konnte. Er starrte auf ihn, von dessen Gesicht er nichts als eine Erinnerung besaß, die aber ist finster, und er weiß genau, er hat ihn damals herausgefordert. Aber manchmal laufen die Dinge eben aus dem Ruder, und eh man sich's versieht, ist der Schiffbruch da.

Er gräbt unten in der Kleikuhle den Kalkmergel aus.

Joenes steht gegen das Licht des Mittags oben am Rand, sein Gesicht ist noch dunkler als sonst, seine Stimme überschlägt sich.

«Du hast mir die Frau weggenommen!»

Er bleibt ruhig und stützt sich auf den Spaten.

«Auf Geeske hab ich längst ein Auge geworfen. Mein Herr Bruder, der Zigeuner, der ist ...»

«Halt dein loses Maul!», schreit Joenes dazwischen.

Er grinst ihn nur an.

«Mein Herr Bruder, der Zigeuner, der ist bloß zu geschäftig gewesen, es zu bemerken, sonst hätte er ihr früher einen Antrag gemacht. Wer zu spät kommt, hat das Nachsehen!»

«Hast du sie etwa schon gehabt?», brüllt Joenes.

Seine Handbewegung ist eindeutig.

«Sie ist keine, die sich wegwirft wie die in den Häfen. Aber verlobt sind wir beide längst.»

«Die nimmt dich nicht», brüllt Joenes. «Die ist aus der Marsch!»

Sein Lachen wird breiter.

«Und dich nimmt sie? Wo du aussiehst wie ein Hergelaufener? Nee, die nimmt dich nicht, die nimmt mich! Im Sommer ist unsere Hochzeit, und dann gibt es für uns ein gemeinsames Stroh.»

Claus lacht immer noch. Er weiß, er lacht schäbig. Er ist sich seiner Sache sicher.

Joenes stößt mit dem Fuß Erde hinunter.

«Verrecken sollst du, Halunke!»

Der Topf mit dem Scheidewasser kippt um und ergießt sich unten über ihn. Er brüllt, seine Augen verbrennen. Schwere Schollen aus Tonerde poltern hinterdrein, die ihm auf Kopf und Körper fallen, dass er darunter verschwindet. Er weiß noch, dass er denkt, bevor er nichts mehr weiß: So ein armseliges Grab. Wäre lieber über Bord gegangen. Erst als er den Doktor hört, erwacht er wieder.

«Schickt nach dem Pastor.»

Er schläft wieder ein und erwacht aufs Neue, als Catharina ein kühles Leinen auf seinen Kopf legt. Es duftet nach dem Wegrain im Hochsommer, und er schläft ein. Er wacht auf und will aufstehen. Es ist aber noch dunkle Nacht. Er riecht Geeskes Lavendelduft und spürt ihre Wärme. Ihre Hände drücken ihn auf das Lager zurück.

«Wann wird es endlich hell, Geeske?»

«Schlaf noch ein wenig, Claus.»

«Was ist mit mir, Geeske?»

«Ach, du hast nur viele Tage und Nächte geschlafen, Claus.»

Er hört Geeskes Schniefen und begreift, dass er sie niemals mehr mit seinen Augen sehen wird. Er weiß es genau und sie weiß es auch. Und er scheut sich nicht, es auszusprechen.

«Ich bin also blind.»

Sie streicht über seine Stirn und spricht atemlos und ohne Pause, sodass er ihren Worten kaum folgen kann.

«Alle hellen Tage, die du in deinem Leben gehabt hast, darfst du jetzt noch einmal erleben. Sie reichen aus für die nächsten dreißig Sommer, und wenn du sparsam mit ihnen umgehst, und die Tage auf dem Walfänger doppelt zählst, dann reichen sie bis an dein Lebensende, und im Sommer feiern wir Hochzeit.»

Er tastet nach ihrer Hand. Er hört sich sprechen, als stünde er neben seinem Körper auf dem Stroh, er hört sich reden, ebenso atemlos wie sie zuvor.

«Nein! Wir werden keine Hochzeit mehr feiern. Wir werden keine Kinder haben, die ich nicht erkennen kann. Nimm Joenes zum Mann. Mit einem Krüppel will ich dich nicht sehen, wenn ich die Tage wiederhole, wie du es gesagt hast.»

Geeske wirft sich weinend über ihn. Er spürt ihren Körper und vergisst die Qual der Schmerzen und die Nacht vor seinen Augen und weiß, es ist noch nicht Sommer, und will auf einmal doch, dies ist unsere Hochzeit, nur dieses eine Mal. Und sie will es auch, und niemand soll es erfahren, das schwören sie sich, als ihre Kleider schon an den Körpern kleben und bevor sie neben das Stroh fallen. Geeskes blaue und weiße Röcke, ihr Mieder, ihre Bluse, sein Hemd aus Leinen. Es ist heiß wie in den Hundstagen, wenn Schäfchenwolken am Himmel stehen und in dem gelben Getreide blaue Kornblumen zwischen den roten Kornraden und der weißen Kamille blühen und die Lerchen singend aufsteigen.

Diese Hitze, die über beide gekommen war, die hatte er immer wieder gefühlt, sobald er bei Geeske war, die gab ihm Kraft für sein Leben ohne Licht, zusammen mit ihrer Fürsorge, die er angenommen hatte, ohne dass es eine Sünde gewesen wäre. Ja, ihre Fürsorge. Und niemand sollte je davon erfahren. Der Gagel behält auch im Winter seine Blätter, und das Moor duftet und hat verschwiegene Gebüsche aus Faulbaum und Brombeerhecken, wenn die Kinder Räuber und Soldaten spielen, wenn Joenes mit zwei Pferden Fieten Burmesters Acker pflügt oder im Roggenfeld die Sense schwingt.

«Ich bin der Schuldige, der Schuldige, der Schuldige!», brüllte Joenes unter ihm. «Weil ich das Boot an die Schleuse gesetzt und nicht auf Catharinas Gesicht gehört habe, und deswegen bin ich schuld an Geeskes Tod, aber schuld daran bist du, du bist schuld an allem!»

Joenes stemmte sich hoch. Er versuchte, Claus abzuschütteln, es gelang ihm nicht.

«Besser, du wärst in der Kleikuhle verreckt! Ja, verrecken hättest du sollen, du! Dann wäre Gras darüber gewachsen und über dich auch!»

Claus spuckte Joenes ins Gesicht.

«Du hast Catharina geholt, damit ich nicht verrecke», sagte er ruhig.

Und für die nächsten Worte brauchte er eine Weile, aber er konnte sie sich nicht verkneifen.

«Dafür habe ich dir Geeske gegeben.»

«Du lügst wie gedruckt!», brüllte Joenes. «Sie wollte mich!»

«Schämt euch! Ihr werdet euch eines Tages noch gegenseitig totschlagen.»

Lise schüttelte anhaltend den Kopf über das, was da auf dem Boden lag. Sie hatte den Jungen viel zu große Hosen und Jacken von ihrem verstorbenen Mann angezogen und mit einem Strick um den Leib befestigt. Erst standen sie zu dritt, dann kam die restliche Kinderschar dazu. Sie bohrten in den Nasen und kratzten nach den Läusen.

«Ihr seid schlimmer als die Brüder aus der Bibel, die sich auch nicht leiden konnten! Wie gut, dass unsere Eltern auf dem Kirchhof sind und dies nicht mehr erleben müssen.»

Joenes lachte so fürchterlich, dass Claus glaubte, sein Bruder wäre nun wirklich verrückt geworden. Er ließ ihn los, stand auf und tastete nach seinem Stock. Danach ging er wortlos über die Diele davon, und dass er sich über alle Maßen schämte, zeigte sein gebückter Körper, den die Beine kaum tragen konnten.

Ein kalter Luftstrom wehte herein und ließ Stroh aufwirbeln. Die Tür schlug zu.

«Das Leben geht weiter», sagte Lise zu Joenes. «Immer geht das Leben weiter.»

Das war etwas, was die Leute sagten, wenn einer gestorben war. Und in den meisten Fällen half es auch über den Schmerz hinweg. Weil es seine Richtigkeit hatte. So dachte Lise.

«Dummer Schnack!», sagte Joenes abfällig. Er richtete sich auf.

Lise drückte ihm die Hand. «Hör zu», sagte sie.

Er entriss sie ihr.

«Lass mich los! Das Leben ist vorbei.»

Lise hatte aber noch mehr zu sagen als dies.

«Sterben willst du? Wie ein verbrauchter Ochse? Wie ein Ziegenbock, der die Würmer hat? Wie ein räudiger Hund? Oder ein alter Mensch? Die legen sich hinter die Büsche. Aber ein junger Mensch hat seine Aufgabe im Leben, hörst du!»

Joenes verbarg sein Gesicht in den Händen.

«Sieh mich an», sagte Lise. «Ich hab dir noch was zu sagen.»

Er nahm die Hände nicht fort.

Lise zog sie von seinem Gesicht.

«Geeske hat ein Kind geboren, bevor sie starb.»

«Sag niemals wieder ihren Namen!», flüsterte Joenes, «niemals wieder.»

«Und damit du es gleich weißt», sagte Lise. «Ich werde es säugen, bis es keine Milch mehr braucht.»

Jetzt erst begriff Joenes, was Lise gesagt hatte.

«Christian?», flüsterte er.

«Es ist ein Mädchen», sagte Lise.

«Märy?», flüsterte Joenes.

«Es ist nicht gut, seinem Kind den Namen eines verunglückten Menschen zu geben», sagte Lise. «Das gleiche

Unglück wird auch diesen Menschen heimsuchen. Ich habe es Maria Magdalena genannt.»

«Aber du darfst den Namen nicht nennen, ein Kind wird erst ein Christenmensch durch das Sakrament der heiligen Taufe.»

«Die kommt nach», sagte Lise.

«Maria Magdalena?», flüsterte Joenes.

«Sie hat es geboren und danach die Kraft verloren. Claus hat das Kind gerettet. Manchmal reicht die Kraft der Frauen nur bis zu diesem letzten Augenblick. Das habe ich schon mehrmals als eine Hand Finger hat selbst erlebt, aber ich hab ja auch nicht auf einem nassen Dach im Wochenbett gelegen.»

Joenes verstand nur sehr langsam, was Lise sagte. Er starrte sie an, immer noch ungläubig.

Claus hatte das Kind gerettet. Aber die Mutter ließ er ertrinken. Warum? Und warum haben Frauen nur noch Kraft bis zu diesem letzten Moment?

«Und warum hat Claus sie nicht mitgebracht?»

Wenn Lise klüger gewesen wäre und in diesem Augenblick nicht das Falsche gesagt hätte, vielleicht wäre Joenes zu dem Kind gegangen und hätte es liebkost und das neue Leben von Geeske angenommen.

Aber Lise, für die Geburt und Tod einfach gleichbedeutend waren, die sagte: «Ist vorbei, Joenes. Gräm dich nicht. Komm mit mir. Es hat blonde Haare und blaue Augen, genau wie Geeske, und es sieht aus wie unser Vater.»

Joenes packte sie an den Schultern, seine Stimme rutschte aus.

«Ich bring dich um, wenn du noch einmal ihren Namen aussprichst!»

«Willst du deine Frau etwa von nun an verleugnen?», fragte Lise.

Er sprang auf und hämmerte seinen Kopf an die Wand zu den Kammern, er schlug so lange, bis Blut aus einer Wunde spritzte. Und gerade, als Lise dachte, nun ist er auch gleich wirklich tot, drehte er sich um und rutschte langsam herunter, bis er auf dem Boden saß. Sein Blick ging durch die Tür, über das Moor bis auf das Wasser. In seinen Augen war eine Leere, von der er nicht wusste, wie er sie jemals mit Bildern füllen sollte. Weg war der Himmel, das Paradies. Hatte sich aufgelöst im Orkan und grässliche Spuren zurückgelassen wie sein zerrissenes Herz, das niemand mehr zusammennähen konnte, weil es dafür keinen Faden gab, das aber trotzdem nicht aufhörte zu pochen, sooft er auch mit den Fäusten dagegen schlug. Schwerfällig richtete er sich auf. Blut und Wasser liefen ihm über die Stirn. Wo er gesessen hatte, stand eine Pfütze.

Was hätte Lise auch auf seine Drohung antworten sollen, überzeugt davon, er würde es tun? Sie tat das einzig Richtige.

«Geh aus meinem Haus! Und komm nicht eher zurück, bis du Vernunft angenommen hast. Um deine Kinder werde ich mich bis dahin kümmern.»

Joenes stand auf. Seine Beine waren steif, und er fiel noch einmal lang hin, bevor er die Tür erreicht hatte.

«Ich brauche deine Hilfe nicht! Ich brauche überhaupt keine Hilfe! Ich nicht! Ich schaffe das auch allein. Ich bin nicht ertrunken, ich nicht!»

Er stieß die Tür auf, und der Wind schlug sie gleich wieder hinter ihm zu. Er öffnete sie noch einmal.

«Ich will sie suchen und dann begraben, verstehst du? Begraben, unter die Erde bringen, ihr ein würdiges Grab geben. Danach hole ich die Jungen.»

«Und was soll aus dem Kind werden?», fragte Lise.

Dieses Zögern von Joenes, dieses Flattern in seinen Augen. Dieses Mahlen der Wangenknochen. Noch einmal war da ein Augenblick, seine Tochter anzunehmen, statt einfach davonzulaufen. Er nutzte ihn nicht.

«Die kannst du behalten. Ich will sie nicht. Sie hat ihr den Tod gebracht.»

«Du hast ein Herz aus Stein! Du bist verrückt geworden! Schäm dich!»

Lises Hand schlug auf ihr eigenes Herz, während sie weiter schrie. «Ach was, du hast überhaupt kein Herz in deiner Brust!»

«Claus lügt! Sie wollte meine Frau sein», flüsterte Joenes, bevor er die Tür zuschlug.

Niemand durchbrach mehr die Stille in der Hütte. Nicht einmal die Ziege meckerte. Die Jungen lagen vor dem Herd und schliefen, setzten sich auf, husteten und schliefen weiter.

Wie lang dieser Frieden dauerte? Vielleicht bis zum Mittag. Jedenfalls rührte Lise dann die Ziegenmilch im Topf über dem Feuer und warf einige Hand voll grobes Mehl hinein, das sich sogleich verklumpte. Zusammen mit dem Brot, das sie auf den Tisch brockte, machte es alle satt, ihre eigenen acht Kinder und die Heimatlosen dazu, die für einen Augenblick vergaßen, was in der Nacht zuvor geschehen war. Sie schlürften von der heißen Suppe und stippten das Brot hinein, bis kein einziger Tropfen mehr im Topf zu sehen war, den das Brot hätte aufsaugen können. Lise ermahnte ihre acht Größeren, das Feuer und die Säuglinge zu hüten, bis sie wiederkäme, nahm Mattes und Lüder an die Hand und ging zur Hütte von Claus. Der Sturm hatte das Dach an einer Seite heruntergerissen. Claus war dabei, Reetbündel dagegenzustellen. Und schon wieder stand Lise kopfschüttelnd vor etwas, das ihr querlief.

«Dann müsst ihr zu mir kommen», sagte sie. «So könnt ihr nicht wohnen bleiben.»

«Da hast du wohl Recht», sagte Claus, «aber ich wollt dir nicht noch mehr aufbürden, Lise.»

«Nun werd du man nicht auch noch verrückt, unser Bruder ist schon verrückt geworden», sagte Lise noch einmal. «Wollen nur hoffen, dass er sich nichts antut.»

«Der tut sich nichts an», sagte Claus.

«Und was soll aus Lüder und Mattes werden?», fragte Lise.

«Die bleiben erst mal bei mir», sagte Claus. «Joenes weiß, was er will, da verlass dich drauf.»

«Der weiß das nicht!»

«Wenn du nicht weißt, was er will, sage ich es dir», sagte Claus. «Er will Geeske suchen. Recht hat er. Erst wenn er sie begraben hat, kann er sich um seine Kinder kümmern. Und bis dahin ist das unsere Sache. Er ist unser Bruder.»

«Wollen hoffen, dass er Vernunft annimmt. So habe ich ihm das auch gesagt. Hab nur die Taufe vergessen. Ob der Pastor wohl am Leben ist?»

«Der muss erst einmal die Toten versorgen, die Lebenden müssen warten.»

«Ohne das Sakrament der Taufe ist es aber sündig.»

«Überall soll Wasser sein», sagte Claus. «Da kommt kein Pastor durch. Auch nicht mit Gottes Hilfe. Höchstens mit dem Teufel.»

Lises Gesicht legte Falten an. Die Mundwinkel hingen herunter. Lange fiel ihr nichts dazu ein. Und dann sagte sie doch etwas.

«Das mit dem Teufel lass man lieber. Aber beten zu Gott nützt auch nichts. Das hab ich schon bei Georgs Tod gemerkt. Wie kann man zu einem Vertrauen haben, der alles bestimmt, was auf der Erde geschieht, und sagt, es ist nur zu eurem Wohle, und dann lässt er Unschuldige sterben, ob sie getauft sind oder nicht.»

«Und der hat, wenn du mich jetzt fragen würdest, nur Unheil gebracht, das sag ich dir.»

«Ich würde mal sagen, die Kinder, die sind von ihm gewollt.»

«Auch auf einem Dach im Orkan?»

Lise wusste darauf nichts zu erwidern. Nur eins sagte sie noch: «Bevor es wieder regnet, kommt ihr alle drei zu mir.»

Sie ging achselzuckend.

Claus fühlte sich nach dem Gespräch seltsam getröstet. Vielleicht war sie doch nicht so dumm, wie er dachte.

Mattes und Lüder standen mit großen Augen vor ihm. Sie sahen auf seine Augenhöhle und wussten nicht, was sie jetzt tun sollten. Er spürte ihre Blicke, und es war lange Zeit einfach still.

«Dann holt mal ein paar Torfstücke aus dem Schuppen, damit wir warm bleiben», sagte Claus.

Die Jungen schleppten zwei Weidenkörbe mit Torf herbei. Claus versorgte das Feuer.

«Legt euch zu mir an den Herd, damit ihr trocken werdet», sagte er.

«Das sind wir längst», sagte Lüder.

Er hustete zum Gotterbarmen, zitterte trotz des warmen Herdes und weinte, fest an seinen Bruder Mattes geschmiegt.

Claus hoffte in diesem Augenblick, sie würden beide einschlafen und ihm Zeit zum Nachdenken geben, was er nun mit zwei Jungen anfangen sollte, die keine Mutter mehr hatten. Er lauschte, ob er ruhige Atemzüge hören würde, aber was er hörte, war ein Röcheln aus den Lungen, ein Schniefen und Husten.

«Dann erzählt ihr mir jetzt, wie es euch gegangen ist.»

Mattes berichtete von der Nacht. Er tat dies ausführlich und ausschweifend, als hätte er eine Heldentat vollbracht. Lüder hielt er dabei fest an der Hand. Und immer wieder fragte Claus nach, bis er genau wusste, was sie erlebt hatten, nachdem er mit Geeske davongetrieben war.

Sie hatten auf der Tür und den Balken ausgeharrt, bis ein Boot sie holte.

«Und in dem Haus, wo wir eingeklemmt waren, da ist Vater auf den Dachboden gestiegen und hat eine Wasserkruke und einen Laib Brot geholt.»

«Und niemand war mehr auf dem Dachboden?», fragte Claus.

Mattes schüttelte den Kopf.

«Aber Johanna und Hedwig wollten nicht essen, die haben nichts mehr gesagt, und dann ist Hedwig runtergefallen und war mit einem Platsch weg, und Vater ist hinterhergesprungen, und das Brot ist ins Wasser gefallen, und als er wieder aufgetaucht ist, da hat er bloß noch geweint.»

Claus stieg ein Kloß in die Kehle, er schluckte mehrmals, bis er sprechen konnte.

«Friede ihren Seelen», sagte er.

Und dann fragte Mattes, ob der Vater jetzt wegen Diebstahls in die Hölle käme und die Mutter mit Hedwig und Johanna in den Himmel.

Claus brauchte eine Weile, um nachzudenken. Ob Mattes alt und verständig genug war für eine ehrliche Antwort.

«Wenn es denn überhaupt eine Hölle gibt, Mattes, dann nur eine auf Erden, und die machen die Menschen sich selbst. Dem Neid folgt die Habgier, und die löst andere Schlechtigkeiten wie Rauben und Morden aus. Aber es gibt keine Hölle, in die man kommen kann und in der man im Fegefeuer schmoren muss. Und was die Pastoren von der Kanzel verkündigen, daran glaube ich nicht. Alles Unfug, das merk dir für dein ganzes Leben, mein Sohn.»

Das mit dem Unfug verstand Mattes nicht. Aber zwei Sachen musste er noch klarstellen.

«Ich glaube an Gott, unseren heiligen Vater, der uns aus höchster Not gerettet hat, und mein Vater ist Joenes Marten.»

«Wer glaubt, wird selig.»

Ein spöttischer Ton hatte sich bei Claus in die Stimme geschlichen. Und den verstand Mattes nicht. Anklagend erwiderte er: «Mein Vater hätte meine Mutter nicht ertrinken lassen!»

Claus zuckte zusammen.

«Und warum seid ihr wie die aus der Bibel, Vater und du?», fragte Mattes nach einer Weile.

«Dummes Zeug, was Lise gesagt hat! Dummes Geschwätz, nichts als dummes Geschwätz. Die kann nicht lesen, und die Bibel kennt sie auch nicht. Aber du könntest doch darin nachlesen, du verstehst es ja.»

«Unsere Bibel ist ertrunken, so wie Mutter.»

Für wenige Minuten gab es nichts mehr zu reden.

«War einer von denen ein Mörder?», fragte Mattes.

«Ja, das war er.»

«Mörder werden am Galgen aufgehängt.»

«Ja, das werden sie.»

«Und dann sind sie tot?»

«Ja», sagte Claus.

«Blind ist ebenso gut wie tot sein, hat Vater gesagt. Alles ist schwarz. Und dass du nur noch alte Geschichten zu erzählen weißt, das hat er auch gesagt. Und Mutter hat gesagt, dass er nicht auf seinem Bruder herumhacken soll, du bist recht so, wie du bist, und Vater hat gesagt, es wäre besser für dich gewesen, wenn du auf See geblieben wärest, weil das so im Dunkeln auch kein Leben ist.»

«Ich bin aber ganz und gar lebendig», sagte Claus

Und wie Mattes das jetzt sagte, klang es versöhnlich.

«Ich finde deine alten Geschichten gut.»

«Aber ich bin müde wie der harpunierte Walfisch, wenn er den Zweimaster sieben Seemeilen mit sich gezogen hat.»

«Erzähl.»

Claus schüttelte seinen Kopf. Ihm fiel weiter nichts ein, was er jetzt mit ihnen anfangen könnte, weil sich immer wieder Geeske in seinen Kopf drängte. Und Johanna und Hedwig dazu. Aber dann erzählte er für die beiden die Geschichte von der Meerjungfrau, und schon während er sprach, verhedderte er sich in endlosen Grübeleien über den letzten Augenblick auf dem Dach.

«Einmal fuhren wir durch das Meer, und die Sonne lachte vom Himmel, und da hörten wir einen wundersamen Gesang, der kam von weit her, und als wir dem Gesang nachfuhren, sahen wir vor einer kleinen Felseninsel wunderschöne Frauen im flachen Meer, die trugen ihre Kinder an der Brust und kämmten sich beim Singen ihre silbernen Haare, die waren so dick wie Pferdeschwänze, und als wir gerade dachten, die nehmen wir mit nach Hause, weil die ja so allein hier sind, da haben wir sie gerufen, haben gerufen: ‹Hoy, ihr Weiber, wollt ihr mit uns kommen›, da erhoben sich die Weiber gänzlich aus dem Wasser und hatten allesamt silberne Schuppenschwänze wie ein Fisch, und wir erschraken ganz fürchterlich, und dann tauchten sie alle tief ins Wasser, und nur ein Kind von den Meerjungfrauen blieb auf dem Felsen und weinte jämmerlich, und gerade, als wir es holen wollten, da tauchte seine Mutter wieder auf und zog es ins Wasser hinein, und was meint ihr, was dann geschah? Dann hub der Gesang im Meer an, ganz tief unten kam es aus der See, ein wunderbarer vielstimmiger Gesang, und wir fuhren darüber und sahen in das klare Wasser, und da konnten wir sie sehen, wie sie die kleine Meerjungfrau trösteten und für sie sangen, damit sie nicht mehr traurig war, weil sie das Kind im Meer vergessen hatten, und das kleine Meerjungfrauenkind lachte und freute sich und war glücklich bis an sein Lebensende, weil es ins Wasser gehörte und nicht auf den Felsen.»

Lüder und Mattes waren eingeschlafen.

Gedanken peinigen. Sie bringen gar nichts. Und sie lassen sich nicht vertreiben. Dagegen sind harte Brisen und Böen jederzeit zu meistern, wenn man sich darauf versteht.

Gedanken segeln im Kopf. Sie geraten in Untiefen, laufen auf, bleiben liegen, richten sich wieder auf und drohen zu sinken, manchmal kentern sie auch, treiben dann steuerlos auf den Wellen davon, bis sie irgendwo auf eine Insel treffen, auf der es nichts als Felsen gibt. Statt nur das Kind vor dem Wasser in Sicherheit zu bringen, hätte er sofort Geeske mit hinaufziehen sollen. Oder beide gleichzeitig. Aber er hatte ja nur zwei Arme. Er hatte geglaubt, sie würde es allein schaffen, um des Kindes willen. Mütter können doch auch sonst Berge versetzen, wenn es um ihr Kind geht. Aber glauben darf man nicht. Er wusste es schon immer. Und was wusste er schon von Frauen, die gerade geboren haben? Ebenso wenig wie die anderen Männer. Darum kümmerten sich die Weiber. Und die machten ein Geheimnis darum. Als ob es etwas anderes wäre als bei Schafen oder Lämmern. Kommt alles bloß aus einem Loch im Körper. Dass sie die Kraft verlieren würde, wo sie doch niemals die Kraft verloren hatte bis jetzt. Dass sie aufgeben würde im letzten Moment, nein, das hatte er nicht erwartet. Warum konnte man trotzdem

Schuld auf sich laden, wenn man doch versucht hatte, alles richtig zu machen?

Und Joenes? Feige davongelaufen war der. Als ob dessen Schmerz größer wäre als der seine.

Dieses verfluchte wilde Wasser. Verflucht sei es, wie der Bruder, das Scheidewasser und Gott, ja, der auch!

«Wer kocht uns jetzt braunen Kohl und Mehlklüten?», fragte Mattes in die Gedanken von Claus hinein.

«Wer murmelt mit uns Murmeln?», fragte Lüder. Er konnte kaum noch sprechen.

Was sollte Claus ihnen schon sagen, wenn er selbst nicht wusste, wie es weitergehen würde, wenn er seitdem nur das Platschen im Ohr hatte, das manchmal auch in hohen Tönen sang und pfiff, ebenso wie der Orkan, der verfluchte. Was würde es noch geben? Nun war Geeske auch fort.

Claus gab keine Antwort. Er stand auf und ging vor die Tür. Wind und Regen schlugen ihm ins Gesicht. Er tastete nach den Knochen des Wals, die er zu einem Bogen aufgestellt hatte. Seine Hände fuhren an ihnen entlang bis in die Spitzen, die sich zueinander neigten, nur ein wenig zwischen ihnen war frei, gerade so, dass die Finger dazwischen passten.

Bald müssten sie zu Lise in den Schafstall ziehen.

Lise, die tat jetzt in ihrer Hütte, was getan werden musste, was sie schon bei zweien aus ihrem Leib getan hatte, die einfach nicht Luft holen wollten, als sie herausgeflutscht waren, und bevor der Pastor ins Moor gekommen wäre, wäre es zu spät gewesen.

Sie ging hinaus und holte den Eimer unter dem tropfenden Dach hervor. Zurück am Herd, nahm sie die große Suppenkelle und schöpfte ein wenig Wasser heraus. Sie rief nach ihren beiden Ältesten und hieß sie, sich an dem Torfbettchen der Säuglinge aufzustellen.

Sie ging ein wenig in sich, bis ihr die Worte in den Sinn kamen, und dass es nicht alle nötigen waren, scherte sie nicht, und wo sie nicht mehr auswendig weiterwusste, fiel ihr selbst was ein.

«Wer da glaubet und getauft wird, der wird selig werden.»

Über der Stirn und der Brust des Kindes machte sie das Zeichen des Kreuzes, danach legte sie ihm die Hand auf die Stirn, betete das Vaterunser und beendete es mit den Worten: «Und erlöse uns von dem Übel, denn dein ist die Herrlichkeit in Ewigkeit. Amen», wonach sie gleich das Glaubensbekenntnis anhängte, es aber nach ihrem Gusto veränderte. «Empfangen vom Heiligen Geist, geboren von Geeske, gelitten unter der wilden Wasserflut, sitzend zur Rechten Gottes. Amen.»

Sie nahm die Kelle, sagte ihren Ältesten: «Jetzt müsst ihr gucken», und begoss das Kind dreimal mit dem Dachwasser.

«Maria Magdalena, ich taufe dich im Namen des Vaters und des Sohnes und des Heiligen Geistes. Friede sei mit dir. Amen.»

6.

Was ist, wenn Ertrinkende ein letztes Mal Luft holen?

Was wird aus der Liebe? Wo bleiben der Hass und die Schuld? Und wo die Sünde? Treiben sie alle umher wie die Seelen? Oder verschwinden sie auf Nimmerwiedersehen mit dem Wind? Und hat jemand gehört, was mit den Träumen geschieht, die tief im Wasser versinken? Steigen sie auf zum Himmel und werden wahr?

Und wie kann es sein, dass sie geht und ihren Körper und ihr Handeln in deinem Kopf zurücklässt, nicht greifbar und trotzdem da? Du siehst sie mit deinen Augen, und du hörst sie mit deinen Ohren, und wenn du willst, kannst du mit ihr sprechen.

Du gehst mit ihr über das Land, und ihr seht den Sommer kommen.

Sie zeigt dir die weißen Kerzen der Kastanien, die sich mit dem Lauf der Sonne drehen.

Du weist sie auf die leuchtend gelb blühenden Rübsamenfelder hin, in denen die Bienen summen.

Das Wogen der Weizenhalme im Sommerwind, wie sie in sanften Wellen sich neigen und wieder aufrichten, das seht ihr beide.

Sie freut sich über die stäubenden Kätzchen an den Kopfweiden der Gräben im Morgenlicht.

Du wartest auf die hellgrün keimenden Feldbohnen im März.

Vor euren Augen grasen Schafe auf dem grünen Deich. Dahinter stürzen Möwen im Flug herab ins Wasser, und wenn sie wieder auftauchen, tragen sie einen Fisch im Schnabel, um ihre Brut zu füttern, wenn sie ihn nicht selbst hinunterschlingen.

Du galoppierst mit dem Schecken von Fieten Burmester über die Landwege, wenn es gilt, eine Botschaft zu überbringen, und dafür bekommst du mehr als einen klaren Korn eingeschenkt, den sie sofort an dir riecht, wenn du heimkehrst, aber sie zetert nicht mit dir.

Im Oktober lenkst du das schwere Vierergespann deines Herrn, vor dir die Weizenstoppeln, im Rücken die wärmende Sonne, hinter dir den Pflug, und dann wirfst du den Klei zu kantigen Schollen auf, die nach dem Regen in der Sonne schimmern wie Tafelsilber und sich im Winter mürbe frieren, bis sie zerbröseln. Und das erzählst du ihr, wenn sie von dem Laib Brot mit dem großen Messer vor ihrer Brust Scheiben so rasch abschneidet, dass dir angst und bange wird, aber sie lacht dich aus, und du musst selbst schmunzeln.

Johanna und Hedwig springen durch das Seil aus Hanf, geflochtene Kränze von gelben Saatwucherblumen auf den Köpfen, die kichernden Münder von einem Ohr zum anderen gezogen, ihre Röcke und Zöpfe fliegen. Lüder und Mattes schubsen sie um, dass sie kreischend angelaufen kommen und die Jungen verpetzen. Du ermahnst sie, die Mädchen nicht zu ärgern, aber sie zeigen dir hinter deinem Rücken eine Nase, und du weißt es und lachst darüber.

Und eines Tages auf dem Fluss staunt ihr über die dahinfliegenden Besan-Ewer mit den weißen Segeln. Dazwischen rutscht dein Kahn mit dem Schleppnetz voller Heringe, die zum Laichen den Fluss heraufzogen.

Den Fischgestank von deinem Körper abwaschen im kühlen Fluss und ihr Staunen, wenn du paddelst wie ein Hund, und wie das Wasser dich trägt, obwohl du keine treibende Planke bist. Du rufst sie, aber sie will es dir auf keinen Fall nachtun. Du lachst sie aus, und sie läuft in den Fluss, das Wasser spritzt hoch. Sie schlägt um sich und kämpft gegen das Ertrinken. Sie gibt auf und treibt auf dem Rücken liegend zwischen Boot und Heringen davon ins Meer. Möwen sitzen auf ihrem fliegenübersäten Körper und hacken die Augen heraus.

Am Rand des Hochmoores, zwischen den Moosbeeren blähte der Nordwestwind Joenes' Kleider auf. Heißer Schweiß brannte in seinen Augen. Er hielt sie geschlossen, um nicht zu sehen, was er wusste.

Wissen und Sehen, das sind zweierlei Dinge, an die du nicht ein Maß legen kannst. Das eine ist oft flüchtige Vergangenheit, gerade so wie deine Stimmung ist, selten Zukunft, höchstens bei solchen Menschen wie Catharina, und das andere ist die Wahrheit, die du durch deine Augen erfährst. Augen lügen nicht.

Der nächste lichte Traum schlich sich in seinen Kopf, gute Bilder, eins nach dem anderen. Und hätte er gewusst, dass sie wieder umblättern würden, ohne Ankündigung, ohne Warnung, er hätte das Buch vor dem Ende zugeschlagen oder es gar nicht erst geöffnet.

Im Herbst hatte Geeske aus den Moosbeeren ein köstliches Mus bereitet. Jetzt waren es harte Sträucher mit ebenso ledrigen Blättern wie der Gagel, nur das sie grün und dick statt silbrig und schmal waren.

Geeske im Licht der tief stehenden Sonne beim Sammeln und später beim Stampfen der Beeren in dem großen irdenen Topf.

Ihre lustige Nase, ihre Vorfreude auf das, was ihre Hände rot färbte, ihre gekräuselten Haare über den Ohren.

Als er das Bild festhalten wollte, begann es auseinander zu fließen. Ihre Haare schwebten im Wasser und wurden zu grünem Tang vor seinen Augen.

Wie schon so oft in den letzten Stunden verbarg er sein Gesicht in den Händen, bis er aufsah, erst durch die Finger, dann nahm er die Arme herunter. Zuerst flackerten seine Augen, dann begannen die Nasenflügel zu zittern, danach lief das Erschrecken von seinem Gesicht bis in den Körper und setzte sich wie Blei in den Beinen fest, das ihn hinunterziehen wollte ins Wasser. Im hellen Licht des Tages zeigte sich ihm das dunkle Grauen der vergangenen Nacht, dem er mit den Jungen entkommen war.

Vom mehrfach gebrochenen Deich her zog sich eine riesige Meeresbucht in das Land. Wo vordem Äcker, Weiden und Gräben waren, spiegelte sich der Himmel. Fort waren die rot geklinkerten Häuser mit ihrem weißen Fachwerk und den reetgedeckten Dächern. Ertrunken die Menschen und Tiere, die einmal in ihnen gelebt hatten. Zusammengebrochen die ochsenblutfarbenen Scheunen und die verzierten Holztore. Vollgesogen und in die Tiefe gesackt die vorjährigen Storchennester, Meeresgrund die winterschlafenden Gärten.

Aus dem silbern glänzenden Schlick über den Warften

ragten vereinzelt Mauern und zerbrochene Häuser auf, zwischen Dächern, Wagen, Karren, Schränken und Tischen schwammen Menschen und Tiere, deren Bäuche sich blähten. Auf einem Dach, dessen Ständerbalken noch unter ihm standen, wehten zerrissene Betttücher. Menschen standen darauf, sie schrien und ruderten mit den Armen. Über allem kreisten Möwen, stießen aus ihrem Flug herab, schnappten sich Beute und flogen wieder, Schreie ausstoßend. Das Meer hatte sein Maul aufgerissen und alles verschluckt. Auch die Seelen der Menschen. Ein stechender Schmerz bohrte sich in Joenes' Körper, in seinem Magen und seinen Därmen gluckerte es laut. Er schlug mit seinen Fäusten dagegen, es nützte nichts.

Ohne zu wissen, wo er sie suchen sollte, aber mit der Hoffnung, sie zu finden, ging er los. Was ihn vorantrieb, war ihre Bitte, ihm zuzuhören, bevor sie auf den Dachboden kletterte. Er hatte sie weggeschoben, ihr Hoffnung gemacht, obwohl er wusste, sie würden es nicht schaffen. Ihr letzter Schrei nach ihm und den Kindern. Die Worte hallten in seinem Kopf, der zersprungen war wie sein Herz. Weiter, immer weiter, befahlen sie ihm.

Der Rand des Moores war das Kliff, an das die Wellen schlugen. Wege, ausgefurcht von Wagenrädern, die gab es nicht mehr. Vor den Hütten saßen Überlebende an Feuern, einen anderen Platz gab es nicht für sie. Manche sahen ihm teilnahmslos zu, wie er vorüberstolperte.

«Zigeuner, wo willst du hin?», rief einer ihm nach. Dem zeigte er nicht einmal die Fäuste.

Bis er in einem zerborstenen Stall, der eben noch ein Dach getragen hatte, Schutz vor dem Hagel und dem eisigen Wind fand. Der fauchte und stöhnte, der wimmerte und krachte, der zerrte an den krummen Balken und ächzte. Auf festgetretenem Mist stand ein Schaf. An seinem Euter saugte ein Lamm, das war warm und trocken, das knuffte mit dem Mäulchen in den Bauch der Mutter. Die Milch sabberte über sein Maul, es schleckte sie mit der Zunge ab und blökte leise. Daneben lag ein Lamm mit ausgestreckten Läufen, das war winzig, nass und platt, das hatte die Alte nicht mal abgeknabbert.

Joenes lief die Spucke im Mund zusammen. Er konnte die Augen nicht davon lassen, wandte sich ab, sah wieder hin, streckte seine Hände aus, zog sie zurück, schob sie wieder vor. So ging das noch eine Weile hin und her, bis er sich unter das Schaf legte, mit beiden Händen nach der Zitze griff und gierig trank. Die warme Milch rann seine Kehle hinunter in den Magen und füllte ihn mit sattem Behagen. Das Schaf hatte ihn gewähren lassen, vielleicht, weil ihm die Milch im Euter stach. Joenes lehnte seinen Körper an die Wolle. Er schloss seine Augen und sog den strengen Geruch ein, der sich in Geeskes betörenden Lavendelduft auflöste. Das Schaf blökte ihm nach wie einem verlorenen Lamm, als er den Stall verließ. Auf den Resten eines Deiches stolperte er weiter. Wenn ein Bild in seinem Kopf wuchs, schlug er dagegen. Seine Füße stießen gegen gefrorene Erdklumpen. Gegen eine Schublade, aus der Tücher hingen. Gegen ein in der Erde verkeiltes Boot, bis an den Rand gefüllt mit grauem Wasser, eben übergefroren. Es weckte in ihm Begierde, es zu besitzen. In ihm davonzustaken, Geeske zu suchen, bevor sie im Wasser gefror. Er nahm seine Fäuste und zerschlug die dünne Schicht aus Eis. Ein weicher Widerstand ließ ihn zurückschrecken. Vorsichtig zerbrach er weiter die Brocken. Tücher, mit Seilen umwickelt. Es dauerte eine Weile, bis er erkannte, was auf dem Boden lag, mit dem Gesicht nach unten. Ein Mensch, bedeckt mit grauem Schlick. Mit seinen steifen Händen, die ihm kaum noch gehorchen wollten, schöpfte er das Wasser aus. Er stieg in das Boot und drehte den Toten um. Was er sah, durchschüttelte seinen Körper und ließ ihm kalten Schweiß den Rücken hinunterrinnen, dass er jeden Tropfen fühlte.

Eine Frau umklammerte ein Kind an ihrer Brust. Beide waren zum Schutz an die Sitzbank gebunden, von der sie trotzdem heruntergefallen waren. Joenes kniete auf den nassen Planken und betrachtete die beiden. Nicht lange mehr, und sie wären wie das Boot unter dem grauen Schlick verschwunden. Der Wind verdunstete das Wasser auf seinen Kleidern und dem Rücken, sein Körper vereiste. Von alledem merkte er nichts, bis das Graue vom Wind getrocknet wurde und in dünnen Plättchen abplatzte und fahle Haut freigab, die einmal durchblutet worden war. Sie starrte ihn mit offenen Augen an, in denen das Weiße rot war. Die Nase zerbrochen. Auf der Stirn ein Riss ohne Blut. Den Mund geöffnet, gefüllt mit Schlick. In den blonden Haaren, zu Zöpfen geflochten, steckten weiße geriffelte Muscheln und gelbe Reethalme, ein Seepferdchen hatte seinen Rüssel hineingebohrt. Einer der Zöpfe hatte sich zur Hälfte gelöst, die Wellen vom Flechten waren noch sichtbar. Darauf lag ein Seestern, aus dem Meer bis hier getrieben, dem ein Zacken fehlte, dass er nur noch vier hatte.

Vielleicht glaubte er an ein Wunder. Weil in seinem Kopf durch das Schlagen etwas durcheinander geraten war, wie noch niemals zuvor in seinem Leben, das, weiß Gott, schon vor seiner Geburt nicht immer geradlinig verlaufen war. Jedenfalls sprach er mit der Fremden und hoffte auf eine Antwort von Geeske. Und vielleicht glaubte er auch, er sei jetzt ganz und gar verrückt geworden, wie Lise es gesagt hatte, denn einer, der im Kopf noch alle beisammenhat, der redet nicht mit Toten.

«Wer bist du? Bist du über den Fluss gekommen, damit ich dich finde und begrabe? Sprich mit mir! Ich höre dir zu. Jetzt, nicht später.»

Es geschah etwas, von dem er erst nach vielen Jahren zu sagen wusste, wie es dazu gekommen war, als er krank heimgekehrt war und es seiner Tochter Maria Magdalena erzählen konnte.

Er hörte Geeske. Das war auf der Hochzeitsfeier. Nachdem sie viele Tänze mit Claus getanzt hatte und seine Augen es nicht mehr ertragen konnten.

«Was siehst du an deinem Glückstag so grimmig aus?», fragte sie.

«Tanz nur mit mir», bat er.

Sie lachte ihn aus und sagte: «Ich habe ein großes Herz. Und soll ich da einen aussperren? Es passen doch mehr als nur wir beide und das Ungeborene hinein.»

Was sie sagte, das war ehrlich. Aber was sie damit meinte, das hatte er nicht verstanden.

«Und hat Geeske dort im Boot noch mehr gesagt?», fragte Maria Magdalena.

«Ja», sagte Joenes. Mehr sagte er nicht.

Aus diesem Wort hörte sie, und in seinen Augen sah Maria Magdalena, dass er glaubte, die Wahrheit erkannt zu haben. Vielleicht würde er noch darüber sprechen, bevor es auch für ihn zu spät war.

«Es war wohl das Fieber in mir», sagte Joenes. «Wenn du keine Kraft mehr hast, dann überfällt es dich von einem Augenblick auf den anderen. Es ist so, als ob es alles Böse verbrennen will, um dir zu helfen.»

«Sah die Fremde Mutter ähnlich?», fragte sie nach einer Weile.

«Nein, sie sah nicht aus wie Mutter. Verstehst du mich? Diese tote Frau gab mir einen ersten Trost. Ich konnte sie mitnehmen, sie mit ihrem Kind begraben und ihre Seele vor dem Umherirren im Wasser retten.»

Seine Stimme war kaum noch zu verstehen.

«Und wenn ich es von heute betrachte, muss ich wirklich im Fieberwahn gewesen sein, so wie jetzt, Maria Magdalena. Denn alles, was überflutet wird, verschwindet in kurzer Zeit auf Nimmerwiedersehen unter dem Schlick. Geeske hätte ich nie mehr gefunden. Ach, ich weiß nicht, wie ich es sagen soll. Es war so, als hätte ich euch alle begraben. Ich hatte keinen Glauben an das Leben mehr. Mein Herz war in der Mitte gebrochen. Die eine Hälfte gefror zu Eis, die andere erhitzte sich zu Wut. Die trieb mich voran und sagte mir, was ich zu tun hätte. Den Deich stopfen, um Geeske zu finden und sie zu begraben. Und auch, den Deich für alle Zeiten so bauen, damit so viel Leid niemals wieder geschehen würde. Und etwas in mir sagte, wenn ich sie begrabe, anstelle von Mutter, dann wird alles gut.

«Wurde es aber nicht, Vater.»

«Nein. Ich habe dir dein Leben nicht gegönnt.»

«Warum nicht?»

«Es gibt so vieles, was man nicht erklären kann. Ich kann es auch heute noch nicht. Aber damals konnte ich etwas tun. Das war es. Ich glaubte, jetzt zu wissen, was sie mir sagen wollte, weil sie ahnte, sie würde das wilde Wasser nicht überleben. Ich hatte die ganze Zeit nicht darüber nachgedacht, ich hätte es auch nicht wahrhaben wollen. Ich hatte Schuld auf mich geladen, die zu meinem Glück führte.»

«Warum bist du so lange fort gewesen? Warum hast du mir das angetan?»

«Es war nichts als eine Flucht.»

Maria Magdalena tupfte mit einem Leinentuch den Schweiß von seiner heißen Stirn.

«Gleich wird Mattes mit dem Wagen kommen, um dich nach Hause zu bringen.»

«Es ist vorbei. Diese afrikanische Krankheit ist die gerechte Strafe für mich», flüsterte Joenes.

«Es ist nichts weiter als ein hitziges Fieber», tröstete Maria Magdalena.

Mit seinen steifen Fingern versuchte Joenes der Frau die Augen zu schließen. Es gelang ihm nicht. Die Lider lösten sich ab. Sie sah ihn weiter an. Er setzte sie aufrecht in das Boot. Das Kind hielt sie fest in den Armen. Er nahm das nasse, angefrorene Tuch, mit dem sie umwickelt war, und legte es über ihren Kopf, um die Augen nicht zu sehen.

Dann stakte er mit ihr auf dem Wasser davon. Wohin, das wusste er nicht. Das Boot schlug an einem spitzen

Pfahl leck und lief voll Wasser. Es blieb in einem Gewirr von Balken hängen, und Joenes erkannte an den Kerben des Zimmermanns in den Ständern das verfallene Haus des Nachbarn. Kurz bevor das Boot sank, kletterte er heraus. Für einen Moment legte er seine Arme auf einen Balken und ruhte sich aus. Dann holte er die Frau aus dem Boot, legte sie über seinen Rücken, schlang die Schnur herum und band sie sich vor dem Bauch fest. Er ging huckepack mit ihr davon, wie er es im Sommer oft mit seinen Kindern getan hatte. Das eisige Wasser spürte er nicht. Er wusste jetzt, wohin er gehen konnte. Es war nicht mehr weit. Er konnte es sehen.

Als er nass und schmutzig mit der toten Frau auf dem Rücken die Warft hinaufkam, glaubten Metta und Fieten, es wären Geeske und ihr Kind, die er trug. Sie fragten ihn nicht. Sie warteten, dass er reden würde. Aber er redete nicht.

Selbst Fieten Burmesters Haus und Scheune auf der hohen Warft hatte die Flut nicht ganz verschont. Sie hatte an den Wänden genagt und eine Ecke weggerissen, als sie einen Balken dagegen warf. Fietens Land gab es nicht mehr, nur ein paar Stellen auf dem Hof waren trocken, wo der Misthaufen lag und wo einmal eine zusammengebrochene Scheune gestanden hatte. Aus dem Mist lief schwarzes Wasser und zog schillernde Schlieren.

Metta dachte an das bestickte Hemdchen und wo es wohl abgeblieben war.

«Nützt nichts», seufzte sie. Und schlug sich auf den Mund.

Die Diele stand bis zum erhöhten Herdplatz unter Wasser. Fieten und Joenes legten die Frau mit ihrem Kind auf einen Strohhaufen, den hatte Fieten für das Vieh dort aufgehäuft. Schluchzend deckte Metta ein Laken über die beiden.

Sie gab Joenes Hemd und Hose, aber der wischte sie mit einer Hand weg. Fieten holte zwei Spaten, und gemeinsam mit Joenes grub er am letzten trockenen Ende der Warft ein Grab. Sie taten es wortlos, nichts als das Stechen und Aufschlagen der gefrorenen Schollen war zu hören, mehr als eine Handbreit tief drangen sie zunächst nicht in den gefrorenen Boden. Dann wurde er weicher, und der Spaten konnte bis zum Heft hineingestochen werden.

Tonscherben, bunte Tellerränder, Steine warfen sie auf. Einen Henkel von einer Schüssel. Den Griff und die Füße von einem Topf, der aufs Feuer gehörte. Weiße Knochen. Die sich die Katzen holten und wieder fallen ließen.

Fieten legte seine Hände und Arme auf den Spaten. Er stöhnte. Der Schweiß troff ihm herunter. Mit Joenes konnte er nicht mithalten. Warf der dreimal einen Spaten voll nach oben, war es bei ihm nur einer. Bis Joenes in die Kuhle hineinstieg, weitergrub und den Klei nach oben warf. Und als sie so tief war wie er groß, rollten beide die Frau mit dem Kind zusammen in das Laken. Joenes nahm sie, trug sie hinaus, bückte sich und ließ sie vorsichtig mit dem Kind herunter. Als er sich wieder aufrichtete und am Rand stand, fielen Kleischollen hinein und polterten dumpf in die Kuhle. Für einen Moment sah es so aus, als ob er hinterher fallen wollte, so weit beugte er sich über den Rand. Er nahm einen Brocken Erde, zerbröselte ihn mit den Fingern und warf ihn hinein.

Wie lange er dort stand?

So lange, wie Metta betete.

«Der Herr hat's gegeben, der Herr hat's genommen, der Name des Herrn sei gelobt. Herr, schenke Geeske und ihrem Kind die ewige Ruhe, und das ewige Licht leuchte ihnen. Gib ihnen Frieden. Amen.»

Joenes stellte es nicht richtig. Danach sang Metta ganz allein, und weil sie die Strophen nicht auswendig konnte und sie am ganzen Körper schlotterte, blieb es bei der einen.

«Erd ist er und von der Erden,
wird auch zu Erd wieder werden
und von der Erd wieder aufstehn,
wenn Gotts Posaune wird angehn.

Wortlos wandte Joenes sich ab und ging ins Haus, als wäre es sein eigenes. Fieten und Metta sahen ihm nach. Sie wollten einmal Mattes an Kindes statt auf den Hof nehmen, um den Acker zu bewirtschaften, der nun unter Wasser stand. Jetzt wussten sie nicht einmal, ob der Junge noch lebte.

Im Flett brannte das Herdfeuer unter dem Topf.

«Es ist unser letztes trockenes Holz», sagte Metta.

«Das andere ist fortgeschwommen», sagte Fieten.

«Und unser Trinkwasser reicht auch nur noch für ein paar Tage.»

Sie gab Joenes noch einmal die Kleidung aus der Zeit, als Fieten jung war. Jetzt nahm er sie und zog seine nasse aus. Sein Körper hatte weiße und rote Flecken. Manche waren auch blau und grün. Vor nicht einmal einem Tag hatte er genau dies schon einmal getan. Trockene Kleidung angezogen, die ihm viel zu groß war. Wieder band er sich einen Strick um die Hose. Er setzte sich an den Tisch und stützte seinen Kopf mit den Armen auf. Aus seinen Haaren rieselte getrocknetes Blut. Über ihm auf dem Bord stand das Fässchen Rum, noch fest verschlossen mit dem Stopfen. Neujahrsklopfer waren keine zur Stelle gewesen.

Metta tischte auf, was es noch zu essen gab und was zu einer ordentlichen Trauerfeier gehörte, wenn schon sonst alles nicht so war, wie es sein sollte. Brot und Speck und Wurst.

Was sie mit ihm anfangen sollten, wussten sie nicht. Was sie mit ihrem Hof anfangen sollten, auch nicht. Jeder Blick nach draußen auf das Wasser machte alle Hoffnung zunichte.

Das Leben war einfach gewesen bis jetzt.

Menschen starben, wurden von den Frauen gewaschen, angekleidet und auf der Diele aufgebahrt, die je nach Jahreszeit mit frischen Grün geschmückt wurde, am liebsten Birkenzweige vom Moor, die es in der Marsch nicht gab. Der Pastor kam, zu Fuß oder zu Pferd, und hinter ihm wurden sie auf den Friedhof getragen und vor ihm in die Kuhle versenkt, die von den Nachbarn gegraben worden war. Danach gab es Brot und Wurst, manchmal auch weißen Butterkuchen, als Wegzehrung für die, die aus anderen Dörfern gekommen waren. Und Fliederlikör für die Frauen, die nach Herzenslust miteinander über die oder den Verstorbenen schwatzten, die Augen blank, die Wangen gerötet, die kräftigen Arme unter weitärmeligen Blusen verborgen. Für die Männer einen Getreideschluck für die Kraft und einen Becher Bier gegen den Durst, wonach dann meist alle in einer Reihe hinter der Scheune standen und gemeinsam den Wind prüften, damit er ihnen nicht die gute Hose verdarb, und untereinander ausmachten, was als Nächstes zu tun wäre, je nach Jahreszeit. So gehörte sich das, wenn einer gestorben war, wie auch der Tod zum Leben gehörte, und niemand nahm Anstoß daran, dass es gleich mit dem normalen Tagwerk weiterging, nur die Trauerkleidung, besonders der Frauen, zeigte noch lange an, wie das mit der Verwandtschaft zu einem Verstorbenen gewesen war.

Das Leben hielt alles bereit.

Wenn die Ordnung eingehalten wurde, die sich von einer Generation auf die andere vererbte. Die von der Geburt bis zum Tod bestand, ohne dass Gesetze sie festschreiben mussten.

Metta briet Rosinenklütenscheiben vom Weihnachtsmahl im Speckfett, sie wendete sie mit dem Holzschaber in der Pfanne, dass sie von beiden Seiten schön kross wurden. Joenes aß sie mit den Fingern, und er hörte nicht auf, bis die Pfanne auf dem Tisch leer war. Er nahm sich Brot und stippte und rieb das Fett in ihr aus, bis sie nichts mehr hergab. Danach stützte er wieder seinen Kopf mit den Händen.

Weil er nicht sprach, redeten sie. Warum sie so viel auf einmal redeten, wussten sie wahrscheinlich selbst nicht. Vielleicht glaubten sie, Joenes zu erreichen. Man redet miteinander und klärt die Dinge, die anstehen. Danach geht man zum Alltäglichen über, das aus nichts als Handeln besteht. Beim Reden vorher, da macht man gehörige Pausen, damit der andere antworten kann. Und es stand etwas an, was sie gerade vorhatten.

«Wir wollten heute noch auf den Hof von Fietens Bruder», sagte Metta, «was hältst du davon?»

Fieten sah aus dem Fenster, als könne man den Hof von hier aus sehen.

«Wenn das Wasser gerade anfängt zu gehen, schaffen wir das mit den beiden Pferden», sagte er. «Was meinst du dazu?»

Metta nahm die Teller und Messer vom Tisch.

«Sie sind ertrunken, mein Schwager, seine Frau und die Kinder», sagte sie.

«Sie waren bei uns und wollten zum Schlafen in ihr Haus zurück», sagte er.

«Es steht auf der großen Dorfwurt, und da ist das Wasser noch nie in die Häuser gelaufen», erklärte sie.

Weil Joenes immer noch nicht sprach, redeten sie umso mehr, und irgendwann vergaßen sie die Pausen. Wenn einer von den beiden einen Satz beendet hatte, fiel sofort der andere ein, und vielleicht hofften sie, Joenes würde zuhören und sprechen.

«Sie haben den Zweispänner stehen gelassen und die Pferde genommen.»

«Vor unseren Augen sind sie in dem Schwall der großen Welle ertrunken, die hat alles mitgerissen, auch die Pferde. Die schwammen noch am längsten.»

«Wir konnten alles sehen und ihnen nicht helfen.»

«Und Erben gibt es bei ihnen nun auch nicht mehr, so wie bei uns.»

«Deswegen wollen wir heut noch dorthin.»

«Was für ein Glück, dass du uns noch angetroffen hast.»

«Ja, heute noch. Du könntest mitkommen.»

«Hörst du uns auch zu?»

Er hörte zu. Aber er sprach nicht. Seine Augen gingen ins Leere.

Draußen vor der Tür sagte Metta leise: «Was sollen wir bloß machen?» Und Fieten: «Nun können wir gar nicht los.»

Sie versuchten es noch einmal.

«Morgen bei Niedrigwasser schaffen wir es.»

«Das Wasser hat bei uns nur für kurze Zeit hoch auf der Diele gestanden», sagte Metta, als sie wieder bei Joenes am Tisch saßen. «Aber es ist alles nass und schimmelt bereits.»

«Es ist nicht wiedergekommen», sagte Fieten.

«Wir haben so viel wie es ging hochgehängt.»

«Aber das Vieh hatten wir hinausgetrieben.»

«Es ist ersoffen, bis auf zwei Pferde, eine Kuh und die Katzen.»

«Die Pferde standen bis zum Hals im Wasser.»

«Mit den beiden wollen wir los.»

«Die Katzen waren bei uns auf dem Heuboden.»

«Aber die alte ist jetzt auch weg. Nun haben wir nur noch die kleine schwarzgelbe Minka.»

«Die Kuh stand nur bis zum Bauch im Wasser.»

«Die war nämlich auf den umgestürzten Schrank gesprungen.»

«Ja, das war die Schlaueste von allen.»

«Wir können hier nicht bleiben.»

«Das Wasser läuft immer wieder auf.»

«Nur das Haus bleibt frei.»

«Das Wasser kommt jetzt mit jeder Flut bis an das Haus.»

«Aber nach jedem wilden Wasser haben die Menschen weitergemacht.»

«Den Deich hergerichtet und sich ein neues Haus gebaut.»

«Und bis der Deich gestopft werden kann, wird es Frühjahr sein.»

Es kam der Augenblick, in dem sie begannen sich zu wiederholen, weil es nichts weiter mehr zu berichten gab und auch nichts weiter geschah. Und dann fragten sie ihn doch. Metta fragte.

«Willst du uns nicht sagen, was geschehen ist, Joenes? So mögen wir nämlich gar nicht fortgehen. Und was soll aus dir werden?»

Als er immer noch nicht antwortete, seufzten beide.

«Wir haben im Licht der Blitze gesehen, wie dein Haus zerbrach.»

«Wir dachten, ihr seid alle tot geblieben.»

«Ja, das dachten wir.»

«So war es.»

Joenes' Kopf sank auf den Tisch und blieb auf seinen Händen liegen. Die schwarzen krausen Haare waren grau vom Schlick, der schuppig auf die hölzerne Tischplatte fiel. Die war blank gescheuert mit Sand, bis auf einen Tintenfleck.

Sie flüsterten miteinander weiter. Vielleicht würde ein ordentlicher Schlaf ja helfen.

Dass er wohl zwei Tage und Nächte nicht geschlafen hatte, das konnte man ihm ansehen.

Wenn das Wasser so lange auf dem Land bleibt, das ist nicht gut. Dann kommt leicht noch Wasser nach.

Nun holt er das auf mit dem Schlafen.

Zum Trinken haben wir auch nicht mehr viel.

Als sie sahen, dass Joenes sich aufrichtete und ihm dabei der Schweiß auf der Stirn stand, machten sie flüsternd miteinander aus, ihm vorerst ein Lager herzurichten. Er ließ es mit sich geschehen, dass sie ihm die Kleider wieder auszogen, die sie ihm gegeben hatten, und ihn in ein langes Nachthemd steckten. Alles an ihm war heiß. Der Kopf, die Hände, der Atem, wie sie ihn auf das Stroh in die Butze schleppten, in dem einmal die eigenen Kinder hatten groß werden sollen.

In der Nacht schrie Joenes immer wieder nach Geeske. Dann stockte Metta und Fieten jedes Mal das Blut.

Die Tage zählten sie nicht, die vergingen. Metta flößte Joenes heißen Fliedersaft ein und legte nasse Lappen, in die sie Eis gewickelt hatte, auf seine Beine. Fieten fütterte Pferde und Kuh. Metta kochte die Suppenknochen mehrmals aus. Danach warf Fieten sie der Katze hin.

«Die Mäuse hat sie wohl schon alle aufgefressen», sagte Metta und fragte Fieten, ob wohl jemand von der Regierung geschickt würde, die Schäden aufzunehmen, damit ein Antrag für die Instandsetzung des Deiches gestellt werden könnte?

«Er hustet unentwegt», meinte sie noch.

«Hauptsache, er kriegt es jetzt nicht auf der Lunge», antwortete Fieten und sagte, wenn sie einen schicken würden, dann könne der ja nur mit dem Schiff von Stade kommen, wahrscheinlich stünde alles bis dahin unter Wasser.

«Die Hitze lässt gar nicht nach.»

«Zu dumm, dass der Vorratskeller voll Wasser gelaufen ist. Mit solcher Hitze stirbt einer nach drei Tagen.»

«Da kannst du gar nichts machen.»

In einer Nacht kam ein gewaltiger Sturm und brachte so viel Wasser, dass es wieder auf die Diele lief.

«Wenn er man bloß nicht unter unseren Händen tot bleibt.»

Und überhaupt könne man ja erst im Frühjahr an die Wiederherstellung des Deiches denken, jetzt, wo der Frost gekommen war, ruhe ja jede Arbeit.

Außer Fliedersaft und zu Brei zerdrückten Mehlklüten, mit Milch schon flüssig angerührt, nahm Joenes an diesen Tagen nichts zu sich. Wie Metta das schaffte und wie Fieten ihr dabei half, das hat sie später dem Kind erzählt, als es groß geworden war.

«Wir haben ihm einen Strohsack in den Rücken gestopft und damit seinen Oberkörper hochgeschoben und festgehalten und aufgepasst, dass er nicht umfällt. Durch einen Trichter aus Fietens Papier haben wir ihm den Saft in den Schlund getropft und Brei in den Mund geschoben, wie die Vogeleltern ihren Jungen den Wurm, oder wie bei einer Gans, die gestopft wird, weil sie fett werden soll.»

Auch als es schon wieder besser geworden sei mit ihm und er wieder selbständig gegessen habe, sei er ihnen noch vorgekommen wie ein Schlafwandler, so weit fort war er mit seinen Gedanken. Wenn sie dann versucht hätten, ihn anzusprechen, habe er nie geantwortet, sondern durch sie hindurchgesehen, als wären sie Luft. Einmal habe er auch den Namen seines Bruders herausgebrüllt. Vom Verrecken hätten sie etwas gehört, aber so richtig verstehen konnten sie es nicht. Und trübe Augen habe er gehabt, so trübe wie das Wasser.

Vielleicht würde er ja reden, wenn er wieder zu sich käme, und dann berichten, was draußen geschehen war und wie groß die Schäden seien. Bis jetzt hatten sie ihren Hof ja noch nicht verlassen können.

In einer Nacht stand Metta auf und sah nach Joenes, ob er schon tot wäre. Sie legte ihm ihre Hand auf die Stirn und fühlte nach seinem Puls.

«Das kommt alles wieder zurecht», sagte sie am nächsten Morgen zu Fieten.

Ob er wohl die Sprache vor Schreck verloren habe? Davon hatten sie schon gehört. Sie legten am Feuer ihre Hände aufeinander und seufzten.

Strenger Frost setzte ein, und das Wasser fror zu festem Eis. Fast die ganze Zeit lag die Katze bei Joenes im Stroh.

Einmal sagte Metta: «Der Herr hat's gegeben, der Herr hat's genommen.»

Das war, als sie seinen Puls nicht mehr spürte.

Stille trat ein. Durch die Fenster wagte sich ein Sonnenstrahl. Sie betete.

Dann rief sie nach Fieten. Der klatschte Joenes mit seinen breiten Pranken an die Wangen, damit er wieder durchatmete. Aber Joenes tat es nicht. Fieten stach das Fässchen Rum an, und gemeinsam flößten sie ihn Joenes ein, tropfenweise, mehr als ein Glas voll. Danach begann er zu atmen und in einen Schlaf mit ruhigen Zügen zu fallen.

Fieten sah es am Morgen aus dem Fenster. Die Schleuse, die noch halb im gebrochenen Deich gesteckt hatte, war bei dem letzten Sturm und der neuen Flut weggeschwommen. Von nun an vergrößerte die Flut zweimal am Tag den Bruch.

«Was soll bloß werden?», sagten sie zueinander.

Und weil das Fässchen nun einmal angestochen war, genehmigten sie sich einen Schluck mit heißem Wasser. Nur kurz überlegten sie, einmal bis zum Deichbruch zu gehen, aber das Eis erschien ihnen dann doch noch zu brüchig, es würde sie nicht tragen.

Da müssten sie wohl noch ein paar Tage mehr hungern, scherzte Fieten, und Metta lachte.

Ja, sie begannen zu scherzen. Wie einer am Galgen, der seinen Scharfrichtern die Zunge herausstreckt, wenn der Strick ihm das Genick bricht.

Weil das saubere Wasser zu Neige ging, tranken sie das Fässchen ohne Wasser leer, und danach gingen ihnen auch die Scherze wieder aus. Sie saßen untätig herum und teilten ihre Nahrung auf, bis fast nichts mehr zu teilen war. Sie wollten los und konnten es nicht. Weil sie ein gutes Herz hatten. Manch einer hätte vielleicht gesagt, was schert mich der Kranke? Von dem weiß ja niemand, dass er hier ist. Aber sie taten es nicht.

Sie redeten einander gut zu und meinten, ein bisschen weniger auf dem Leib, das könnte ihnen ja nicht schaden.

Außer den einfachsten Worten fiel ihnen in diesen langen und ereignislosen Tagen nichts mehr ein. Gute Nacht oder Guten Morgen, oder: Gib mir mal das Brot, oder: Hol mal eben Feuerung, Worte, die gebraucht werden, um das Leben miteinander aufrechtzuerhalten, das den Überlebenden jeden Tag neu geschenkt wird.

7.

Saßen sie in der Marsch im Eis fest, so waren die oben auf dem Moor in ihren Hütten eng zusammengerückt, um für die Verwandten Platz zu machen, die alles verloren hatten. Wo sie vorher schon von der dünnen Kohlsuppe nur recht und schlecht satt wurden, mussten nun doppelt so viele mit knurrenden Mägen einschlafen. Wo vorher zwei auf einem Strohsack schliefen, lagen jetzt vier oder fünf. Lise molk ihre Ziege und brockte das letzte Brot hinein, sie säugte die Kinder und hoffte, die Milch würde nicht versiegen.

Bei Lise war niemand mehr willkommen. Zumindest was das Essen betraf. Und hätte sie geahnt, dass Claus mit den Jungen auf dem Weg zu ihr war, ihre Mundwinkel wären noch tiefer gesunken. Hätte sie aber gewusst, dass Claus etwas zum Essen mitbringen würde, sie hätte ihm die älteren Kinder entgegengeschickt.

«Die Krähen», sagte Claus unterwegs, «die holen sich ihren Teil.»

«Ob Vater die Mutter wohl gefunden hat?», fragte Mattes. «Und kommt er dann wieder zu uns?», fragte Lüder.

Sie zogen Claus an den Händen vorwärts, bis der plötzlich stehen blieb und horchte.

«Still», sagte er. «Seid mal still und horcht.»

Die Kinder hörten nichts, sie wollten weiter.

«Das ist eine Katze. Hört ihr die nicht?»

Claus ging den Geräuschen nach, aber die Kinder hörten immer noch nichts.

«Die steckt vielleicht in dem Reethaufen», sagte Mattes.

Sie rissen den Haufen auseinander. Ein Wagen kam zum Vorschein. Ein totes Pferd hing im Geschirr an der Deichsel, den Bauch gebläht. Eine Katze fanden sie nicht. Aber zusammen mit Bettstroh und Hausrat stand eine Kiepe auf dem Wagen.

Sie öffneten sie und staunten.

Claus hob die Kiepe auf seinen Rücken. Sie waren immer noch auf dem Weg zu Lise, und wenn ihn nicht alles täuschte, hörte er jetzt in der Ferne das Signalhorn eines Ewers.

«Hört ihr? Da tutet ein Ewer.»

«Und wenn Vater auf dem Ewer anheuert und bis nach Grönland fährt, was dann?»

«Der heuert nicht an», sagte Claus. «Der will Mutter finden und den Deich wieder instand setzen.»

«Und wann hört der Frost auf?»

«Wenn der Winter vorbei ist.»

«Dann kommt Vater zurück, bestimmt.»

Catharina stand vor ihrer Hütte und schlug die Eiszapfen in eine Kruke, die vom Dach hingen, an der Seite, wo es ein paar Handbreit über dem Boden aufhörte. Sie gab den Kindern je einen zum Ablutschen in die Hände. Mattes und Lüder kriegten große Augen und rote Finger.

Lüder fiel der Zapfen aus den kalten Händen.

«Brot?», fragte er.

«Ist schon gut», wehrte Claus ab. «Wir kommen auch so zurecht.»

«Jeder, der klopft, will Brot», sagte Catharina. «Aber es gibt kein Brot, es gibt kein Mehl. Ich sollte wohl die Ziege schlachten, wenn es so weitergeht, ja, das sollte ich wohl.»

Sie gingen weiter.

Lise stand am Zuber, wusch und wrang die Tücher der Säuglinge, die beide nackt auf einem Sodenbettchen am Feuer lagen.

«Nun bleiben wir bei dir», sagte Claus.

«Ist schon recht so», sagte Lise nach einem Augenblick des Schweigens. «Auch um der Kinder willen.»

Mattes und Lüder betrachteten die beiden und fragten, welches ihre Schwester sei.

«Das könnt ihr euch gut merken», sagte Lise. «Nun, wo ich sie gebadet hab, da ist mir was aufgefallen, wie ich sie auseinander halten kann.»

«Und was ist es?», fragte Claus.

«Sie hat ein Mal am Rücken, wie unsere Mutter.»

«Am Rücken?», fragte Claus.

Lise nickte.

«Ich hab keins», sagte Mattes.

«Das ist auch besser so», sagte Claus.

«Hast du eins?», fragte Mattes.

Claus nickte. Zu weiteren Auskünften war er nicht bereit. «Das Moor ist wie eine Insel im Fluss», sagte Lise, während sie die Wäsche mit einem großen Holzstampfer bearbeitete. «Mein Nachbar ist vom Morgen bis zum Abend gegangen und hat es gesehen. Vorne Wasser und hinten Wasser und wer weiß, hat er gesagt, ob nicht das ganze Land bis nach Hannover hin überschwemmt ist.

Aber vielleicht ist es auch nur bis Stade gelaufen. Sonst wäre ja die Nordsee gänzlich leer.»

«Hinter der Nordsee fängt der große Ozean erst an», sagte Claus. «Und der ist so voll, das glaubst du nicht. Im Norden bis nach Grönland und im Süden bis nach Afrika und noch weiter.»

«So?», sagte Lise. Vorstellen konnte sie sich nicht einmal die Nordsee. Sie wickelte jedes Wäschestück einzeln um den Holzlöffel und wrang es aus.

«Ich denke, das Wasser ist um das Moor herumgelaufen», sagte Claus. «Oder die an der Oste haben auch Deichbrüche.»

«Da können wir noch lange warten, bis es wieder abläuft», sagte Lise.

«Da hast du wohl Recht», sagte Claus. «Und vom Warten ist noch kein Mensch satt geworden.»

Auch wenn sie nicht darüber redeten, wussten beide, wenn das Wasser nicht abläuft, gibt es bald keine Nahrung mehr.

Lise hängte die Wäsche an die Astzinken zum Trocknen. Es tropfte auf den gestampften Lehm, der schwarz vom Torfgrusel war.

Claus nahm seine Kiepe vom Rücken und breitete lauter Schätze vor Lise aus. Eine Seite Speck mit rosa Streifen darin. Zwei dicke gelbe Rüben. Einen Kopf Kohl. Einen Beutel Mehl. Ein ganzes Brot. Ja, sogar einen Becher voll mit Sauerteig, der in der Kälte nicht einmal gegangen war.

Die beiden Jungen berichteten stolz, sie hätten die Kiepe gefunden. Und Hausrat dabei!

«Nee, das gibt's doch nicht», sagte Lise. Sie trocknete sich die Hände am Rock ab.

«Das gibt es», sagte Claus.

«Und warum hat das vor euch niemand gefunden?», fragte Lise.

«Weil ein Reethaufen drüber lag», sagte Claus.

«Und wie konntet ihr sehen, dass da etwas drunter war?»

«Weil eine Katze geschrien hat», sagte Lüder. «Aber gehört hat er das bloß.»

In diesem Augenblick wusste Claus, seine Ohren spielten ihm Streiche. Sie ließen ihn etwas hören, was es nicht gab.

«Nun holt mal Eis rein», sagte Lise.

Gemeinsam wurden Eiszapfen vom Dach gebrochen, in die Hütte geschleppt, wanderten in den Topf und schmolzen über dem Feuer.

Lise nahm den Kohlkopf, legte ihn auf den Tisch und zerschnitt ihn mit einem großen Messer. Zuerst zwei Hälften. Dann vier Teile. Dann acht. Wenn sie nicht hinsah, schlichen sich ihre Kinder an den Tisch und stibitzten Blätter, die sie sofort in den Mund steckten. Als Lise es bemerkte, schlug sie ihnen mit einem Holzlöffel auf die Köpfe.

Claus kroch im Torfschuppen herum und fühlte nach zwei dicken Ästen. Er nahm sein Messer aus der Tasche und begann daran zu schnitzen. Er brauchte genau so lange, bis der Kohl gar wurde. Lise schnitt das Brot zur Hälfte durch, und diese Hälfte teilte sie durch zwölf, dabei halfen ihr die Finger ihrer beiden Hände. Als der Duft des Kohls

180

die Hütte erfüllte, saßen alle Kinder von Lise am Tisch und stellten ihren Holzlöffel aufrecht, die Kleinsten stießen ihn immer wieder auf dem Tisch auf. Lise gab Claus Georgs Löffel, der war größer als die anderen. Nun hatten nur Lüder und Mattes noch keinen. Mit großen Augen sahen sie auf die anderen. Bis Claus ihnen seine neuen Löffel gab.

«Die Arbeit hättest du dir sparen können», sagte Lise, praktisch, wie sie war. «Bestimmt hat es in dem Hausrat auch Löffel gegeben.»

Danach war nichts anderes mehr zu hören als Schlürfen und Schmatzen. Und als der Topf leer war, steckten die Kinder allesamt ihre Finger in die Münder, zogen sie wieder heraus und pickten damit die Brotkrümel vom Tisch, und der Schnellste bekam die meisten, dass es ein lautes Geklopfe war. Am Ende war der Tisch sauber. Die plärrenden Säuglinge wurden darauf gelegt und in frisches Leinen gewickelt. Das schmutzige steckte Lise in die Wanne mit dem alten braunen Wasser, sie stampfte mehrmals mit einem großen Holzlöffel darauf, bis es unterging und das Wasser noch dunkler färbte.

«Wo soll das alles noch hinführen, wenn du mehr am Hals hast, als zwei Hände Finger haben?», fragte Lise sich. Und es war ihr völlig gleich, ob es die anderen hörten oder nicht. Und dann sagte sie noch: «Ihr könnt im Schafstall schlafen.»

Gegen Abend, als alle Kinder im Stroh lagen, konnten Lise und Claus miteinander reden. Mit dem, was er mitgebracht hatte, reichte es wieder für ein paar Tage. Sie konnten noch die Ziege schlachten, wenn sie nach dem

Lammen trocken stünde. Aber womit dann das Lamm füttern? Sie fragten sich, wo Joenes abgeblieben sei und wie alles weitergehen sollte.

Aus dem Land war eine riesige vereiste Bucht geworden. Sie schien sich selbst überlassen zu sein. Unter dem Eis konnte man die Toten liegen sehen, manche wirkten, als ob sie schliefen. Überlebende schlichen über sie hinweg auf der Suche nach Essbarem. Manche brachen ein, andere fanden angeschwemmte Kohlköpfe, die sie aus dem Eis schlugen. Einige zerteilten die frostharten toten Rinder mit dem Beil und brieten sie auf dem Treibholz, das auf dem Eis lag. Wenige, die noch Kraft hatten, die aber nicht bei Verwandten untergekommen waren, bauten sich aus dem angeschwemmten Holz einfache Hütten, indem sie die Hölzer aneinander lehnten und Reet daran festbanden, das sich am Ufer türmte.

Die Menschen wussten keine Antwort auf ihre Fragen und warteten, dass etwas geschehe. Das Leben stand auf der Stelle, und über alles legte sich Stille, wenn man vom Geschrei der Möwen einmal absah, die überall Nahrung zu finden wussten, denn ihr Tisch war reich gedeckt. Sie mussten nur mit ihren Schnäbeln das Eis aufhacken, dann fanden sie Schafe und Lämmer, Rinder und Pferde, Hühner und Enten, Hunde und Katzen und manches Mal auch einen Menschen. Sie saßen auf den Kadavern und hackten, zusammen mit Raben und Krähen. Hatten sie ein besonders großes Stück Fleisch ergattert, dann flogen sie auf und trugen es fort, und manchmal verloren sie es auch, sodass sich andere darauf stürzten mit lautem

Geschrei. Es sah so aus, als ob das Eis flattere und sich erheben wolle, einem gewaltig großen Vogel gleich.

Die Eisschollen auf der Elbe mähten die Reetfelder in mehreren Schwüngen ab, sauberer als eine Sense. Sie türmten sich gegen die Reste des Deiches und trieben mal zum Land und mal zum Meer.

Metta zerschnitt die Strünke vom braunen Kohl und kochte ihn mit dem letzten Mehl zu einer dicken Suppe, die ordentlich satt machte. Fieten gab der Kuh und dem Pferd das letzte Heu, und was verschimmelt war, ließ er einfach liegen.

«Und nun, was machen wir nun?», fragte Metta, als sie leidlich gesättigt waren, und sah Fieten ratlos an.

«Wir fahren los», sagte Fieten.

«Das ist wohl das Beste, sonst brauchst du auch noch einen Strick um die Hose wie er», sagte Metta und wies in Richtung Kammer, wo Joenes lag. Nach einer Weile fügte sie an: «Und was soll aus ihm werden?»

«Wir packen ihn mit auf den Schlitten.»

«Und wenn er uns unter den Händen wegstirbt?»

«Dann kommt er wenigstens auf dem Kirchhof in ein ordentliches Grab.»

Metta faltete ihre Hände.

«Ob ich schon wanderte im finstern Tal, fürchte ich kein Unglück …»

«Sei mal still», sagte Fieten. Er wandte seine Ohren zur Tür. «Ich glaub, ich hab was gehört.»

«… denn du bist bei mir, dein Stecken und Stab trösten mich», vollendete Metta.

Sie sahen einander an und warteten, wie schon all die Wochen zuvor. Die Tür ging auf.

Joenes stand vor ihnen, in Fietens alter Kleidung. Sie schlotterte noch mehr um seinen Körper, als an dem Tag, an dem er sie angezogen und Metta sie ihm wieder ausgezogen hatte. Seine Augen lagen tief unter den Brauen, aber sie blickten wieder klar. Die langen schwarzen Stoppeln an seinem Kinn kräuselten sich schon, und die Haare hingen ihm bis auf die Ohren herab.

«Wie lange war ich krank?», fragte er.

Es waren die ersten Worte, die er sprach, seit er gekommen war. Metta und Fieten sahen sich an, nickten einander zu, Freude stahl sich in ihre Gesichter.

«Einen halben Mondumlauf lang sicher», sagte Fieten. «Wir haben die Tage nicht mehr gezählt. Nun, wo du wieder gesund bist, können wir Haus und Hof verlassen und über das Eis zu unseren Verwandten reiten. Und wir kommen erst zurück, wenn zum Winter der Deich wieder dicht ist. Wenn du willst, kannst du mit uns kommen.»

«Ja, das kannst du», sagte Metta.

Sie sahen ihn beide an und warteten auf seine Antwort. Aber er erwiderte nichts. Schweigend verließ er das Haus. Durch das Fenster sahen sie ihn mit wackeligen Knien bis zu dem großen Deichbruch gehen, manchmal schlitterte er auch auf dem Eis. Da beschlossen sie, allein zu gehen. Sie hatten lange genug gewartet. Während Joenes fort war, packte Metta die nötigsten Sachen auf all das, was ohnehin schon in der Truhe lag, bis der Deckel kaum noch zuging und sie sich darauf setzen musste, damit Fieten den großen Schlüssel umdrehen konnte.

«Der Deich muss jetzt gestopft werden, sonst wird das Loch jeden Tag größer», sagte Joenes, als er zurückkam. Sein Gesicht war rot von der Kälte draußen.

Und was er gesehen hatte, das erzählte er ihnen, als hätte er nicht zwei Wochen lang aufgehört zu reden. Was er gesehen hatte, das war schlimmer als das, was sie sich vorgestellt hatten, und wie er es sagte, brauchte er seine Hände dazu.

«Auf mindestens zwanzig Ruten Länge ist der Deich weg. Von der Schleuse ist kein Balken mehr übrig. Das Wasser fließt immer nur rein und nicht raus, und jetzt ist Ebbe. Alles ist gefroren. Wo unser Land war, ist nichts als ein riesiges Brack, es sieht aus, als ob es bis ans Moor ginge, vielleicht bis zur Oste.»

Metta und Fieten sahen sich an, die Münder zusammengepresst und nach unten gezogen, und sie wussten beide, auch ohne Worte, dass es nicht so schnell gehen würde mit dem Stopfen des Deiches.

«Priele gibt es, nach allen Seiten. Und Tote unter dem Eis. Tiere und Menschen.»

Metta war blass geworden. Der Schrecken breitete sich von Fietens Mund bis zu seinen Augen aus.

Beider Sprachlosigkeit ermutigte Joenes umso mehr. Worüber er nachgedacht hatte, das sprudelte nun aus ihm heraus.

«Man müsste sofort die gestrandeten Schiffe in der Lücke verkeilen, da ist mehr als eins auf Grund gelaufen. Dazu Bäume von der Geest und die Reste von den Häusern.»

«Aber doch nicht im Winter», sagte Fieten.

«Einmal muss man anfangen», sagte Joenes.

Er stand auf und ging zum Fenster, hauchte die Eisblumen an und wischte mit den Fingern ein Loch. Von hier aus war der Deichbruch nicht einmal zu erkennen. Überall nur Eis – und Wasser, das zweimal am Tag darüber floss und gefror.

«Wer weiß, wie es anderswo aussieht.»

Joenes sah hinaus, als könne er die Elbe rauf und runter und die Nordseeküste im Ganzen sehen. Als könne er, Joenes, in diesem Moment alles erfassen, was geschehen war.

Fieten stellte sich neben ihn und sah durch das Loch.

«Das weiß keiner, aber weißt du, was ich gerade so denke? Der Ewer da draußen, den hätten wir vor dem Deichbruch nicht hier vom Fenster aus gesehen.»

Auf der Elbe kämpfte sich einer mit gerefften Segeln durch das Eis.

«Nee, so was!», rief Joenes und schob Fieten beiseite. «Da hast du bessere Augen als ich!»

«Was die wohl wollen?», fragte Metta, mehr an sich selbst gerichtet als an Fieten und Joenes. Aber beide hatten es gehört und machten sich so ihre Gedanken.

So ein Schiff, das weiß jeder, hat etwas zu bringen oder zu holen. Du kennst seinen Namen nicht, weil es noch zu weit weg ist, um ihn zu lesen. Vielleicht haben sie Trinkwasser an Bord, vielleicht Brot. Vielleicht aber auch nur Geheime Kammerräte, die den Schaden begutachten wollen.

Du siehst, es hält Kurs direkt auf den gebrochenen Deich zu, natürlich nur, soweit ihm das durch das Eis möglich ist, und du glaubst, da kommt etwas, was dir hilft, wieder etwas zu tun.

«Habt ihr Feder, Tinte und Papier im Haus?», fragte Joenes. Seine Stimme zitterte vor Aufregung.

«Wozu brauchst du das?», fragte Metta. «Mit Geschriebenem ist noch nie ein Deich gestopft worden.»

Fieten nickte.

«Allenfalls habe ich von Zeichnungen vernommen, die einer anfertigt, damit er den Zuschlag für den neuen Deichbau erhält.»

«Warum sollte ich so etwas nicht auch tun?», fragte Joenes.

Fieten ging zum Schrank auf dem Flett, der zwei Schubladen besaß. Die eine zog er auf, sie klemmte, da stopfte er ein Eisen hinein und drückte sie auf. Heraus holte er eine mit Schweinsleder überzogene Mappe, ein Tintenfass und ein Bündel Schreibfedern. Dies alles legte er vor Joenes auf den Tisch.

«Mein Heft ist mir weggeschwommen», sagte Joenes.

«Dieses ist wohl nur etwas feucht», sagte Fieten und klappte die Mappe auf. Mehrere Blatt feinsten Papiers lagen darin.

«Einmal muss man anfangen», sagte Joenes noch einmal.

«Da hast du Recht», sagte Fieten.

Der Ewer kämpfte sich durch das Treibeis, und es sah so aus, als würde er bald dort längsseits gehen, wo vor der Flut einmal ein kleiner Hafen gewesen war. Das sagt sich so leicht, aber in Wirklichkeit dauerte es unendlich lange mit der Hoffnung. Und ebenso lange standen Fieten, Metta und Joenes immer mal wieder am Fenster und warteten.

Das Feuer wurde noch einmal von Fieten geschürt. Danach zog er mit Joenes den Schlickschlitten aus der Scheune. Gemeinsam stellten sie die Truhe darauf. Sie besprachen, wie sie das mit der Kuh halten wollten. Mitnehmen mochte Fieten sie jetzt nicht. Also ordentlich vom letzten Heu in die Raufen.

«Und nun setzt euch man noch einmal hin», sagte Metta zu den Männern, die die Pferde gerade ins Geschirr legen wollten. «Ich hab mit dem letzten Wasser Zichorie gebrüht. Und der Weihnachtsstuten ist auch noch nicht mal angeschnitten, den hab ich bis jetzt aufgehoben. Verschimmelt ist er nur am Rand, seht mal her.»

Fieten schmunzelte und zwinkerte Joenes zu.

«So ist das mit den Frauen. Irgendwas haben sie immer noch in der Hinterhand, verhungern lassen sie einen nicht. Wahrscheinlich würden sie für uns auch Milch aus ihren Brüsten fließen lassen, wenn es sein müsste.»

«Mach mal halblang», sagte Metta.

Joenes hatte gar nicht zugehört. Er hatte noch etwas zu sagen. Er wusste nur nicht, wie.

«Nun schreib mal, damit wir loskommen», sagte Fieten.

«Ich komme nicht mit», erwiderte Joenes.

«Es gibt hier kein Wasser und kein Brot mehr», sagte Metta.

«Aber ein Schiff», sagte Joenes.

Das war dann so etwas wie ein Abschied. Aber niemand sprach darüber. Fieten nicht, der sinnierte stumm vor sich hin. Metta nicht, die war beschäftigt mit der Kanne und zog mit ihren Fingern unentwegt die Blumen der gewebten Tischdecke nach, als gelte es, das Muster zu ergründen. Und Joenes hatte schon genügend Abschied nehmen müssen, den konnte dieses Weggehen nicht mehr anrühren, auch wenn er mehr als fünfzehn Sommer und Winter auf dem Hof gearbeitet hatte. Dem stand neben seinen Bartstoppeln im Gesicht: Nun fahrt mal endlich los. Dem klebten die Haare noch vom hitzigen Fieber auf der Stirn, die Falten vom Grübeln trug.

«Wenn der Kahn da man nicht einfriert», sagte Fieten, der immer mal wieder aus dem Fenster sah.

Joenes schwieg.

«Nun komm schon mit», sagte Metta.

Er schüttelte den Kopf.

Das war's dann auch. Umstimmen ließ er sich nicht.

Joenes half beim Anschirren der Pferde. Sie wieherten, als ob sie spürten, dass es endlich losging. Fieten schnalzte schon mit der Zunge, während Metta noch auf den Kutschbock des Schlittens stieg, und als sie sich dann endlich in den Sitz gezwängt hatte und saß, zog er die Zügel an.

Joenes hatte rote Flecken im Gesicht. Seine Augen flogen hin und her, nur nicht zu Metta und Fieten. Er griff in die Zügel.

«Wartet! Ich hab euch noch was zu sagen. Hedwig und Johanna sind ertrunken. Mattes und Lüder hat Claus mitgenommen. Und Geeske ... das war nicht Geeske, die wir begraben haben. Die wir mit dem Kind begraben haben, das ist eine Fremde.»

Metta begann stumm zu weinen. Und auch Fietens Nase

wurde feucht. Metta beugte sich weit vor und flüsterte voll banger Hoffnung: «Ja, lebt sie denn noch?»

«Geeske ist tot. Ihr Kind ist bei Lise.»

«Ihr Kind?»

«Ja, ihr Kind.»

In Mettas Gesicht standen neben den Tränen viele Fragen, die von Joenes nicht beantwortet wurden. Mit ihrem Rock putzte sie ihr Gesicht ab.

«Und wisst ihr was?», sagte Joenes. «Ich kette euch die Kuh jetzt hinten an den Schlitten, dann nehmt ihr die gleich mit. Wer weiß, ob nicht morgen das Eis schmilzt.»

Und das tat er dann auch. Er löste die Kette der Kuh vom Balken und hakte sie am Schlitten ein. Die Kuh setzte ihre Hufe so vorsichtig, wie eine Katze über nasses Gras läuft. Und das löste bei drei Leuten ein Lachen aus, denen eigentlich nicht danach war. Das Lachen erleichterte ihnen den verdammten Abschied, den sie jetzt nehmen mussten.

«Nee, so geht das nicht», sagte Fieten. «Besser, du nimmst die Kette in die Hand, Metta. Dann fühlt die Alte sich wohler.»

Und so taten sie es dann auch, Fieten nahm die Zügel, Metta die Kuh.

«Ich danke euch vielmals», sagte Joenes.

«Ist Nachbarschaftshilfe», sagte Fieten. Seine Stimme klang rau, wie bei einem, der seinen Sohn weggehen sieht in die Fremde, zu den Soldaten oder nach Afrika oder einfach nur auf Wanderschaft mit einem Bündel. Dabei war er es, der wegfuhr.

Fieten schnalzte noch einmal und ließ die beiden Pferde

langsam laufen, dass sie nicht auf dem Eis wegrutschten wie die Kuh.

Auch Metta hätte Joenes wohl gern mitgenommen, wie ein Sohn war er ihr ans Herz gewachsen in der Zeit seines Fiebers. Aber sie hatte keine Muße zum Nachdenken oder gar zum Trauern, sie musste ja die Kuh halten.

«Und wenn du fertiggeschrieben hast, dann komm uns man nach, Joenes», sagte sie, «und später holst du die Jungen und das Kind dazu. Und von uns aus kann auch Claus mitkommen, der kann sich allemal nützlich bei uns machen. Da gibt es bestimmt viel zu tun auf dem anderen Hof, wer weiß, ob da nicht auch was unter Wasser war wie bei uns. Aber das Land bestimmt nicht, das liegt ja in der hohen Marsch.»

Joenes nickte wortlos. Er nickte, weil er Metta dankbar war.

Und die mochte nun nicht noch einmal fragen.

«Schließ man die Tür ab, wenn du auch gehst», sagte sie stattdessen.

«Wozu?», fragte Fieten.

«Man kann ja nie wissen», sagte Metta. «Bestimmt sind schon Plünderer unterwegs.»

«Ich sehe keine», sagte Fieten. «Wo sollen die auch herkommen? Und unser Wichtigstes haben wir ja wohl eingepackt.»

«Nützt nichts», seufzte Metta, «nun müssen wir aber los, bevor das Wasser kommt.»

Joenes sah dem Schlitten nach. Er rührte sich nicht von der Stelle, bis Pferde, Metta, Fieten und Kuh sich im Grau des Horizonts auflösten. Ihm war kalt geworden. Er

schlug die Arme um den Leib und stampfte mit den Füßen auf, bevor er zurück auf die Diele ging. Es war kein
Geräusch mehr zu hören. Kein Pferd wieherte, keine Kuh
muhte.

Er wusste, was er zu tun hatte, bevor er Mattes und Lüder abholen würde, um mit ihnen auf den neuen Hof zu
gehen. Er musste mit dem Schiff zurück nach Stade segeln
und beschreiben, wie es hier aussah, und von dort aus bis
nach Hannover gehen, wenn er in Stade keine Hilfe bekä-
me. Zuvor aber würde er erfragen, was die wollten, die mit
dem Ewer gekommen waren.

Es war noch etwas Zeit, um aufzuschreiben, was geschehen war. Er legte das Papier vor sich auf den Tisch und
schraubte das Tintenfass auf. Es dauerte lange, bis er die
Feder eintunkte. Ein leises Miauen ließ ihn innehalten. Er
horchte auf. Es war wieder still. Er tunkte die Feder erneut
ein und schrieb in seiner großen steilen Schrift auf, was
geschehen war.

23. Dezember 1717
Wind aus Südwest. Tauwetter. Catharina hat zweites Gesicht. Deiche in Ordnung.
24. Dezember
Wind dreht auf Nordwest.
25. Dezember
Wind auf Westnordwest. Deich bricht nach Mitternacht.
26. Dezember
Das Loch im Deich wird größer.
27. Dezember.
Schleuse bricht weg.

Strenger Frost. Flut überschwemmt, was bisher verschont geblieben.

7. Januar 1718

Schiff auf der Elbe.

Als Joenes mit dem Schreiben fertig war, sah er auf. Das Schiff war fort. Vielleicht war das Schiff ja auch gar nicht dort gewesen. Vielleicht hatten Fieten und er nur etwas gesehen, was sie sich wünschten. Aber konnten sechs Augen sich geirrt haben?

Und nun beantwortete er Mettas Frage, nur dass sie nicht mehr vor ihm saß und es hören konnte.

«Was die Herren wollten? Was wollten die Herren schon? Wollten nachsehen, ob sie noch mit Abgaben rechnen können. Oder ob alle ertrunken sind und sie den neuen Deich selbst zahlen müssen. Das wollten sie. Und dann haben sie gesehen, dass hier erst mal nichts zu holen und nur etwas zu geben ist. Da sind sie schnell wieder fort.»

Er sah noch einmal hin. Nichts als Eisschollen türmten sich auf dem Fluss.

Vielleicht war das Schiff wirklich von der Regierung geschickt worden, um sich vom Wasser aus ein Bild zu machen von dem, was hier mit den Deichen los war. Wie hätten die Herren auch an Land kommen sollen? Wo vordem Häfen waren, gab es nur noch Wasser und Schlick und Eisschollen, die stumpf aneinander polterten.

Er konnte hier nicht bleiben und beschloss, Metta und Fieten über das Eis nachzugehen. Während er seine Sachen zusammenpackte, hörte er ein leises Geräusch. Es kam von oben, vom Hellen, und er kletterte die Leiter hoch. Während er noch im Stroh wühlte, sprang Mettas kleine Katze heraus. Er erschrak, denn er wusste nicht einmal, wie sie hieß, obwohl Metta all ihren Tieren Namen gegeben hatte.

Und genau da, wo die Katze ihr Lager gehabt hatte, lagen Fietens alte Schlittschuhkufen. Die hatte Fieten schon lange nicht mehr genutzt, die waren ganz verrostet. Aber der Rost würde sich schnell abschleifen.

Joenes stieg die Leiter herunter und band sich die Kufen unter seinen Holzschuhen fest. Auf der eingefrorenen Diele stakste er probehalber umher. Die Lust zum Loslaufen befiel ihn sofort. Als er das Papier unter seiner Jacke am Körper verstaute, strich die Katze um seine Beine, lief aber gleich darauf wieder fort.

Jetzt, wo er die Schlittschuhe gefunden hatte, erschien es ihm wie eine Fügung des Schicksals. In ihm war die Zuversicht, wie er sie beim Anblick des Schiffs gespürt hatte, es würde etwas geschehen und er könne seinen Teil dazu beitragen. Den Deich so mächtig und so sicher wieder aufbauen, dass so etwas nie mehr geschehen würde. Die Tür verschloss er nicht.

Vor ihm die Schlittenspur, die eingedrückten Hufe der Pferde, die Spuren der Kuh. Dicht beieinander lagen sie. Als er die Kufen auf das Eis setzte, sprang ihm die Katze in den Nacken. Er versuchte sie abzuschütteln, aber sie krallte sich an seiner Jacke fest, und er vergaß sie gleich darauf.

Wie er über das Eis glitt, fühlte er sich gut. In allen Wintern hatte er das getan, war mit den Schlittschuhen auf dem Eis gelaufen, auch mit den Jungen. Die Mädchen waren noch zu klein dafür gewesen, selbst wenn sie es gewollt hätten, die froren einfach zu leicht. Auch Geeske hatte er nicht dafür gewinnen können. Die hockte lieber am warmen Herd und träumte vom Sommer. Aber mit Mattes und Lüder auf den Gräben und Fleeten einfach so dahinlaufen. Nicht nur bis ans Moor, weiß Gott nicht. Nein, bis in die nächsten Kirchspiele ging es, manchmal hatten sie dort auch Verwandte besucht. Waren die Gräben nicht bis unten zugefroren, konnte man auf dem Grund Karauschen, Hechte oder Schleien sehen, deren Köpfe eben aus dem Schlick rausguckten und deren Kiemen ganz langsam auf und ab gingen. Später, mit Mattes, ging es auch einmal noch weiter, bis an den Fluss Oste. Die war gänzlich zugefroren, nicht so brüchig wie die mächtige Elbe, durch deren Eis sich oftmals noch ein Schiff zwängen konnte. Dann standen auf der Oste bei der großen Prahmfähre, die jetzt eingefroren war, geteerte Zelte. Niemand ging in den Fährkrug, denn draußen wurde aufgespielt, heißes Bier gab es, ja, und die jungen Leute tanzten, und manchmal dauerte es bis in den Abend. Aber nur bei Vollmond war es ein Leichtes, den Rückweg zu finden, dann glänzten die Gräben.

Bei Neumond hatte man gewaltig aufzupassen, um nicht vom Weg abzukommen und in die falsche Richtung zu sausen, das ging einfach zu schnell auf den schnurgeraden Gräben.

Mit Claus war er einmal sogar auf der Elbe bis nach Stade gefahren und am nächsten Tag erst zurückgekehrt.

«Einmal im Leben musst du bis nach Stade kommen»,

hatte der gesagt, «im zweiten Leben schaffst du es dann bis nach Hamburg.»

«Es gibt nur ein Leben», hatte Joenes geantwortet.

Und Claus hatte gelacht.

«Eine Katze hat sieben Leben!»

Joenes griff nach hinten ins Fell der Katze. Sie schlug ihm mit der Tatze auf die Hand.

«Na und?», hatte er gefragt, und Claus hatte geantwortet: «Bist du etwa weniger als eine Katze?»

Danach waren sie dann losgefahren. Zunächst auf der Süderelbe, hatten die Elbinsel Krautsand linker Hand liegen gelassen, von wo aus die Einwohner zu Fuß zum Festland über das Eis gingen und der Fährmann deshalb die Beine am Herdfeuer ausstrecken konnte. Sausten an den anderen Elbinseln vorbei, wo im Reet die Enten saßen und schimpfend aufflogen. Waren bis Brunshausen gekommen und hatten in der Herberge für Seeleute übernachtet. Windige Gesellen mit langen Bärten gab es dort, weiß Gott, sahen aus wie Wegelagerer. Waren für den Winter untergekommen und spannen ein Seemannsgarn, dass sich die Tische bogen. Einen, den kannte Claus gleich wieder, mit dem war er mal auf einem Walfänger gefahren. Die beiden hatten miteinander geredet, und Joenes war sich ausgesperrt vorgekommen von der anderen Welt, wo auf den Ozeanen die Musik spielte und nicht auf dem Fluss hinter den Deichen. Im Sommer darauf war dann das in der Kleikuhle geschehen. Und gleichzeitig hatte sein Glück begonnen, dass er dem Unglück von Claus zu verdanken hatte. Ja, er wusste es.

Er hatte nur die Augen davor verschlossen. Aber niemand konnte ihm diese Jahre mit Geeske fortnehmen, niemand.

Während er über das Eis glitt, kam es Joenes nicht in den Sinn, dass er selbst nun aussah wie ein Wegelagerer, wie ein Seemann, so, wie alle aussahen, die Haus und Hof verloren hatten. Ein Fahrender mit einer Katze auf dem Rücken. Er hätte sich selbst verhöhnt, ja, das hätte er.

Vor ihm immer noch die Schlittenspuren, bis sie vor der großen Bracke abbrachen, durch die das Wasser täglich strömte, wo vordem Häuser gestanden hatten und Korn gewachsen war. Riesige Eisschollen trieben von der Elbe herein, krachten zusammen, rieben sich, türmten sich aufeinander, drifteten zur Seite, drehten sich, manche lang wie ein Wagen, andere breit wie ein Zweiständerhaus. Metta und Fieten hatten es vor der Flut geschafft, die dann die Schollen zerbrach.

Er konnte jetzt auf der anderen Seite die Kirche sehen, deren Glocken in der Flutnacht Sturm geläutet hatten. Vielleicht hatte das Wasser sie nicht erreicht. Nicht weit davon musste der Hof von Fietens Bruder sein. Er würde Lüder und Mattes dorthin holen. Bald. Er würde für sie sorgen. Seine Söhne. Wenigstens die Söhne waren ihm geblieben.

Unentschlossenheit stand in Joenes Gesicht. Zweifel, ob er es schaffen würde. Einige Male fuhr er hin und her.

Püttenspringen. Ja, das hatten sie auf den Fleeten getan als Kinder, von Eisscholle zu Eisscholle, manchmal, in kalten Wintern, auch auf der Elbe. Mutproben waren das gewesen, alle taten es, keiner blieb am Rand stehen oder lief gar nach Hause zur Mutter. Püttenspringen.

Mattes und Lüder würden es auch tun, wenn sie erst größer wären. Und er würde es ihnen niemals verbieten.

Püttenspringen. Mutprobe. Warum nicht?

Joenes fuhr ein Stück rückwärts, nahm Anlauf und sprang auf die erste Scholle. Sie schwankte, aber sie brach nicht.

Er hielt das Gleichgewicht. Er sprang weiter, von Scholle zu Scholle, ohne sich groß zu besinnen, jede Pause konnte sein Verhängnis sein. Aber daran dachte er nicht. Jetzt nicht. Da war etwas ganz anderes in seinem Kopf, das ihm Flügel wachsen ließ, die seine Sprünge zum Kinderspiel machten.

Du bist wieder ein Junge und du darfst wie die anderen nichts weiter tun, als tief Luft zu holen, um von Eisscholle zu Eisscholle zu springen. Wenn du zu Hause süße Mehlklüten essen, im Sommer mit den alten Schweinströgen auf den Fleeten schippern und an den Ufern wieder die Kiebitzeier aus den Nestern holen willst, die Mutter in die Pfanne schlägt, dann bleibt dir nichts als springen. Bist du der Erste, der das Fleet überquert hat, hast du drei Wünsche frei. Du willst das Messer, das der Kleinste von euch in der Tasche hat, du willst das Mädchen, das der Größte von euch hat, und du willst, dass sie niemals mehr «Zigeunerkind, Zigeunerkind!» rufen, ja, das willst du als Erstes. Und das sagst du ihnen. Sie lachen dich aus, und du schlägst dreimal zu, dann sind sie still und geben und versprechen dir alles, wenn du nur aus deinen Händen keine Fäuste machst. Du bist der König, zeigst deine Handflächen und lässt ihnen das Messer und das Mädchen auch. Du bist der Größte, und das hält mindestens bis zum Tauwetter an, manchmal auch bis zur Frühjahrsbestellung, dann musst du dich neu beweisen.

Spring weiter. Ist noch lange kein Frühling. Du darfst nicht einmal anhalten, wenn jetzt vor dir die tote Kuh von Metta und Fieten Burmester liegt, der schwere Leib auf dem Eis, der Kopf mit der Kette im Wasser, bestimmt ist sie noch warm. War sie eingebrochen und drohte den Schlitten mit sich zu ziehen? Hatte Metta sie losgelassen im letzten Moment, noch einmal geseufzt: «Nützt nichts, Fieten, das geht nicht anders?»

Joenes sprang hinüber. Er sah sich noch einmal nach der Kuh um, voller Angst, dass Metta dort unten liegen könnte, Fieten, die Pferde, der Schlitten.

Zwei Ertrunkene trieben von der Elbe her zwischen den Eisschollen herein, mehrere Schafe, ein Pferd. Sie hatten aufgedunsene Körper. Ein großer Reethaufen schwamm hinterher und drehte sich vor ihm langsam im Wasser. Joenes sprang hinüber und rutschte auf festem Eis weiter. Die Sonne kam aus den Wolken und das Eis glitzerte.

Mit seinen Schlittschuhen erreichte er das Haus von Mettas und Fietens Verwandten. Dahinter war die hohe Marsch, auf der der Winterroggen dem Frost widerstand und zartgrün in der Sonne leuchtete.

8

«Minka?!» Mettas Augen wurden feucht. Die Katze ließ sich von ihr streicheln.

Joenes wurden empfangen wie der verlorene Sohn, obwohl es erst einen halben Tag zurücklag, dass sie sich getrennt hatten. Ja, alles war so, wie sie gehofft hatten. Und er hatte recht gesehen. Das Land in der hohen Marsch war wohl überflutet gewesen, aber es stand nicht mehr unter Wasser. Nur beerdigen konnten sie ihre Verwandten nicht. Und das nicht nur wegen des gefrorenen Bodens, die lagen ja noch unter dem Eis. Und die Kuh, ja, beinah hätte sie Metta mit unter die Eisschollen gezogen, wenn Fieten nicht im letzten Augenblick die Hand seiner Frau von der Kette gelöst hätte.

«Nützt nichts», seufzte Metta. «Dafür hab ich jetzt die Miez, auch wenn die keine Milch gibt.»

Ein paar Tage später tauchte wieder ein Ewer auf. Schiffer warfen von Deck Holzplanken auf das Eis und flutschten an Strickleitern hinunter. Sie legten die Planken auf dem Eis aus, kletterten wieder hinauf, nahmen drei würdige Herren in langen warmen Mänteln und festen, geschnürten Lederstiefeln huckepack und rutschten diesmal mehr, als sie kletterten, mit ihnen abwärts. In den Armen trugen die Herren feste, lederne Mappen; sie waren von der Regierung in Stade geschickt worden.

Nach einigen höflichen Sätzen der Begrüßung bot Joenes seine Dienste als Führer an. Sie betrachteten ihn, wie man einen ansieht, der vor der Tür steht und Waren feilhält, und wollten sich gerade abwenden.

Da nannte Joenes ihnen den Namen seines Hausmanns, der ihnen als Schauungsgeschworener bekannt war. Er öffnete die Ohren der Herren, sie nahmen seine Dienste an. Doch zunächst wollten sie nichts, als flugs in das Pfarrhaus eilen, noch entsetzt von dem, was sie unterwegs gesehen hatten, mit der Hoffnung, beim Pastor ein warmes Bier oder einen Grog vorgesetzt zu bekommen. Von einem der Herren, die sich als Kammerräte aus Stade vorstellten, bekam Joenes eine niederschmetternde Auskunft, die immer wieder von Husten unterbrochen wurde.

«Ihr seid hier nicht die Einzigen, die noch unter Wasser stehen. Von den Niederlanden bis hinauf nach Jütland sollen alle Marschen an der Nordsee zu Weihnachten Land unter gegangen sein.»

Ihn, der sie sorgfältig über das Eis geführt hatte, ließen sie vor der prächtigen Tür des Pfarrhauses stehen, aber der Pastor bat ihn herein. Die Herren beauftragten den Pastor, nach dem zuständigen Deichgräfen schicken zu lassen, sofern der nicht zu den Ertrunkenen zähle, eine Aufgabe, die der Pastor wiederum Joenes übergab. Er möge sich von Fieten Burmester ein Pferd ausleihen, den Deichgräfen zu holen.

«Er wohnt nicht weit von hier auf seinem Hof», erläuterte der Pastor den Herren, «und der ist von der Flut wohl weitgehend verschont geblieben, weil auf der hohen Marsch.»

«Und warum ist er nicht schon dabei, die Schäden aufzunehmen?», fragte der heisere Kammerrat.

Darauf wusste der Pastor nichts zu erwidern.

Während die Herren sich aufwärmten und dem Grog
zusprachen, der seine Grundlage vielleicht ebenfalls jenem Schiff zu verdanken hatte, dessen eines verlorene
Fässchen Joenes und Fieten schon erfreut, Joenes wohl gar
das Leben gerettet hatte, ritt dieser auf dem Schecken zum
Deichgräfen, holte ihn aus dem Mittagsschlaf und nahm
ihn gleich mit auf das Pferd.

Die Herren verlangten eine genaueste Beschreibung des
Deichbruchs samt des im Wasser untergegangenen Landes, die Joenes dann auf Aufforderung des Deichgräfen
abgab.

«Wir wünschen, dass von der Kanzel der Kirche die
Hilfsbedürftigen aufgerufen werden, sich im Pfarrhaus zu
melden.» So habe es die Regierung in Stade angeordnet,
um erste Not zu lindern.

«Aber die Kirche ist leer», sagte der Pastor.

«Und warum ist sie leer?», fragten die Herren.

Dies wusste der Pastor überzeugend zu erklären.

«Weil überall Plünderer unterwegs sind. Die Menschen
trauen sich nicht, das wenige zu verlassen, was ihnen nach
der Flut noch geblieben ist. So sieht das aus, meine Herren, und dies bitte ich untertänigst der Regierung in Stade
mitzuteilen.»

«Wir haben bereits am 3. Januar einen Erlass herausgegeben, in dem schwere Strafen demjenigen angedroht
werden, der sich Hab und Gut der von der Flut Betroffe-
nen aneignet», sagte der Kammerrat, der das Wort führte.

«Und wie wollt Ihr die Plünderer erreichen?», fragte der Pastor.

«Über die Kanzeln», sagte der Kammerrat. «Erlass ist Erlass. Damit haben wir Rechtssicherheit. Es ist Eure Pflicht, den Ausruf nach der Predigt vorzulesen.»

«Die kommen gerade in die Kirche», sagte der Pastor, «die Sünder nun gerade nicht!»

Wie also sollte man an die und an die Hilfsbedürftigen herankommen?

Der Kammerrat zog aus seiner Mappe ein Papier hervor und legte es vor sich auf den Tisch. Er nahm seinen Kneifer aus der Tasche, klemmte ihn sich auf die Nase und las vor, was dort stand.

«Zu ermitteln sind die Toten unter der Bevölkerung, als da sind, alle Adeligen und Hausleute samt Frauen und Kindern, so in den Fluten umgekommen.»

Der Pastor wagte höflich einen Einwand.

«Wenn sie im Wasser gelegen haben, sind sie alle gleich. Die Körper aufgedunsen, die Kleidung zerrissen oder grau vom Schlick. Und wie soll man dann Kätner, Knechte, Tagelöhner von Adligen und Hausleuten unterscheiden?»

Der Kammerrat sah missbilligend auf und fuhr ohne weitere Erklärung fort.

«Zu ermitteln sind weiterhin der ersoffene Viehbestand sowie der noch vorhandene; zerstörte und beschädigte Gebäude, der Verlust an Mobiliar und Gerätschaften, an unbrauchbar gewordenem Korn und Viehfutter sowie dem noch vorhandenen. Dieses ist zu unterteilen in Weizen, Roggen, Gerste, Hafer und Bohnen. Aufzuzeichnen sind alle Grundbrüche und Schäden an Deichen, Dämmen,

Sielen, Schleusen und Sicherungswerken, gegebenenfalls mit Zeichnung.»

Der Kammerrat legte das Papier beiseite. Seine Stimme war immer heiserer geworden und schließlich ganz weggeblieben.

Der zweite Kammerrat übernahm die weiteren Mitteilungen, deren Inhalt er von einem Blatt ablas, das offensichtlich in Eile formuliert worden war.

«Ferner ist der Bevölkerung mitzuteilen, dass wegen der Seuchengefahr unverzüglich alle angeschwemmten Leichen sowie die Kadaver vom Vieh begraben werden müssen, so dasselbe wegen des gefrorenen Bodens nicht möglich ist, sollen sie zusammen auf Haufen verbracht werden, bis Tauwetter eintritt.

Ferner ist einzuhalten, dass für Trinkwasser nur Schnee von den Dächern und nicht Wasser von Eisschollen genommen werden soll, ebenfalls wegen der Seuchengefahr.

Ferner ist anzuordnen, dass die Aufräumarbeiten an Gebäuden unverzüglich zu beginnen haben, damit dieselben nicht die Wege für Hilfslieferungen versperren.»

«Wege?», fragte der Pastor. «Es gibt nichts mehr, das diese Bezeichnung verdient!»

Joenes horchte auf. Der Pastor schien ihm ein ganz besonderer Mann. Er redete der Obrigkeit nicht nach dem Mund und hängte sein Fähnchen nicht nach dem Wind. Der würde ihm helfen.

Der zweite Kammerrat ging über diesen Einwurf hinweg und fuhr fort. «Ferner ist anzuordnen, dass die Bevölkerung ohne Unterschied des Standes Nachbarschaftshilfe sowie Hand und Spanndienste zu leisten hat, und dieses unverzüglich bei dem Stopfen der Deiche, welches von den zuständigen Kabelhaltern, sofern das Wetter es erlaubt, vorgenommen werden muss, damit im Frühjahr die Felder bestellt werden können.»

Joenes war die ganze Zeit schon unruhig auf seinem Stuhl hin und her gerutscht. Jetzt stand er auf, verbeugte sich höflich nach allen Seiten, in der Hoffnung, Gehör zu finden. Niemand beachtete ihn. Erst als der Pastor die Herren aufforderte, einem zuzuhören, der das Ausmaß durch eigene Anschauung bestens kannte, wurde ihm, zunächst unwillig, Aufmerksamkeit geschenkt.

«Wenn ich das einmal darlegen darf, die Herren», begann Joenes.

Der Kammerrat zog aus seiner Mappe eine Karte des Landstrichs hervor. Der Fluss, der Deich, das Marschenland, das Moor.

«Bitte!»

Joenes sah darauf, fuhr mit dem Finger entlang und sprach im Übrigen so schnell er konnte, damit er nicht unterbrochen würde.

«Das ist der Deich, der liegt schar am Süderelbstrom.»

«Und nun liegt er in der Elbe», sagte der Pastor.

Die Kammerräte sahen ihn missbilligend an.

«Weiter», sagte der eine zu Joenes.

«Gehen wir jetzt in gerader Linie bis zum Moor hoch, so ist dieses Gebiet in ganzer Länge unter Wasser. Sieht man von dieser Linie aus nach Norden und nach Süden, ist das Wasser von hier aus bis in die dort liegenden Marschen gelaufen, ja zum Teil sogar im Norden bis um das hohe Moor herum. Ein großer Teil des Deiches nah dem

Elbstrom ist durch die Gewalt des fremden Wassers fortgerissen worden, die Schleuse wurde zerstört. Folglich musste in der Flutnacht jeder in höchster Lebensgefahr auf seine und der Angehörigen Rettung bedacht sein. Es war unmöglich, die Stopfung des Bruches sofort vorzunehmen. Dieser wurde bei anhaltenden Winden von Tag zu Tag größer, bis alle Deicherde völlig in die Elbe gezogen war. Das ist von uns allein in Hand- und Spanndiensten nicht zu stopfen. Es erfordert weitgehende Maßnahmen durch einen Deichbaumeister, zumal die Flut täglich heraus und herein kann, ohne aufgehalten zu werden. Und dass der Deich überhaupt so zerstört werden konnte …» – an dieser Stelle begann der Kammerrat unruhig mit den Fingern auf den Tisch zu klopfen, aber Joenes redete einfach weiter – «… dazu möchte ich einmal sagen, das ist wegen der stark strömenden Süderelbe, die hat das Vorland mit sich gerissen. Und das hätte seit langem schon gesichert werden müssen, dann wäre nicht so viel Jammer über die Menschen und das Land gekommen!»

Der Kammerrat klopfte mit der Faust auf den Tisch.

Joenes atmete einmal tief ein und aus. Es war die längste Rede, die er je gehalten hatte.

«Seine Ausführungen sind in Ordnung. Sie verschaffen uns ein Bild von der Lage hier. Allerdings steht Ihm eine abschließende Wertung nicht zu», beschied ihn der heisere Kammerrat.

«Joenes Marten weiß, was er sagt», erwiderte der Pastor.

«Das bestätige ich hiermit», sagte der Oberdeichgräfe, der sich bisher nicht geäußert hatte.

Joenes fühlte Stolz in sich aufsteigen.

Der heisere Kammerrat blickte sorgenvoll drein. Und jetzt versagte seine Stimme gänzlich. Er flüsterte nur noch, zum Oberdeichgräfen gewandt.

«Ihr meint also auch, dass die Stopfung nicht ohne staatliche Hilfe erfolgen kann?»

Der Oberdeichgräfe nickte.

Wegen der Verkühlung des Herrn Kammerrates und weil es inzwischen draußen schon dämmerte und an eine Rückkehr mit dem Schiff nach Stade nicht zu denken war, gab der Pastor ihnen Fremdenzimmer in seinem Hause. Joenes erbot sich, zusammen mit dem Oberdeichgräfe die Schäden nach dem Papier aufzulisten.

Dieses Hilfsangebot wurde sofort angenommen. Und nachdem die Herren erfahren hatten, dass Joenes Marten alles verloren hatte, Pachtland und Haus, Frau und zwei seiner Kinder, befanden sie großmütig, er solle zunächst bei sich anfangen mit der Auflistung der Schäden und dann von Haus zu Haus weitermachen. Er sei ja wohl des Schreibens kundig und kenne sich hier aus.

«Wenn ich das mal so sagen dürfte, ich bin Kätner, meine Herren.»

«Kätner? Wo hatte Er sein Auskommen?»

«Bei Fieten Burmester, dem Schauungsgeschworenen. Ich sagte es schon.»

«Guter Mann! Gleichwie.»

Anschließend wurden von der Kommission schon einmal die bereits bekannten Schäden am Deich zur Kenntnis genommen. Joenes beschrieb sie, wobei er sich immer wieder auf den Oberdeichgräfen berief, der alles abnickte.

Decke der Schleuse völlig weggerissen.

Dadurch seitliche Ausspülung.

Grundbruch auf zwanzig Ruten Länge.

Entstandene Bracken im Land vergrößert.

Zweimal täglich werden mehr als hundert Morgen unter Wasser gesetzt.

Land nur durch schnelle Schließung des Grundbruchs zu retten, sonst droht weitere Vertiefung.

Einer der Herren erwähnte nach dieser Aufzählung noch, dass es unzählige Deichbrüche entlang der Elbe gegeben habe, wovon der hiesige allerdings der mächtigste sei. Und dass die Menschen in einer Kirche nahe Stade drei Tage lang ohne Wasser und Nahrung ausgeharrt hätten, das berichtete er auch, und dass es der kurhannoverschen Regierung in Hannover sofort gemeldet worden sei, die sich deshalb in höchster Besorgnis befinde.

Der Pastor meldete sich noch einmal zu Wort.

«Wir haben hier nicht nur die Ertrunkenen. Wir haben hier schon die ersten Verhungerten. Und das werden nicht die letzten sein. Fast alle Vorräte sind verdorben. Wir brauchen Mehl. Sonst sterben uns die Leute weg, die wir für den Deich brauchen.»

«Auch das werden wir melden», sagte einer der Kammerräte.

Bevor die Herren am folgenden Tag mit dem Schiff wieder die Rückreise nach Stade antraten, bekam Joenes noch im Pfarrhaus eine Kammer zugewiesen, in der er seine Tätigkeit zusammen mit einem Gehilfen aufnahm.

Kurze Zeit nachdem die Kommission die Schäden am Deich aufgenommen hatte, brachte eine neue Flut noch mehr Zerstörung. Ende Februar strömte das nächste wilde Wasser durch die Lücke und über den Restdeich in das Land. Die Flut ließ den Deich weiter aufbrechen und riss Häuser um, die die Weihnachtsflut überstanden hatten. An manchen Stellen schwemmte sie den schon auf höherem Boden eingesammelten Hausrat zurück ins Wasser, dass er auf Nimmerwiedersehen davontrieb.

Danach setzte Tauwetter ein.

Die Deichgeschworenen der Schauung, allen voran Fieten Burmester, teilten nach einer Zusammenkunft bei dem Oberdeichgräfen die gemeinsame Erkenntnis, dass sie mit ihrem Deichverband aus eigener Kraft und mit eigenen Mitteln diese gewaltige Zerstörung nicht in den Griff bekommen würden, auch nicht unter Mithilfe der nachbarlichen Verbände sowie aller verfügbaren Knechte und Tagelöhner aus der Marsch. Die Provinzialregierung müsste sich beteiligen, vielleicht sogar der hannoversche Hof.

Und die Männer im Moor? Die ging der Deich nichts an.

Wer arbeiten konnte, der würde schon angefordert werden, das wussten alle. Dann gäbe es zusätzlich gute Taler zu verdienen, ohne die würden sie keinen Kleispaten und keine Karre in die Hände nehmen. Die Taler würden dazu beitragen, die vom Sturm zerstörten Hütten wieder herzurichten.

Das sagten sie zu Lise, als sie ihr halfen, das Dach zu flicken, dem der Heidefirst abgerutscht war, was zur Nachbarschaftshilfe gehörte. Und gegen den Hunger der Leute buk Lise von dem letzten Mehl Brot. Auch wenn man selbst nichts mehr hatte, man musste gleich wieder gutmachen, wenn einem geholfen worden war.

Die Jungen hatten aufgehört, nach der Mutter zu fragen. Mattes raufte sich mehr mit Lises Bälgern, als dass er betete. Lüder war jeden Tag noch ein wenig stiller geworden, sein Gesicht trug rote Flecken. Wenn Lise anderweitig beschäftigt war, setzte Claus sich zu den Säuglingen an die Wiege und tastete die kleinen Köpfe ab. Spürte er statt Flaum kräftige Haare unter seinen Fingern, lächelte er still vor sich hin und nahm die dazugehörigen winzigen Hände zwischen seine großen Pranken. Er streichelte sie und dachte an Geeske.

Wenn ihm aber sein Bruder in den Sinn kam, trat eine dicke rote Ader auf seiner Stirn heraus. Lüder, der sich vor Lises Kindern fürchtete und oft an seiner Brust Schutz suchte, fuhr sie mit den Fingern nach, weil er sie für eine Seeschlange hielt.

Manchmal, abends, fragte Mattes nach dem Vater.

«Der kommt zurück, wenn er die Seele der Mutter gefunden hat», sagte Claus.

Und nachts grübelte er dann darüber nach, ob er Joenes je wiedertreffen würde.

Auf der Suche nach den Toten waren viele.

Einer von den Marschleuten kam jeden Tag ruhelos an der Kirche vorbei und erzählte seine Geschichte immer wieder mit den gleichen Worten, denn er hatte einfach aufgehört zu denken und besaß nichts außer alten Kleidern, die ihm eine mitleidende Seele geschenkt hatte, nicht mal ein Grab für seine Frau und seine Kinder, und kannte nur noch diesen einzigen Satz:

«Ich hab es gesehen, so wahr mir Gott helfe, als das Wasser kam, floh die Katze durchs Feuer, da brannte ihr Schwanz, dann sauste sie auf den Hellen, dort zündete sie die Spinnweben an, die entfachten das Haus, das trieb auf dem Wasser und beleuchtete den gebrochenen Deich, ich hab es gesehen, so wahr mir Gott helfe, als das Wasser kam, floh die Katze durchs Feuer ...»

Als der Pastor und seine Helfer es nicht mehr hören mochte, einigten sie sich darauf, dass er es nun im Kopf verkehrt herum zu sitzen hätte, und sie nahmen keinen Anstoß oder dachten gar daran, ihn aufzuhalten, als er schnurstracks ins Wasser ging und ohne eine Spur verschwand, bis auf die Luftblasen, die noch eine Weile aufstiegen.

Ein anderer fuhr mit seinem Boot auf der großen Bracke und suchte nach den Seelen seiner Verwandten. In einem fort rief er: «Hinrich, Marcus, Karsten, Almut, Elisabeth!»

Sehnsüchtig sah er denen nach, die auf Karren Ertrunkene mit sich zogen, deren Körper das Eis freigegeben hatte, die beinah einer wie der andere aussahen, weiß und aufgebläht, oft fehlten Arme oder Beine, ja sogar Kopflose gab es dabei, aber Hinrich, Marcus, Karsten, Almut und Elisabeth entdeckte er nicht. Die Helfer trugen Leinentücher vor Mund und Nase und hatten gebogene Eisen in den Händen, mit denen sie zu zweit die Toten aufluden. Manchmal rissen sie dabei einen Fetzen Fleisch heraus, den holten sich gleich die Möwen. Manchmal sagte einer auch: «Nee, das ist ja Johann!», oder einer rief nur: «Christinchen!» Auf dem Kirchhof stürzten sie den Karren, um gleich darauf wieder loszufahren. Andere Helfer mit ebensolchen Tüchern und Eisen zogen die Toten in große Gräber, von denen sie unentwegt neue schaufelten, dass der Pastor kaum hinterherkam mit dem letzten Segen, der für alle gleich war. Jedem seiner kalten Schäfchen gab er einen Namen und schrieb ihn auf. Ob der immer zutraf, das wusste freilich nur der Pastor selbst, und der war niemandem sonst als dem Herrn im Himmel verpflichtet, der auch nicht alles sah. Und manches Mal musste er an einem Tag mehr Namen verhungerter Helfer aufschreiben, als Wasserleichen gefunden wurden.

Die Glocken läuteten so oft, dass niemand mehr mitzählen mochte. Und warum er in der Sturmnacht die Glocken so spät hatte ziehen lassen, das konnte der Pastor Joenes erklären, als der ihn danach fragte.

«Ich habe bis Mitternacht über der Weihnachtspredigt gesessen, um alle Bitten für das nächste Jahr darin unterzubringen, wobei die wichtigsten waren, dass der Herr keine Seuchen schicken möge und keine Missernten wie in den vergangenen Jahren. Nur das wilde Wasser habe ich nicht erwähnt, weil ich dachte, die Menschen hätten schon genug gebüßt, das würde er uns nicht antun. Erst als die Leute in der Kirche Schutz suchten, bin ich von dem Klopfen an die Pforte aufgewacht und habe noch vor dem Aufschließen das Läuten veranlasst.»

Leichter hatten es die, die Kadaver der Tiere einsammelten, obwohl die Fracht schwerer war als die von Menschen. Sie mussten nur zählen, und immer, wenn zehn von einer Sorte auf einem Haufen lagen, als da waren Pferde,

Rinder, Schweine, Schafe, Ziegen, schlugen sie eine Kerbe in ein Holz. Hatten sie Durst, löschten sie den an den Eisschollen, die der Pastor vor dem Tauwetter von ihnen hatte auf einen Haufen fahren lassen, der Kommission zum Trotz, weil das Verdursten näher lag als die Seuche. Und als sie die Arbeit beendet hatten, gab es mehr Kerben, als der Monat Tage hatte, und da waren die noch nicht mitgezählt, die weiterhin mit dem Wasser vom Fluss hereintrieben.

Und genau diese Zahlen wiederum, die hatte Joenes zu vergleichen, was im Gebiet der großen Bracke schwierig war, denn die Höfe waren fort und die Besitzer bei ihren Verwandten untergekommen. Trotzdem erledigte Joenes seine Arbeit gewissenhaft, manchmal zu Pferd, des Öfteren auch auf Stelzen. Die Mitglieder der Schauung, soweit noch am Leben, unterstützten ihn nach Kräften.

Auf dem Pferd reiten, das ist eine feine Sache. Du siehst von oben herab auf die Menschen, die auf eigenen Füßen unterwegs sind, du bist nicht nur größer, du bist auch schneller als sie. Du hast jemandem, dem du Befehle erteilen kannst und der dir gehorcht. Auf dem Pferd reiten und Bestandsaufnahmen für die Kommission zu machen, das ist besser, als Leichen einzusammeln und zu zählen. Du bist jemand, der wichtig ist. Ist aber alles erledigt, kannst du dich wieder darauf besinnen, dass es noch etwas im Leben gibt, das erledigt werden will. Doch bis es dazu kam, sollte es ein paar Winterwochen dauern.

An dem Tag, als er die kleine dreistämmige Birke auf einem kleinen Stückchen seines Daches fand, das in einer abgebrochenen Esche hing, schrieb Joenes diesen Fund in seine Aufzeichnungen hinein. Später war die Seite mitsamt den anderen Notizen nicht mehr lesbar, weil die Tinte von seinen Tränen völlig zerlaufen war.

Als es Joenes gelungen war, den Verlust an Menschen, Vieh und allem, was gefordert war, aufzunehmen, was schon allein deswegen viel Zeit brauchte, weil auf jedem Hof Menschen nicht nur zu zählen, sondern auch miteinander zu beklagen waren, versuchte er, mit dem Pferd an der Bracke entlang ins Moor zu kommen. Auf dem Ritt dorthin stellten sich ihm mehr Hindernisse in den Weg als während seiner gesamten Tätigkeit für die Kommission.

Schon nach kurzer Zeit steckte das Pferd bis über die Fesseln im Schlick. Er ritt weiter nördlich, da scheute das Pferd vor einem halb versunkenen Ackerwagen. Er drückte ihm seine Knie in die Seite, doch es ging nur rückwärts. Als es festeren Boden unter den Füßen spürte, preschte es los. Der graue Klei flog Joenes um den Körper und klebte in seinem schweißnassen Gesicht.

Also eine andere Richtung versuchen. Viel weiter nach Norden an der kleinen Bracke entlang. Das müsste zu schaffen sein. Hölzerne Gerippe ohne Mauern, ein schön verzierter Schrank stand auf dem Kopf bis zu den Schubladen im Wasser, die Fußrollen nach oben, eine drehte sich im Wind, sie klapperte und quietschte, die Türen schlugen auf und zu. Ein Kessel für die Wurst schwamm hinein, jetzt klemmten die Türen, und statt des hölzernen Lärms gab es dumpfes Glockengeläut, wenn das Schloss an den Kessel schlug.

Dann endlich zum Moor abbiegen. Es war aufgeweicht, und statt eines Weges, den es hier einmal gegeben hatte, wenn auch oft unergründlich, reihte sich nun eine Kuhle an die andere, voll mit schwarzem Schlamm. Hier hatte schon vor ihm jemand versucht, in den Norden zu kommen, und dann war gar nichts mehr gegangen. Ein Einspänner lag umgeschlagen im Loch. Nur der Pferdekopf ragte heraus. Joenes trieb seinen Schecken an, der versank bis zum Bauch. Einmal schlug das Dreckwasser über beiden zusammen. Joenes spuckte aus, saß ab und zog am Halfter, bis das Pferd Schaum vor dem Maul hatte. Der graue Klei auf beiden war inzwischen schwarz überdreckt vom Moor. Joenes schüttelte sich und stieg wieder auf. Der Wind sog die Nässe aus den Kleidern.

Vor Lises Hütte saß Joenes vom Pferd ab und band es fest. Das Tier zitterte und schnaubte. Er nahm eine Seite Speck und ein ganzes Brot aus der Satteltasche. Metta hatte es fest in Leinen gewickelt, und es war trocken geblieben.

Erschrecken heißt zurückweichen, die Augen nicht festheften, besser kreisen lassen, während der Mund sich zusammenzieht, die Lippen sich nicht zu einem Wort öffnen mögen.

So ging es Lise jetzt, die die Hände aus der Waschbalje zog und am Rock abputzte.

Die Kinder hockten auf dem Boden, auf einem der zwei Stühle, auf dem Hellen, und spitzten die Ohren.

Claus stand vom Stuhl auf und horchte.

Außer einem leisen «Guten Tag» sagte Joenes nichts.

Lüder versteckte sich hinter einem von Lises Schar, die Finger an der Nase und am Mund. Alle bohrten auf einmal herum. Nicht nur er.

Mattes lief freudig auf Joenes zu.

«Vater!»

Er hängte sich an seine Arme und wäre gefallen, hätte Joenes ihn nicht kurz hochgehoben und eine Weile in der Luft gehalten.

Joenes begann zu husten. Er hustete, bis es ihm das Wasser aus den Augen trieb.

Lise ließ ihn nicht aus den Augen.

«Willst du das Kind sehen?», fragte sie.

«Nein», sagte Joenes.

Er legte Speck und Brot auf den Tisch.

«Es hat sich schon gut herausgemacht.»

Sie versuchte ein Lächeln.

«Nein, habe ich gesagt!»

«Versündige dich nicht an deinem eigen Fleisch und Blut», sagte Lise.

Ihre scharfen Worte erreichten den Bruder nicht.

Joenes winkte Lüder mit der Hand zu sich, der nur zögernd hinter den Kindern hervorkam und auf seinen Vater zuging. Seine Augen waren trüb und riesengroß im rotfleckigen Gesicht.

«Ich nehme euch mit», sagte Joenes. «Holt eure Jacken.»

Mit einem Freudenschrei rannte Mattes los.

Als Joenes schon mit den Jungen auf dem Pferd saß, griff Claus ihm in die Zügel.

«Bist du das, Joenes?»

«Der bin ich.»

«Hör mal, Lüder ist krank.»

«Metta wird ihn gesund pflegen.»

«Catharina sieht jeden Tag nach ihm.»

«Die kann mir gestohlen bleiben.»

«Es ist besser für ihn, er bleibt hier.»

«Der kommt mit mir!»

«Die Hitze wird jeden Tag stärker.»

«Deswegen nehm ich ihn mit!»

«Joenes, das schafft er nicht.»

«Aber ich! Wäre ja gelacht, wenn ich das nicht schaffe!»

Joenes ritt davon.

«Er ist vom Teufel besessen», sagte Lise.

«Nein», sagte Claus. «Er ist durch die Hölle gegangen und nun ist er schwarz. Und bis er wieder hell wird, das kann dauern.»

Lise starrte in das Auge mit dem weißen Fleck. Sie starrte wortlos, bis er es spürte und unwirsch den Kopf zur Seite wandte.

«Was ist los?»

«Wie konntest du das erkennen?»

«Was erkennen?», fragte Claus.

«Nichts», sagte Lise. «Ich mein, dass ich dich angucke. Oder kannst du vielleicht doch sehen?»

Der Weg zurück. Wenn man den Weg, der kein Weg mehr ist, einmal geritten ist, sollte man auch wissen, wo die Gefahren lauern, und ihnen ausweichen können. Zumal wenn sich ein krankes Kind in die Mähne des Pferdes krallt und von seinem Bruder mit beiden Armen umfangen wird, dem es immer schwerer wird, während der Vater einen Arm um den Großen gelegt hat und mit dem anderen die Zügel hält. Der große Bruder jauchzt und lacht, dem kann es nicht sausend genug gehen, obwohl schon die Haare kaum dem Kopf nachkommen.

Der Weg zurück nistete sich in Mattes' Kopf ein und blieb darin als ein großen Fliegen über Wasser und Land.

Später würde er immer wieder davon berichten, häufiger als von der Nacht des wilden Wassers, von der er nichts mehr hören mochte. Nach den Tagen in der engen Moorhütte fühlte er sich frei. Weil er einmal genauso ein verwegener Reiter werden wollte wie sein Vater, viel verwegener noch als Claus, dem nichts Neues mehr widerfuhr, was hätte berichtet und ausgeschmückt werden können. Aber dieses hier konnte er den anderen erzählen, deren Väter ertrunken waren und deren Mütter vor lauter Sorge um Brot und Wasser meist den Rockzipfel an die Augen führten, statt ihre Kinder anzulachen.

Sein Vater. Wie der den Schecken zu Sprüngen über die Moorkuhlen trieb, wie er fluchte und donnerte, wenn das Tier langsamer wurde, wie er ihm dann die Haselgerte und seine Knie in die Flanken drückte, wie sie fast Catharina umgerannt hätten, die am Strick ihre Ziege durch die gelben Vorjahrsbinsen führte und mehrmals rief: «Hol euch der Teufel! Marschenpack!»

Wie sie durch hohes Wasser preschten, dass es über ihnen zusammenschlug, wie der Schecke in einem Hochsprung über eine Mauer hinwegsetzte und die Hinterhufe daran schlugen und die Mauer zusammenkrachte, wie sie fast den Sturzkarren mit den Ertrunkenen gerammt hätten.

Und wie Mattes seinen Bruder endlich loslassen konnte, als sie bei Metta und Fieten ankamen. Da fiel Lüder Metta schon entgegen, obwohl der Vater alles gegeben hatte, ihn zu retten, alles, auch sein Leben hätte er für das seines jüngsten Sohnes gegeben.

«So einer ist das, mein Vater!»

Metta, die sich unversehens mit einem toten Kind in den Armen fand, schluckte mehrmals, bis ihr Schluchzen nicht mehr aufzuhalten war und Fieten ihr einen Lappen gab, mit dem er gerade die verkrusteten Augen des Schecken ausgerieben hatte.

Später, als die Tränen getrocknet waren, sagte sie: «Nützt nichts. Nun haben wir nur noch Mattes, da wollen wir wohl beide gut aufpassen, dass er uns nicht auch noch unter den Händen stirbt. Wer soll sonst unser Nachfolger an Kindes statt werden?»

Jetzt, wo alles wieder seinen ordentlichen Gang finden sollte, begrub Joenes sein zweites Kind auf dem Kirchhof. Das kleine Grab schaufelte er eigenhändig. Das dritte Kind, Hedwig, wurde nie mehr gefunden. Aber vielleicht war es auch schon aus seinem Kopf heraus, weil Geeske darin so viel Platz einnahm. Und hätte jemand vorher zu Joenes gesagt, er würde Lüder wohl in das neue Zuhause bringen, aber der Junge wäre bis dahin schon beinah abgekühlt, Joenes hätte es noch einmal genau so und nicht anders getan. Seine Pflicht erfüllen, alles so machen, wie es sein soll. Und vor allem Gott gefallen, der ihn nun genug bestraft hatte. Gott sollte endlich ein Einsehen mit ihm haben und von oben die Stopfung des Deiches lenken, damit er Geeske begraben konnte.

Lüder bekam eine ordentliche Beisetzung auf dem Kirchhof. Der Pastor erfüllte seine Christenpflicht, und dies tat er gern für Joenes, von dem er mehr hielt als von allen Geschworenen der Schauung zusammen und dem Oberdeichgräfen dazu. Und woher sollte der Pastor auch wissen, dass Joenes Schuld auf sich geladen hatte, die auf Erden niemand von ihm nehmen konnte?

«Wir stehen hier am Grab von Lüder Marten, Sohn der nach dem wilden Wasser vermissten Hausfrau Geeske Marten, geborene Heinsohn, und dem Kätner Joenes Marten. Lüder wurde fünf und ein halbes Jahr alt und folgte seiner Mutter nach drei Monden in das ewige Himmelreich. Herr, nimm ihre Seele und die Seele dieses Kindes zu dir und lass beide sitzen zu deiner Seite. Wir wollen beten.»

Wie der Pastor, so falteten auch Metta, Fieten, Mattes und Joenes die Hände.

«Herr Jesu Christe, du hast so freundlich der Kinder dich angenommen, sie zu dir gerufen und sie gesegnet; du hast nun dieses unser liebes Kind zu dir in die ewige Freude gerufen. Aber, Herr, unsere Seele ist betrübt, dass du unser Kind so früh dahingenommen hast. Wir danken dir, dass du unser Kind in der heiligen Taufe zu deinem Kinde angenommen, es zum ewigen Leben wiedergeboren und ihm das Erbe des Himmels versprochen hast. Hilf, lieber Gott, dass wir umkehren und werden wie die Kinder, auf dass auch wir dereinst mit Freuden einschlafen und zur ewigen Ruhe der Heiligen gelangen mögen durch deine ewige Gnade und Barmherzigkeit. Amen.»

«Amen», wiederholten Metta, Fieten, Mattes und Joenes.

«Wir wollen singen», sagte der Pastor und hub sogleich damit an.

«Gott Lob, die Stund ist kommen,
ich werde aufgenommen
ins schöne Paradeis.
Ihr Eltern dürft nicht klagen,
mit Freuden sollt ihr sagen:
Dem Höchsten sei Lob, Ehr und Preis.»

Ein paar Amseln und Finken, die schon in den noch blatt-losen Eschen hüpften, fielen mit ein und ersetzten fröhlich singend die ertrunkene Gemeinde.

«Gott zählet alle Stunden,
er schlägt und heilet Wunden,
er kennet jedermann.
Nichts ist jemals geschehen,
das er nicht vorgesehen,
und was er tut, ist recht getan.»

Bei diesem Vers nahm Joenes sich vor, mit dem Pastor ge-nau über dieses «recht getan» zu reden, weil das Sterben Unschuldiger doch nicht in Gottes Sinne gewesen sein konnte.

Die Glocken begannen in ebendem Augenblick zu läu-ten, als eine dunkle Wolke die Sonne freigab, die flugs ein paar Strahlen durch die Bäume schickte und damit viele

Äste auf das Ziegelpflaster um die Kirche herum malte, in denen die Schatten der Vögel sprangen.

Kurz vor Einbruch der Dunkelheit legte ein Ewer an, der war in Stade mit Mehlsäcken beladen worden, die sollten vom Pastor weitergegeben werden. Am nächsten Morgen war der Bauch des Schiffes leer. Niemand hat je erfahren, ob das Mehl gerecht verteilt wurde.

«Es wird schon die Richtigen erreicht haben», sagte der Pastor.

An diesem Tag lungerten keine Tagelöhner mit abgemagerten Kindern vor seiner Tür. Aber der Segen hielt nicht lange an. Bald musste der Pastor mehr verhungerten Menschen den letzten Segen geben, als ertrunkene aus dem Schlick auftauchten.

9.

Es ist an der Zeit, schwere Pferde anzuschirren, um die groben Ackerschollen krümelig zu eggen und mit Saatgut zu bestellen, das du in großen Schwüngen aus der hölzernen Mulde werfen musst. Doch so weit du sehen kannst, siehst du nichts als eine das Himmelblau spiegelnde Fläche, wenn der Dunst sich am Morgen auflöst. Rot schimmert sie am Abend, im Sonnenuntergang. Selten strömt das Wasser träge, oft ist es kabbelig, reißend wird es mit dem Wind aus Nordwest. Wenn er es bei Flut durch den gebrochenen Deich treibt, schwemmt es weiter den Kleiboden von ihm weg und vergrößert die Lücke.

Im Frühling 1718, vier Monde nach der Weihnachtsflut, waren Äcker, Weiden und Höfe immer noch Wasserland. Von der Elbe bis zum Moor zog sich die große neue Bucht herein, die Bracken waren zu tiefen und breiten Prielen geworden, die niemals wasserleer wurden und zweimal am Tag das Land überfluteten wie in der Heiligen Nacht.

Wo jetzt Boote fuhren und Seevögel schrien, hatten im letzten Sommer die Pferde gewiehert, die Rinder gemuht, die Schafe geblökt, waren singend Lerchen aufgestiegen. Wo vorher die Anweisungen der Bauern zu hören waren, die stets so laut sprachen, als stünde der Knecht zehn Meilen weiter gegen den Wind, obwohl er ihnen in Wirklichkeit hätte auf die Füße treten können, standen nun die Hechte, zog der Lachs und sprangen die Rotaugen.

Verstummt war auch das Rufen der Frauen, wenn sie die Kühe holten, sanft und schrill gleichzeitig und wie eine Melodie aus alten Zeiten.

«Komm Olsch, komm, komm Olsch komm», was nach längerem Rufen nur noch heißt: «Koomm-oo-komm, koomm-oo-komm.»

Es ist ein Gesang, den alle Rinder an der Küste von den Niederlanden bis weit hinauf nach Jütland verstehen. Wenn du eine Hochträchtige bei deinen Nachbarn in den anderen Marschen kaufst, dann hört sie darauf. Glaub mir, das ist wirklich so, das kann dir jeder bestätigen. Aber im Frühjahr 1718 riefen sie nicht.

In großen Schwärmen saßen die Seevögel auf den Watten, die bei jedem Stillstand der Flut um eine Winzigkeit höher wuchsen. Austernfischer, Säbelschnäbler, Nonnengänse, Möwen, Kormorane, Kiebitze. Sie staksten und schritten an den scharfen Rändern der vielen Nebenpriele, sie gründelten, stießen und schnappten, sie flatterten und segelten darüber hin. Nahrung für sie gab es im Überfluss, denn wie die Vögel und Fische hatten auch die Würmer, die Schnecken und manchmal auch schon Muscheln die Bucht erobert.

Hättest du die Möwen gefragt, es soll ja Menschen geben wie Catharina, die mit Tieren sprechen können, wie es in Urzeiten alle Menschen einmal taten, hättest du also die Möwen gefragt: «Soll der Deich wieder geschlossen werden?», dann hätten sie dir krächzend und ganz bestimmt lauthälsig geantwortet: «Niemals!»

Kennst du dieses höhnische Lachen der Möwen? Das du besonders an Sommertagen hörst, wenn mittags dein Schatten angehalten wird und du gerade so weit bist zu glauben, das Leben in seiner Herrlichkeit ginge auf Erden niemals zu Ende. Dann lachen sie. Und du purzelst unsanft heraus aus deinen Träumen vom ewigen Leben, weil du denkst, es sind die Flüche des Teufels, die durch die Luft taumeln.

Vielleicht hätten die Möwen aber auch etwas anderes gerufen: «Unsere Vorfahren waren schon hier, bevor die Menschen sich das Wasserland untertan machten und erst Wurten, dann Ringdeiche, später Flussdeiche künstlich aufschütteten, die allesamt dem Wasser ja doch nicht standhalten können. Das holt sich immer wieder zurück, was ihm genommen wurde, und so wird es auch bleiben. Und wenn ihr immer noch bessere und berühmtere Deichgräfen oder Wasserbaumeister ins Land holt, erst die eigenen, dann den aus den Niederlanden. Den haben wir nämlich dort gesehen, wie er an den Poldern seine Leute an den Rammen anwies. Und dann noch den aus Friedrichstadt an der Schlei, nahe dem Katinger Watt, wo es reichlich Nahrung gibt. Dem sind wir im Hafen von Kopenhagen, auf Fehmarn und in Hamburg begegnet, wo er beim Branntwein großspurige Reden von seinen Künsten hielt und sich dabei ein ums andere Mal selbst auf die Schulter klopfte.»

Bevor allerdings die Stimme des Deichbaumeisters aus Friedrichstadt hier zu hören war, wurde im April 1718 erst einmal der heimische Deichgräfe beauftragt, einen Plan zu entwickeln, wie die große Lücke geschlossen werden könnte.

Er schlug vor, zwei Spundwanddämme direkt in die Deichlücke zu setzen, einen Flut- und einen Ebbdamm. Der erste zur Abhaltung des Elbwassers, der zweite gegen das Wasser vom Regen und aus dem Moor. Dazwischen sollte dann im Sommer der eigentliche neue Deich entstehen.

Die Deichverbände gaben ihren Segen und stellten den Plan der Regierung in Stade vor, die sich einverstanden erklärte und mit dreitausend Reichstalern an den Kosten beteiligen wollte. Zusätzlich sollten sich die Eigentümer des Landes unter Wasser mit ihrem sonstigen Besitz verpfänden.

Ob sie dagegen anschimpften oder nicht, sie mussten doch zahlen.

In diesem Frühjahr gedieh das Kind an Lises Brüsten weitaus besser als ihr eigener haarloser Josef, der zu einem Kümmerling geworden war. Sie stillte es noch, während es zahnte und biss. So musste sie ihm keine Mehlklüten zerkleinern, die den anderen Kindern zum Sattwerden gefehlt hätten.

Manchmal flüsterte Lise ihm noch bedauernd zu: «Du armes, elternloses Würmchen!», oder: «Mein kleiner Vogel federlos.» Meist jedoch verbesserte sie sich danach und sagte: «Gelbhaar – Säugling, Blondhaar – Frau, Weißhaar – Greisin.» Und dann liebkoste sie es und sagte: «Was hätte Geeske für eine Freude an dir gehabt. Du bist so hell, wie Johanna und Hedwig schwarz waren. Gott hab sie alle drei selig.»

Dass Lise von Geeske sprach, wurde mit der Zeit seltener, bis sie es zum Schluss fast ganz vergaß und meinte, ihr eigen Fleisch und Blut zu säugen.

Nur Claus, der vermisste Geeske. Im ersten Frühjahr nach der Flut und besonders nachdem Mattes und Lüder fort waren, hatte er sich selbst verloren. Das war viel schlimmer als das fehlende Augenlicht. Er verließ kaum einmal Lises Hütte, und wenn, dann schlich er nur um sie herum, um sich danach wieder ans Feuer zu setzen, weil es ihn unentwegt fröstelte. Lise sagte nicht zu ihm: Du bist ein unnützer Esser, sie sagte nicht: Tu etwas. Wortlos drückte sie ihm das Band der Wiege in die Hände, wenn sie mit ihren großen Kindern für den ganzen Tag auf den Torfstich ging und nur einmal zwischendurch zum Stillen zurückkehrte. Lise war froh darüber, dass sie einen im Haus hatte, der auf die Jüngsten Acht gab.

«Alles andere wird sich finden», sagte sie einmal zu Claus. Fand sich auch.

Während die beiden Kinder schaukelten, kramte Claus die alten Geschichten von Kraken und Walen aus seinem Kopf heraus. Und als die einmal durch waren, fing er wieder von vorn an. Bis es ihm dann doch zu eintönig wurde und er dem Kind von Geeske erzählte, alles, was er noch niemandem verraten hatte. Und das war so viel, dass ihm niemals der Faden ausging, den er vom Knäuel seiner Erinnerung rebbelte. Es wurde und wurde nicht leer. Das Kind hörte zu, manchmal gluckste und lachte es, dass ihm warm ums Herz wurde. Josef lag still dabei, machte kaum einen Mucks, der schrie nicht einmal.

«Die Zeit heilt alle Wunden», sagte Lise. Tat sie auch. Während Claus dem Kind erzählte, sammelte er nach und nach seinen Lebensmut wieder auf, bis er sich Stück für Stück aufs Neue zusammengesetzt hatte.

Danach verschrieb er sich ganz und gar den großen und kleinen Körben aus Weiden, die für alles gebraucht werden, was du dir vorstellen kannst.

Am Abend, wenn Lise vom Torfstich zurück war, ging er los und schnitt Zweige von den Kopfweiden herunter. Er schabte die Rinden ab und legte die weißen Ruten in einen Wassergraben, damit sie biegsam blieben. Am Morgen, wenn Lise ging, begann er mit der Arbeit, bei der es sich wunderbar erzählen ließ. Immer neue Muster flocht er in die Böden, die häufig Margeriten oder Ähren und einmal der Sonne ähnelten.

Wie in jedem Jahr kam der Landfahrende mit seinem Karren vorbei. Schimpfend ob der schlechten Wege im Moor, weil ihm der Weg über den Deich abgeschnitten war, und fluchend über die unter Wasser stehende Marsch, in der ihm die Käuferinnen seiner Öle abhanden gekommen waren. Er gab Claus ein paar Schillinge für die Körbe, die er an seinen Wagen hängte, und bestellte gleich mehr davon.

«Gib mir den einen mit der Sonne zurück», rief Claus ihm mit einem Mal hinterher, «den verhökere ich nicht!»

Mit einem verdutzten Blick auf die Augenklappe rückte der Landfahrer den Korb wieder heraus.

«Dann flechte mir einfach noch ein paar mit Sonnen. Zum Mondwechsel komm ich wieder vorbei und hol sie ab.»

«Nee, das mach ich nicht!»

«Und warum nicht?», fragte der Landfahrer.

«Das geht dich einen feuchten Kehricht an», sagte Claus.

Und als der Landfahrer blitzschnell den Sonnenkorb wieder nehmen und einen anderen dafür hinstellen wollte, holte Claus seine Fäuste hervor und drosch auf ihn ein.

«Fauler Trick mit den Augen, wie?», schimpfte der Landfahrer.

«Werd ich mir die Butter von den Klüten nehmen lassen?», fragte Claus.

«Wenn du mir auf der Stelle verrätst, wozu der Trick sonst noch gut ist, dann schlag ich nicht zurück!»

«Verpiss dich vom Hof!», rief Lise, vom Torfstich kommend, und stemmte ihm den scharfen Torfspaten in den Rücken. Aus ihrem Brusttuch tropfte die Milch.

Der Landfahrer wich zurück. Aber eins konnte er sich nicht verkneifen, das sagte er ihr noch auf.

«Klein ist mein Gut,
frisch ist mein Mut,
gesund ist mein Leib,
aber Gott bewahre mich
vor einem bösen Weib!»

«Scher dich zum Teufel, sonst vergesse ich mich!», zischte Lise.

Das tat er dann auch. Er machte sich mit seinem Karren davon. Allerdings nicht zum Teufel. Er fand seine treue Kundin Metta auf einer fremden Hofstelle wieder.

«Wie ist das im Leben bloß ungerecht verteilt!», jammerte er. «Unsereins quält sich sein Lebtag mit dem Karren voran, hat kein Geld, kein Haus und keine Heimat, und ihr Abgesoffenen sitzt schon gleich wieder gemütlich auf dem Trockenen.»

«Aber um welchen Preis?!», fragte Metta. Und nahm ihm zu seinem Trost einen Korb und ein Fläschchen Anisöl ab. Aus einem Beutel, der an ihrem Rock hing, fingerte sie ein paar Münzen, die sie ihm in die geöffnete Hand drückte.

«Und wo ist der blonde Engel aus deiner früheren Nachbarschaft abgeblieben?», fragte der Landfahrer und hielt eine Flasche hoch. «Ich hab nämlich für sie eine extra große Portion abgefüllt, zum gleichen Preis, versteht sich!»

«Schon gut», sagte Metta, während sie nach dem Glas griff, den Stöpsel herauszog und ihre Nase an die Öffnung hielt. Tränen liefen aus ihren Augen. Ob vom Lavendelduft oder wegen der Erinnerung, das blieb in ihr verborgen.

«Abgesoffen!», sagte sie.

«Mausetot? Und ihr Zigeuner, mein Bruder, und die Kinderlein etwa auch?»

Mit dem Rockzipfel wischte sie die Tränen fort, drehte sich um und verschwand im Haus, dessen Tür sie ins Schloss fallen ließ.

Der Landfahrer zog weiter. Als er außer Hörweite war, begann er zu pfeifen. Vielleicht, weil er ein Geschäft witterte. In der Ferne sah er die Rammen, die Schleppen und Karren, die Marketenderbuden und Schlafhütten. Einheimische Zimmerleute hatten sie aus Holz gezimmert und mit Reet gedeckt.

Auch die fahrenden Huren hatten Wind von der neuen Deichbaustelle bekommen. So schnell konnte einer kaum hingucken, da boten sie sich schon feil wie die Marketender ihre Ware. Wovon etliche, wie der Branntwein, unter dem Tisch gehandelt werden mussten, der manchmal nichts als eine Eierkiste mit doppeltem Boden war. Bei den Dirnen tat es ein Vorhang aus einem verschlissenen Laken.

Zwei Körbe wurde der Landfahrer bei den Eierhändlern los, dann jagte ihn ein Inspektor wegen der fehlenden Handelserlaubnis davon.

Beim Abendbrot aus Klüten und Speck schloss Metta, wie jeden Tag, alle Ertrunkenen in ihr Gebet vor der Mahlzeit ein.

Joenes schnupperte unruhig. Seine Augen wanderten im Flett herum. Blieben am Tellerbord und am Kesselhaken hängen, suchten auf dem Schrank und der Truhe herum.

Metta verfolgte seinen Blick, äußerte sich aber nicht dazu.

Auf dem Stroh in der Butze hörte er die leisen Atemzüge von Mattes. Ein Verlangen nach Geeske überfiel ihn, dem er mit schlechtem Gewissen nachgab.

«Bist du wohl krank, Vater?», flüsterte Mattes.

«Halts Maul, ich will schlafen!», sagte Joenes.

Ein paar Tage später kauften sich Metta und Fieten beim Pferdehändler, der von Hof zu Hof ritt, eine junge Hannoveraner Stute zur Zucht. Mattes sah mit großen Augen zu, wie der Kauf mit einem Handschlag besiegelt wurde.

«Nützt nichts», sagte Metta, als sie an die Truhe ging und fünfundzwanzig und einen halben Reichstaler aus der Schatulle nahm. «Von irgendwas muss der Mensch ja in der Zukunft leben.»

«Da tut ihr gut dran», lobte der Händler. «Viele Pferde braucht die Kavallerie. Und kanonenfeste wie eure, die kannst du mit dem Augenglas suchen, so wenig gibt es davon.»

«Das ist wie mit den Knechten», erwiderte Fieten. «Ich mein nicht, was das Schussfeste betrifft. Krieg haben wir hier ja gerade mal nicht. Ich mein, so wenige gibt es jetzt hier. Das ist wegen der guten Löhnung beim Deichbau. Einen halben Schilling am Tag gibt der Deichgräfe. Da musst du den Leuten glatt noch ein Schlachtkalb auf den Jahreslohn versprechen, damit sie nicht alle dorthin laufen, statt die Arbeit auf dem Hof zu verrichten.»

«Braucht der König auch Reiter?», fragte Mattes den Pferdehändler.

Der sah ihn vom Kopf bis zu den Füßen an.

Mattes stellte sich auf die Zehenspitzen.

«Musst aber noch wachsen, Jungchen!», sagte der Händler schmunzelnd.

Joenes war einer von Hunderten Tagelöhnern, die sich daranmachten, den Deich zu stopfen. Tagaus, tagein bediente er die Ramme für die Pfähle, oftmals trieb er sich auch nachts an der Baustelle herum. Schlafen konnte er kaum. In seinem Kopf gab es nur ein Ziel, und das war jetzt mit den Händen greifbar: Die Schließung des Deiches, um Geeske und Hedwig zu finden.

Fast immer lief und stand Mattes neben ihm. Seit Lüders Tod mochte er seinen Vater nicht mehr aus den Augen lassen. Er machte sich nützlich und führte kleine Aufträge für den Deichgräfen aus. Es gab vielerlei Botengänge zu den Vorarbeitern, die er unter den Tagelöhnern suchen musste. Am liebsten stand er an der Elbe, um Segler zu erspähen, die Holz für Rammen und Spundwände brachten. In der langen Zeit des Wartens schnitzte er sich Flöten aus Schilf zurecht, kleine und große, dicke und dünne. Das feine Messer dafür hatte ihm Fieten geschenkt. Geschickt schob er die obere grüne Faserschicht beiseite, um das feine Häutchen darunter nicht zu verletzen. Es sollte später die summenden Töne erzeugen. Danach musste das Mundstück schräg geschnitten werden, ohne dass es einen Spalt in der Rundung gab. Mattes vermochte der Flöte Töne zu entlocken, wie sie sonst nur von den Vögeln zu hören waren. Besonders das sirrende Geräusch der Uferschnepfen gelang ihm prächtig. Und manchmal auch die Rufe der Austernfischer. Sogar das Kiwitt der Kiebitze holte er mit seinen geschickten Fingern aus Häutchen und Halm heraus. In der Krone eines dicken Weidenstamms hockend, gaukelte Mattes dann den eiersuchenden Händlern ein Gelege unter dem Baum vor.

Wenn er von oben eine Tjalk mit einer Ladung Holz in der Ferne entdeckte, rannte er schnell, Haken um die vielen Karren und Arbeiter schlagend, zum Deichgräfen. Der schickte dann ein paar Männer zum Löschen der Ladung los. Hatte Mattes so viel Schiffe gemeldet, wie seine Hände Finger trugen, bekam er als Lohn einen ganzen Schilling.

«Und wenn ich genug davon zusammenhabe, kauf ich mir ein Fohlen», sagte er zu Metta.

«Spare beizeiten, dann hast du was in der Not», erwiderte die.

«In Not will ich aber niemals kommen», sagte Mattes. «Ich werde nämlich Kavallerist bei König Georg und zieh in den Krieg gegen die Dänen und Schweden!»

Während Mattes von seinen Diensten beim König träumte, hob eine dicke und freundliche Dame, die meist vor ihrer Marketenderhütte saß, den verdienten Schilling bis zur einbrechenden Dunkelheit zwischen ihren hochgeschnürten Brüsten auf. Und wehe, er hatte sich verspätet. Dann hielt sie die Hütte verschlossen, und obwohl er Stimmen hörte, ließ sie ihn nicht herein. Stand er aber früh genug vor ihr, durfte er das Geldstück mit spitzen Fingern aus dem Versteck nehmen. Und dabei lief ihm ein wohliges Gefühl den Rücken herunter, das erst zwischen den Beinen endete. Als er es einmal bei Metta versuchte, einen Schilling vor dem raffgierigen Knecht bei ihr zu verbergen, schlug Metta ihm auf die Finger. Der Junge, den sie schon als ihren eigenen Sohn und Nachfolger betrachtete, sollte beizeiten Anstand lernen. So begriff er zum ersten Mal, dass dieses mächtige Holz vor der Hütte der Frauen, wie die Männer es nannten, ein Geheimnis in sich trug und nicht nur zum Säugen der Kinder gut war. An das Kind an Lises Brüsten verschwendeten Vater und Sohn im Übrigen keinen Gedanken.

Ein Fremder tauchte an der Baustelle auf. Deichinspektor nannte er sich. Konnte wohlfeil reden in geschliffener

Sprache, die gespickt war mit englischen und dänischen Wörtern. Zog dabei gern eine Augenbraue hoch. Trug Stadtkleidung, Gamaschen sowie Jacken und Hosen aus feinstem englischem Tuch. Machte sich weder die noch seine langgliederigen weißen Finger schmutzig. Mischte sich unter die Tagelöhner, um zu kiebitzen und besserwisserisch zu reden. Mit einem unsteten Blick, der immer ein bisschen von unten heraufblitzte und alles aufnahm, was vor sich ging. Joenes mochte ihn nicht. Es schien ihm, als packe der Fremde etwas im Kopf aufeinander, bis er es brauchen würde. Nach zwei Tagen war er wieder verschwunden.

Was sich so hoffnungsvoll bei den Arbeiten am gebrochenen Deich anließ, machte an Himmelfahrt eine gar nicht mal so große wilde Wasserflut zunichte. Sie zerschlug die eben gerammten Spundwände, zwischen denen schon fest verschnürt und aufeinander gehäuft der Stackbusch aus Reisigbündeln lag. Marketenderbuden und Schlafhütten zerbrachen im Sturm. Das teuer in Hamburg eingekaufte Bauholz trieb an das gegenüberliegende Ufer der Elbe, wo die Dänen es gut gebrauchen konnten. Und bis diese, nach zähen Verhandlungen mit der Stader Regierung, ein paar schäbige Balken wieder herausgaben, vergingen viele Wochen.

Siebentausend Reichstaler waren in der Elbe versackt. Der Deichgräfe gab auf.

«Diese Stopfung ist mit den geringen Mitteln der Deichverbände nicht zu machen», teilte er untertänigst in einem Brief mit, der die kurhannoversche Regierung in Hannover über die provinzialische aus Stade erreichte.

Stattdessen, erklärte er, solle man großräumig zu beiden Seiten der Bracke zunächst Defensionsdeiche anlegen, damit die Flut nicht weiter zweimal am Tag in die weit vom Bruch entfernten Ländereien laufe.

Diesem Vorschlag wurde entsprochen, um wenigstens einen Teil des Landes wieder saatfähig und damit steuerpflichtig zu machen. Der Deichgräfe bekam die Genehmigung zur Aufnahme der Arbeit an den Schirmdeichen.

Dies wurde den Schauungsgeschworenen, allen voran Fieten Burmester, mitgeteilt. Joenes hätte am liebsten seinen Kopf gegen die Wand geschlagen, als Fieten ihm davon berichtete.

Nun musste Geeske weiter im Wasser liegen, vor dem sie sich immer gefürchtet hatte. Aber auch wenn er sie niemals finden würde, der Hauptdeich musste gestopft werden, koste es, was es wolle.

«Und das am besten nicht direkt in der alten Linie, sondern im Landesinneren, wo die Dämme nicht so stark dem Druck ausgesetzt wären», sagte er zu Fieten.

Der schlug zusammen mit den Schauungsgeschworenen diesen Gedanken in Stade vor.

Und weil guter Rat teuer war, bekam ein niederländischer Deichbaumeister den Auftrag, die Lücke zu schließen, und tatsächlich diesmal weiter landeinwärts. Wie der Deichgräfe verbaute er jede Menge Rammwerk und Stackbusch und stieß am Ende auf Treibsand. Die Pfähle wollten einfach nicht festsitzen.

Der Holländer war ein vernünftiger Mann.

«Schluss mit dem Bau!», sagte er. «Im Zugsand kannst du niemals tief und fest rammen.»

Für einen anderen, der neue Ansichten zur Stopfung des Deiches nicht entwickeln konnte, war es bereits zu spät im Jahr. Im Dezember riss eine Sturmflut alles Gebaute auseinander. Holz und Reisigbündel nahm die Elbe mit. Wieder waren fünfzehntausend Reichstaler versackt. Geeske blieb unter dem Wasser liegen.

In diesem ersten Winter nach dem wilden Wasser verbrachte Joenes die hellen Tageszeiten damit, auf Fietens gutem Papier Zeichnungen anzufertigen, die zeigen sollten, wie die Stopfung gelingen könne. Aber niemand von der Provinzialregierung wollte sie sehen, sosehr er sich auch darum bemühte. Einer ohne Titel, das lernte er, findet kein Ohr bei denen, die einen tragen.

Im zweiten Frühjahr nach dem Deichbruch erklärte sich ein Oberdeichgräfe aus den Marschen an der Weser bereit, die Stopfung erneut zu versuchen.

«Diesmal wird es was, der versteht sein Metier! Schon an der Weser soll er gute Arbeit geleistet haben!», sagte Fieten. «Und im nächsten Jahr können wir unser altes Land wieder pflügen und einsäen.»

«Und das Korn schneiden, in Hocken aufstellen und im Winter auf der Diele dreschen», fügte Joenes an. Und was er sonst noch dachte, das sagte er nicht.

«Dass die Mäuse nach allen Seiten davonrennen und die Katzen nur noch die Pfoten für den Braten heben müssen», scherzte Metta.

«Wollen es hoffen», sagte Joenes. Worauf er hoffte, das sagte er nicht.

«Denn man los mit den Rammen!» Fieten schlug sich auf die Schenkel, als hätte er etwas zu bestimmen.

Auch Mattes wollte sich wieder nützlich machen.

«Ich hab schon so viele Schillinge zusammen, wie ein Pferdehuf wert ist», sagte er. «Und wenn der Oberdeichgräfe mich wieder als Arbeiter nimmt, schaff ich bald die anderen drei. Danach spar ich auf den Kopf.»

So trug jeder seine eigene Hoffnung in sich, vergnügt oder ernst. Am Deich würde es vorangehen.

Wieder wurde auf flachen Tjalken über Weser und Elbe das Material herbeigeschafft. Die Karren, die Rammen, die Spaten und die Töpfe für das Essen der Tagelöhner. Diesmal allerdings bekam Mattes nur einen halben Schilling für seine Boten- und Späherdienste statt des doppelten, wie er es sich ausgemalt hatte. Das Fohlen musste noch warten, bis seine vier Hufe zusammen waren.

Der neue Oberdeichgräfe regierte mit harter Hand über tausend Arbeitsleute, die aus allen umliegenden, auch aus weiter entfernten Dörfern kamen. Als Erstes ließ er lange Gräben ausheben, über die Balken gelegt wurden. Für die Notdurft der Leute. Neue Schlafhütten wurden gebaut, Feuerstellen aufgemauert, auf denen in großen Töpfen die Kohlsuppe für die Arbeiter kochte. Die Marketender kamen zurück. Bittgottesdienste für das Gelingen fanden an jedem Sonntag statt. Karten und Würfelspiel sowie jeglicher Branntweingenuss waren verboten. Stattdessen gab der Oberdeichgräfe Order, unter Anleitung eines Pastors in den Pausen Psalmen zu singen, was zu nicht viel mehr als einem an- und abschwellenden Brummen führte.

An heißen Tagen kamen die Fliegen in großen Schwärmen von den Latrinen. Sie krabbelten auf den Arbeitern, auf den Töpfen mit den Kohlsuppen und den Mehlklüten herum.

Nachdem es dem Oberdeichgräfen mit Hilfe von neunzigtausend Talern für Löhne und Material gelungen war, die Lücke zu stopfen, ließ er für die Arbeiter einen Gottesdienst abhalten und einen Psalm mit allen Strophen singen, der ganz besonders Joenes aus vollem Herzen kam.

«Lobe den Herren,
den mächtigen König der Ehren,
meine geliebte Seele,
das ist mein Begehren.
Kommet zuhauf,
Psalter und Harfe wacht auf,
lasset den Lobgesang hören.»

Noch ein paar Wochen Arbeit am Deich, so hoffte Joenes, dann konnte Geeskes Seele endlich zum Himmel steigen. Und so sang er inbrünstig mit. Dass der Fremde in dem feinen Zeug neben ihm bloß die Lippen bewegte, weil er dergleichen zu singen offensichtlich nicht gewohnt war, fiel ihm gleich auf. Und hatte er den nicht schon einmal hier am Deich gesehen?

Nach dem Amen ließ der Oberdeichgräfe von zwei Tagelöhnern vorführen, wie sie die Karren bereits von einer Seite des neuen Deiches zur anderen schieben konnten, ohne nasse Füße zu bekommen. Und bei dieser Vorführung drängte der Fremde, um eine bessere Sicht auf das

Ganze zu haben, Joenes beiseite und trat ihm dabei auch noch auf den Fuß, während er höhnisch bemerkte: «Wetten um ein Fass Branntwein, dass dieser Deich auch nur bis zur nächsten wilden Flut hält? Der steht nämlich viel zu dicht am reißenden Strom!»

Joenes erwiderte finster: «Wetten ist Gotteslästerung.»

Den Blick aus unsteten Augen, der ihn traf, die hochgezogene Braue, das wissende Lächeln, die langen weißen Finger, das alles missfiel ihm sehr.

«Du scheinst mir keiner von den Marschköppen hier zu sein! Haben dich die Zigeuner beim Glücksspiel vergessen?», fragte der Fremde grinsend.

In diesem Augenblick hätte Joenes am liebsten seine Fäuste hervorgeholt. Dies verhinderte der Oberdeichgräfe, der gerade zu den beiden hinübersah, mit einem Zischen und einem strengen Blick. Prügelei auf der Baustelle war bei Strafe verboten. Die Beleidigung durch den feinen Herrn vergaß Joenes dennoch nicht.

Und hätte er gewusst, dass der Kerl tags darauf ein Schiff nach Stade nehmen würde, um der Provinzialregierung seine Erfahrung und seine Dienste anzubieten und zu versprechen, dieses neue Rammwerk, falls es dem Wasser nicht standhielte, binnen kürzester Zeit durch eine wirksame Konstruktion ersetzen zu können, wenn man ihm dann den Auftrag gäbe, Joenes hätte doch seine Fäuste benutzt.

Einige Wochen später erfuhr er es von Fieten. Dem war über seine Gewährsleute allerlei zu Ohren gekommen.

Der Fremde hatte sich den Stadern als Jacob Ovens, Oberdeichinspektor, vorgestellt und es verstanden, sich mit sachkundig klingenden Schreiben und Vorträgen bei der Provinzialregierung das Ansehen eines Experten zu verschaffen. Er bekam den Auftrag, eine zerbrochene Schleuse bei Stade wieder herzurichten.

«Wo Ovens dann ziemlich schnell einen bei der Regierung fand, mit dem es sich gut im Dunkeln reden ließ», knurrte Fieten. «Es soll ein Geheimer Kammerrat sein, der dem Glücksspiel frönt. Wenn da man nicht Veruntreuung von Geld im Spiel ist, das nachher dem Deich fehlt.»

«Ist ja allgemein bekannt, dass lichtscheue Leute einander auf mehr als hundert Meilen riechen können», sagte Joenes. Er fühlte sich in seiner Haltung dem Fremden gegenüber bestätigt.

«Obwohl es heißt, gute Reichstaler stinken nicht», sagte Fieten lachend.

«Kommt immer darauf an, durch wessen Hände sie gehen.»

«Und eine Hand wäscht die andere», fügte Fieten an.

Im September 1719 brach bei einer Sturmflut die dritte Deichdichtung auseinander. Diesmal schluckte die Elbe einhundertfünfzigtausend Reichstaler. Wo noch vor kurzem die Hoffnung gekeimt hatte, lachten die Möwen. Weitere Fluten machten eine Herbstbestellung endgültig unmöglich.

Als der verantwortliche Oberdeichgräfe kurze Zeit später verstarb, wurde sein Tod bei manchen Leuten allgemein darauf zurückgeführt, dass der Grimm Gottes im Wasserland immer noch mächtig war. Die aufgeklärteren wie Fieten meinten, dieser rechtschaffene Mann, der in seinen eigenen Marschen an der Weser beste Ergebnisse beim Stopfen der Deiche hatte aufweisen können, sei an dem Misserfolg selbst zugrunde gegangen.

«Mag wohl sein», sagte Metta und schüttelte den Kopf.

Nachdem auch diese Stopfung gescheitert war, gab es niemanden unter den Eingesessenen in der Marsch, der bereit war, noch einmal zu zahlen. In etlichen Schreiben an die Stader Provinzialregierung forderten sie nun, der Staat möge die Kosten tragen. König Georg lehnte dies Ansinnen ab. Aber auch unter dem Druck aus Hannover hatte niemand der Juristen oder Kammerräte ein Rezept, wie man das Wasserland wieder in Dämme zwängen könnte.

Zerschlissen waren nach zwei Jahren ein heimatlicher Deichgräfe, ein niederländischer Deichbaumeister und ein Oberdeichgräfe aus den Wesermarschen sowie Tausende Tagelöhner. Berge von Material waren verbaut und mehr als hunderttausend Taler in den Treibsand gesetzt worden. Durch das täglich einströmende Wasser kolkte die Bracke noch tiefer aus. Geeske blieb unter dem Schlick gefangen.

Der neue Deich würde nicht halten. Ovens hatte es vorhergesagt.

«Sollte der Mann doch etwas taugen, womöglich wie Catharina das zweite Gesicht haben?», fragte Joenes sich zweifelnd. Aber dann verwarf er diesen Gedanken gleich wieder. Das war bloß Zufall und sonst nichts! So lang wie die Deichlücke, so weit entfernt war er wieder seinem Ziel.

Die Untätigkeit mochte er nicht mehr ertragen. Er musste sich ein Bild von der Länge des Bruchs machen, vielleicht eine neue Zeichnung anfertigen.

In diesen Tagen trieb anhaltender Südwestwind mehr Wasser aus dem Land als sonst. Trug einer Schlickstiefel an den Füßen, konnte er, wenn er weit genug von der tiefen Bracke entfernt war, die Watten hinter dem gebrochenen Deich durchschreiten, wenn auch nur bei Ebbe.

Mattes ging mit ihm. Möwen flogen über ihnen. Über dem Moor stand noch hoch die Sonne.

«Warum schreien die so unheimlich?», fragte Mattes.

Joenes winkte ab. Einen Fuß vor den anderen setzend, schritt er, eifrig Zahlen von eins bis sechzehn murmelnd, den großen Bruch ab.

«Warum machst du das?», fragte Mattes.

Joenes blieb stehen. Er sah herunter auf seine schlick-verschmierten Stiefel, dann zu Mattes, der mehrmals beinah bis zum Bauch im nassen Klei gesteckt hatte. Aber es war so, als ob er es einfach nicht wahrnahm, sosehr beanspruchten die Zahlen seinen Kopf. Erst nach einer Weile antwortete er.

«Merk dir das. Jetzt sind es schon mehr als vierzig Ruten, und wir haben noch nicht die Hälfte der Strecke zurückgelegt.»

«Woher weißt du das?», fragte Mattes.

«Ich hab die Füße gezählt. Sechzehn mal einen Fuß vor den anderen setzen, dann hast du eine Rute. Und nun weiter.»

«Warte.»

Joenes ging schon voran.

«Warte! Sechshundertvierzig Schritte hast du bis hier gemacht!»

Joenes drehte sich verwundert um.

«Da hast du Recht! Aber nun weiter!»

Mattes versuchte mitzuhalten, während Joenes voranschritt, aber mit seinen kleinen Füßen, die er voreinander setzte, blieb er bald hinter Joenes zurück. Er gab es auf. Stattdessen zählte er die Füße des Vaters mit. Bis beide auf der anderen Seite der Lücke anlangten, war die Sonne beinah hinter dem Moor verschwunden.

Joenes rechnete. Nahm seine Hände zur Hilfe und kratzte mit einem Stock Kerben in den weichen Schlick.

«Einhundertzwanzig Ruten ist die Lücke lang!», rief Mattes dazwischen.

«Donnerwetter! Da hast du wohl schon wieder Recht!»

«Wie meistens», freute sich Mattes.

Joenes war zumute, als bliebe sein Herz stehen. Wie meistens. So hatte Geeste es oft lachend zu ihm gesagt.

«Die Möwen meinen uns», sagte er, nachdem er lange vor sich hin gestarrt hatte. «Weil wir das Loch nicht gestopft kriegen!»

Mattes stieg auf den Deich und sah auf die Elbe.

«Das Wasser kommt», rief er.

«Das Wasser kommt immer wieder», sagte Joenes. In seinem Gesicht war nichts als Trauer.

10.

Koste es, was es wolle, der Deich muss dicht. In Stade besann man sich auf Jacob Ovens. Der sollte den Sturzkarren aus dem Klei ziehen.

Als Fieten davon erfuhr, der hatte ja seine Ohren überall, besprach er sich mit Joenes. Beide waren dabei, die große Dielentür wieder fest in die Angeln zu setzen, aus denen sie sich beim Sturm gerissen hatte.

«Jacob Ovens, der ist kein Mann von Ehre», sagte Fieten.

«Du meinst, er ist ein Halunke?», fragte Joenes. «Kannst du das beweisen?»

«Nein!», sagte Fieten. «Deshalb müssen wir uns mit Beschuldigungen zurückhalten. Und vielleicht schafft der es ja trotz allem, den Deich zu stopfen.»

«Daran mag ich kaum glauben», sagte Joenes. «Wenn die Hälfte von dem stimmt, was ihm nachgesagt wird, dann schon lange nicht mehr. Und bevor wieder alles schief geht und am Ende gar kein Geld mehr da ist, sollten wir ihm vielleicht mal ein bisschen auf die Finger gucken.»

«Abwarten», sagte Metta. «Und nun kommt mal rein, ich hab einen Stuten gebacken.»

«Wo ist Mattes?», fragte Joenes, als sie schon am Tisch auf dem Flett saßen.

«Der mistet bei den Pferden ab», sagte Metta.

Fieten schmunzelte. Er hatte sich inzwischen ganz der

Zucht der Hannoveraner verschrieben. Und vielleicht waren sie ihm auch wichtiger als der Deich, nachdem er den sicheren Hof übernommen hatte. Zwei ordentliche trächtige Stuten standen im Stall. Deren Nachwuchs, so hatte er es inzwischen nicht nur von dem Händler gehört, wurde gern von Kavallerieregimentern erworben. Ausdauer und Vortrefflichkeit der Pferde aus dem Marschenland waren bekannt.

Mattes wusch die Schweife und kämmte die Mähnen, er striegelte und mistete ab, er kratzte die Hufe aus, führte die Tiere auf die Weide und ritt sie sattellos, obwohl ihm Fieten es eigentlich verboten hatte.

«Und weißt du, Fieten, was ich werden will?», hatte er ihn einmal gefragt.

«Nee», hatte der gesagt.

«Reiter bei den Soldaten, Fieten.»

«Das lass man lieber nach, Mattes. Bleibe zu Hause und nähre dich redlich.»

Mattes bohrte in der Nase und zog eine Schnute.

«Nützt nichts», hatte Metta gesagt, als Fieten ihr von ihm erzählte. «Da muss er durch. Zuerst wollen das alle Jungs. Wegen der feinen Uniform. Und später beackern sie doch lieber die heimische Scholle. Von wegen der Frau.»

Und das Kind? Darüber sprach niemand mehr. Bloß Catharina berichtete Metta hin und wieder aus dem hohen Moor. Das Kind trug eine dicke blonde Wolle auf dem Kopf. Längst schon lief es Josef davon. Dem Jungen war es nicht gut bekommen, die Milch mit seiner Base zu teilen.

«Unser Josef ist aber auch ganz und gar mickerig», sagte

Lise zu Catharina. «Der wird uns am Ende noch im Winter dahingehen.»

Catharina zerstampfte zu seiner Stärkung Petersilienwurzeln zu einem Brei, dem sie Kamille und Minze sowie Hühnerbrühe zusetzte. Dafür hatte Claus Lises einzigem Huhn den Kopf abgehauen. Nach dieser kräftigen Mahlzeit verabschiedete sich Josef ohne einen Mucks von der Welt, aus der ihn das Kind verdrängt hatte.

«Nun ist das Huhn hin, und wir haben einen Esser weniger», sagte Lise. Aber dann besann sie sich und ging den Pastor holen. Bei der Trauerfeier weinte sie sich die Augen rot. Ihr kleiner Josef. Die letzte Gabe ihres Mannes, bevor er unter die Räder gekommen war.

«Und so schlecht waren sie ja beide nicht, dass sie hätten sterben müssen», schluchzte sie.

«Gott hat sie geliebt», sagte der Pastor. «Deshalb holte er sie zu sich in den Himmel. Wir wollen beten.»

Mildes Wetter. Wie geschaffen für den Weiterbau des Deiches. Wenn es denn Frühling wäre. Im Herbst beginnt kein vernünftiger Mensch damit. Trotzdem nahm Jacob Ovens im Oktober, versehen mit dem Vertrag und dem Segen der Stader Provinzialregierung, seine Arbeit am Deich auf.

Joenes hatte von nun an nichts anderes im Sinn, als sich über Ovens ins Bild zu setzen. Das war nicht einfach, zumal er dafür keine Reichstaler aufwenden konnte. Zum Glück besaß Fieten einen Vetter, Stadtbaumeister in Hamburg, der über Jacob Ovens sicher schon einiges gehört hatte. Joenes redete so lange auf Fieten ein, bis der mit dem Schiff nach Hamburg reiste und seinen Verwandten ausfragte. Und was Fieten erfahren hatte, notierte Joenes gewissenhaft einige Tage später in sein neues Heft, ein Geschenk von Metta.

«Jacob Ovens. Gebürtig nahe Friedrichstadt», begann Fieten.

«Wo liegt Friedrichstadt, Fieten?»

«Im Dänischen, Joenes. Er stammt aus einer mennonitischen Hausmannsfamilie.»

«Was sind Mennoniten, Fieten?»

«Das sind so welche wie Christen, Joenes.»

«Und hat er Deichbauerfahrung?»

«Sein Vater gehörte zu den Schauungsgeschworenen der dortigen Deiche. Aber nun hör mir weiter zu und unterbrich mich nicht dauernd. Ovens soll sein, so jedenfalls wusste es mein Vetter: Erfinder einer Entschlammungsmaschine und einer Universalmedizin. Er war Mühlenbauer und Kanalprojektmacher. Ehebrecher ist er angeblich auch. War Soldat unter dänischer Fahne. Hatte Branntweindestille mit Ausschank in Kopenhagen. Redet wie ein Buch und kann beste Empfehlungsschreiben vorlegen.»

Joenes holte einmal tief Luft.

«Und woher weiß das dein Verwandter, Fieten?»

«Weil er die Entschlammungsmaschine, Muddermaschine sagen sie in Hamburg dazu, also weil Ovens die in Hamburg angeboten, Vorschuss kassiert und niemals geliefert hat. Da haben die sich schlau gemacht über ihn.»

«Wenn der Ovens so viel kann, warum will er dann ausgerechnet unseren Deich stopfen, an dem schon drei erfahrene Leute gescheitert sind? Kannst du mir das erklären?»

«Weil so einer wie der gern das Geld anderer Leute für sich ausgibt.»

«Dann ist er ein Verbrecher.»

«Das kannst du laut sagen. Aber nicht zu laut. Wegen Verleumdung landet einer schnell im Arrest.»

Wenn Fieten sein Wissen nicht sofort der Stader Regierung mitteilte, dann darum, weil er trotz allem hoffte, der Deich könne von Ovens gestopft werden. Und das wollte er zunächst nicht behindern. Er bat auch Joenes, erst einmal dichtzuhalten. Für Aufklärung wäre noch Zeit genug, man müsse den Fortgang der Arbeit nur eifrig verfolgen.

Weil es für Joenes weiterhin nichts Wichtigeres gab als die Hoffnung, das Land im Frühjahr wasserfrei zu sehen, ließ er sich auf Fietens Bitte ein.

Der milde Winter brachte die Arbeiten schnell voran. Ovens flickte die Rammwerke des Oberdeichgräfen wieder zusammen. Alles schien gut zu werden. Doch im Februar riss eine Sturmflut die Bohlen erneut auseinander.

Wie schon oft standen Fieten und Joenes vor den Trümmern. «Und wie soll das nun weitergehen?», fragte Joenes bedrückt.

«Man hat mir heute Morgen etwas zugetragen», sagte Fieten nach einer Weile. «Ovens hat bereits der Stader Regierung einen neuen Deich weiter landeinwärts vorgeschlagen, wo er nicht dem reißenden Fluten der Süderelbe ausgesetzt sein wird.»

«Genau so muss man es machen! Das habe ich ja schon

immer gesagt.» In Joenes' Stimme keimte wieder die Hoffnung.

«Und sämtliche Materialanforderungen dafür sollen ihm genehmigt worden sein, dazu ein eigener Zahlmeister.»

«So? Und der würde die vielen benötigten Reichstaler sorgfältig für die Regierung verwalten?», fragte Joenes, erneut zweifelnd.

«Das denken sie in Stade», sagte Fieten. «Aber ob sie damit richtig liegen? Nach dem, was wir von ihm wissen?»

«Mensch, Fieten! Wenn man nur der Plan stimmt! Dann soll uns alles andere gleichgültig sein.»

Sieben Rammen ließ Ovens aus Hamburg herbeischaffen. Mehr als zwanzig Tagelöhner waren notwendig, um eine von ihnen vom Schiff bis an die Baustelle zu bringen. Jeweils acht Mann holten einen Rammpfahl nach dem anderen von den Tjalken und rollten sie auf Hölzern herbei.

Wie der Deichgräfe vor ihm, legte Ovens einen Ebbund einen Flutdamm an. Der Ebbdamm sollte das vom Moor und das aus dem Land abfließende Wasser abhalten, der Flutdamm das von der Elbe her. Später sollte in dem trockenen Zwischenraum der eigentliche Deich aufgebaut werden.

Einer von den zwanzig Leuten, die von Sonnenaufgang bis Sonnenuntergang an den Rammen standen, das war Joenes.

Mattes durfte wieder die Ewer und Tjalken melden. Doch statt sich die Zeit mit dem Schneiden von Flöten zu vertreiben, lief er zwischen dem Fluss und der Baustelle hin und her. Seine Augen verfolgten jeden Handgriff, seine Hände hätten am liebsten an den Seilen gezogen. Sogar das Bohren in der Nase vergaß er darüber.

«Meister an der Ramme möchte ich werden», berichtete er Metta am Abend.

«Davon versteh ich rein gar nichts, mein Junge.»

«Komm und sieh dir alles an», schlug er vor.

«Nützt nichts», sagte Metta. «Ich kann zur Zeit so schlecht auf meinen Füßen laufen.»

Und so erklärte Mattes ihr die Ramme, so gut er es vermochte. Und ob Metta es nun verstand oder nicht, das war ihm wohl gleichgültig. Denn inzwischen wollte er eine neue Ramme erfinden, und die sollte ihm die Reichstaler für das Fohlen bringen.

«Hör zu. Die besteht ganz und gar aus Holz. Die steht auf vier geraden Bäumen. Die werden gestützt von vier schrägen seitlichen Bäumen. Die Ramme, die ist höher als der Pfahl, den sie in den Boden kriegen muss. Der kommt in die Mitte und wird mit einem schweren Felsen runtergehauen. Mehrere Mann müssen den immer wieder am Seil hochziehen, und dann lassen sie ihn fallen.»

«Und wie sieht so ein Pfahl aus?», fragte Metta.

«Der ist ein riesiger und ganz gerader Baum. Bestimmt fünfzig Fuß lang. Und dick, sag ich dir, dick ist er mindestens zwei Fuß.»

«Nun kann ich mir das aber gut vorstellen», sagte Metta, die rein gar nichts verstanden hatte. «Aber am besten ist, du machst mir mal eine Zeichnung davon, ich mein auch, wie du dir deine neue Erfindung vorstellst.»

Daraus wurde dann nichts. Mattes schlief abends ein, kaum dass seine Mehlklüten im Magen verschwunden waren. Und nach dem Aufstehen rannte er wieder zwischen Baustelle und Fluss hin und her.

Solange das Tageslicht anhielt, wurde an den Rammen gearbeitet. Und wenn Joenes zwölf Stunden das Gewicht mit den anderen hochgezogen hatte, dann fühlte er abends seine Arme nicht mehr, nur noch die Schwielen seiner Hände. Dann fiel er ins Stroh einer der vielen Hütten, in denen bald fünfhundert Tagelöhner schnarchten. Die anderen fünfhundert legten täglich einen langen Fußmarsch zurück, bis sie an der Baustelle angelangt waren. Die Schlickstiefel voll Klei, die Lederschäfte hart. Im Dunkeln brachen die Männer auf, und im Dunkeln kehrten sie wieder heim. Am nächsten Morgen ging es mit dem ersten Licht weiter. Und wenn es einmal gar nicht mehr weitergehen wollte, stimmte Joenes das Lied an, damit alle den Takt hielten und nicht die geringste Kraft vergeudet wurde.

«Hauuues–rein! Hauuues–rein! Hauuues–rein!»

Nacheinander fielen die Arbeiter mit ein, sodass eine langsame Melodie daraus wurde, deren erste Töne einen hohen und langen und traurigen Ton hielten. Darauf folgte ein lauter Ruf, ein paar Töne tiefer, um gleich wieder in die Höhe gezogen zu werden, beides, der Ton und das Gewicht.

«Hauuues–rein! Hauuues–rein! Hauuues–rein!»

Eintausendmal hauuues–rein, dann saß der Pfahl fest.

Zwei Pfähle schafften die Männer am Tag. Viertausend Pfähle mussten in den Boden. Nach hundert Pfählen ging die Arbeit nur noch mit dem Lied voran. Manche auf der

Baustelle summten mit, andere fluchten, und die meisten vermissten es, wenn einmal nicht gesungen wurde. Und jedes Mal, wenn Joenes am Gewicht zog, dachte er: Jetzt bin ich Geeske wieder ein Stück näher. Das gab ihm die nötige Kraft in den Armen. Sonst kam ihm gar nichts mehr in den Sinn. Tag und Nacht saß das Lied wie ein dicker Wurm in seinen Ohren und versperrte den Weg zu anderen Gedanken.

Auf den ausgelegten Holzbohlen, ohne die sich keine Karre vorwärts bewegt hätte, fuhren Tagelöhner mit Schubkarren alte Bootsplanken, Säcke, Kisten und geflochtene Schanzkörbe voller Kleierde zwischen die Pfähle. Die Fracht sollte helfen, den Vor- und Hinterdeich wasserdicht zu machen. Auf Tjalken und Ewern kamen, meist aus den Mooren, unzählige Reisigbündel, die mit hineingepackt wurden. Andere Tagelöhner stachen mit den eisenbeschlagenen Spaten im Vorland Klei für den neuen Deich ab und schleppten ihn auf Tragbahren herbei. War der Boden einigermaßen trocken, trabten auch Gespanne mit Sturzkarren, deren Schott herausgezogen werden konnte. Beim Anheben rutschte dann die Kleierde heraus. Gleichzeitig wurde zwischen den Rammwerken von beiden Seiten her der eigentliche Deich aufgebaut. Erde, die erst in mindestens zehn Ruten Entfernung vom neuen Deich ausgehoben werden durfte, so sagte es die Deichordnung, der auch Jacob Ovens verpflichtet war.

Je nachdem, wie es die Umstände erforderten, saßen oder lagen die Damen wieder in den Marketenderhütten. Hier ließ sich etwas verdienen, und von dem halben Reichstaler am Tag, den die Männer als Lohn bekamen, wanderten viele Schillinge in die eisernen Schatullen hinter den Laken.

Ovens, der besaß eine Hütte, die ein Arbeitszimmer, ein Wohnzimmer und ein Schlafzimmer aufwies. Und dort, das hatten einige Leute gesehen, empfing er eine ganz bestimmte der Damen am helllichten Tag. Und als einer der Tagelöhner bei ihr aufs Lager wollte, um sie bei der Gelegenheit auch ein bisschen auszufragen, wies sie ihn schnöde ab. Überall zwischen den eintausend Leuten wieselten seine Vertrauten herum. Sie gaben Acht, dass sich niemand vor der Zeit ausruhte, und hatten sie einen entdeckt, der womöglich ein Schläfchen bei den Damen hielt, dann meldeten sie es. Ovens kam dann aus seiner Hütte herbei und verwies den erwischten Mann ohne jede Gnadenfrist vom Platz. Einen holte er neben Joenes von der Ramme fort; der hatte nichts anderes getan, als dass er für einen Moment auf- und abgesprungen war, um seine Glieder zurechtzuschütteln, die ihm durcheinander geraten waren. Es wurde gemurrt unter den Leuten, zuerst heimlich, dann offen. Ovens scherte das nicht.

An einem sonnigen Tag im April sah sich Fieten Burmester die Arbeiten an. Ovens stellte sich neben ihn, breit lächelnd, stolz auf sein Werk. Viele Tagelöhneraugen sahen verstohlen auf die Herren, denn wenn Ovens am Deich auftauchte, mussten Arme und Beine fliegen. Auch Joenes warf ab und an einen Blick zu den beiden und hoffte, Fieten würde den Mund halten.

«Na, Herr Geschworener?», fragte Ovens.

«Hmm», machte Fieten. «Wenn da mal eine Sturmflut

dazwischenkommt, Herr Oberdeichinspektor Ovens, ich mein, solange die beiden Enden vom neuen Deich noch nicht aneinander stoßen, dann reißt die Strömung durch die immer schmaler werdende Lücke den frisch aufgebauten Deich weg. Der hat ja noch keine Zeit zum Setzen gehabt.»

«Wollt Ihr mir weismachen, Ihr verstündet mehr als ich vom Deichbau?»

«Wir haben unsere Erfahrung, Herr Oberdeichinspektor, wenn's recht ist!»

«Erfahrung hin oder her. Mit den Herren Deichgräfen und Oberdeichgräfen und dem holländischen Deichbaumeister gab es bis jetzt ja nur Reinfälle und Rückschläge.»

«Und wo habt Ihr Eure Erfahrung her?», fragte Fieten.

«Den Deichbau hab ich vom Spaten auf gelernt. Schon mein Vater war Inspektor. Wie wär's mit einem Schluck, dann können wir zwei beiden mal unter vier Augen Erfahrungen austauschen.»

«Ich trinke nicht!», sagte Fieten. Und das war glatt gelogen.

Vom Kopfweidenbaum aus entdeckte Mattes einige Tage später als Erster die Fontänen. Dann sah er die runden Rücken. In der Elbe schwammen drei Pottwale. Claus und die Wale. All das hatte er ganz vergessen. Die Geschichten in den Weiden, bevor das wilde Wasser kam. Die Geschwister. Die Mutter. Die Heilige Nacht.

Mattes lief zu seinem Vater und rief ihm zu: «Drei Wale, drei Wale!»

Mitten im «Hauuues», blieb Joenes die Luft weg. Die bringen Glück, dachte er. Der Deich wird dicht gestopft. Er lachte seinen Sohn an. Und Mattes lachte zurück.

«Vater?», fragte Mattes voller Hoffnung am Abend.

«Ich bin müde, Mattes!»

«Vater, wollen wir beide mal wieder zu Claus und Lise und zu Maria Magdalena reiten?»

«Da haben wir nichts verloren», erwiderte Joenes.

Mattes bohrte in der Nase und zog eine Schnute. Metta nahm ihn beiseite in die Kammer.

«Wenn der Deich erst gestopft ist, dann wird auch mit deinem Vater wieder alles gut.»

«Nur Mutter kommt niemals wieder», sagte Mattes. «Lüder auch nicht, Hedwig nicht, Johanna nicht.»

«Kriech schnell in die Butze», sagte Metta, «dann erzähle ich dir eine Geschichte von früher.»

«Geschichten kann nur Claus erzählen», schluchzte Mattes.

Fieten mochte nicht an die Wale als Glücksbringer glauben.

«Wie der Ovens baut, das ist nicht gut. Wirst sehen.»

«Will ich nicht sehen. Wollen es nicht hoffen», sagte Joenes.

«Nützt nichts», sagte Metta, «wer nicht wagt, der nicht gewinnt.»

«Da gibt es noch etwas», sagte Fieten zu Joenes. «Uns Schauungsgeschworenen ist zu Ohren gekommen, dass Ovens mehr Geld von der Stader Provinzialregierung nimmt, als er ausgibt.» Die nächsten beiden Worte sprach er gedehnt, «wesentlich mehr».

«So?»

«Er behauptet, mehr Löhne zahlen zu müssen, als tatsächlich Leute da sind. Jetzt in der Frühjahrsbestellung kommen einfach nicht mehr so viele Tagelöhner, und er tut immer so weiter, als wären täglich tausend Mann da.»

«Nee! Das ist nicht wahr», sagte Joenes. «Der soll bloß keinen Unsinn machen, bevor er den Deich dicht hat.»

«Einer von den Kammerräten soll mit ihm unter einer Decke stecken, das wurde mir ja schon früher gesteckt. Das soll der sein, der das Geld bewilligt.»

«Und nun?», fragte Joenes.

«Wir haben bereits mehrere Schreiben nach Stade gesandt, aber bis jetzt keine Antwort erhalten.»

«Und weiter?», fragte Joenes.

«Alle Grundbesitzer sind in Aufruhr. Sie haben ihr Land verpfändet, und der Deich ist immer noch nicht gestopft.»

Joenes spürte seine Fäuste. Wie immer, wenn etwas quer lief.

«Was wird geschehen?», fragte er.

Fieten hob die Schultern an.

«Es gärt jedenfalls», sagte er. «Die Regierung muss etwas unternehmen.»

«Die Tagelöhner murren auch», sagte Joenes.

In den nächsten Tagen schafften die Arbeiter auf den Sturzkarren im Vorland abgestochene Grassoden als Auflage für den Deich herbei, so groß wie die Bodenfliesen in der Kirche. Und als in der Umgebung nicht mehr genügend abgestochen werden konnte, ordnete Ovens an, sie mit Tjalken von der Weser zu holen. Er ließ Stroh als weitere Auflage für den Deich von den Bauern heranfahren. Die gaben es ungern her, weil sie ohnehin durch das fehlende Land nicht genügend zur Einstreu besaßen. Der Hauptdeich war inzwischen fast geschlossen, nur wenige Fuß fehlten noch.

«Die Wale haben uns Glück gebracht», sagte Joenes.

Fieten wurde derweil zugetragen, Ovens sei mit dem Schiff nach Stade gereist und habe eine Erfolgsprämie gefordert.

Und auch, dass sie ihm bewilligt wurde, erfuhr er.

«Verdient hat er sie», sagte Joenes.

«Du hast doch sonst nicht so viel vom dem gehalten», sagte Fieten.

«Ich hab mich geirrt», gestand Joenes ein. «Seine Kleider, seine Sprache. Dem habe ich einfach nichts zugetraut. Und sollte er sich wirklich bereichert haben, das Wichtigste ist der endgültig gestopfte Deich!»

Dieser zweifelnde Blick, den Fieten aufsetzte. Joenes wollte ihn nicht sehen.

Ein paar Tage später zerstörte ein gewaltiges wildes Wasser, das mit einem Orkangewitter daherkam, einen Teil des Rammwerkes. Es warf Hütten und Karren um und riss Stroh und Grassoden fort. Pfähle und Karren schwammen in der Elbe. Reißendes Wasser hatte sich einen Weg zwischen den beiden Deichenden freigespült und konnte wieder ins Land fließen. Zusammen mit einigen anderen

Tagelöhnern versuchte Joenes Baumaterial zu retten. Nass und verschmutzt gaben sie es wieder auf, weil niemand sie anwies.

Joenes hockte sich auf einen Holzstapel. Er verbarg seinen Kopf in den Händen.

«Wir haben heimlich durchs Fenster gesehen. Ovens sitzt da und schreibt», sagte einer von ihnen zu Fieten, der ebenfalls zum Helfen gekommen war.

«Den werden wir uns jetzt mal vornehmen», sagte Fieten. «Kommt!»

«Der sollte lebendig in den Deich geworfen werden und zehn Sturzkarren voll Klei obendrauf!», sagte Joenes.

«Jawohl!», riefen die Tagelöhner.

Mehr als zwanzig von ihnen gingen mit. Fieten klopfte an die Tür. Sie war verschlossen.

«Ovens verschanzt sich in seiner Hütte», sagte Joenes.

«Der Mann taugt nichts. Ich hab Recht behalten», sagte Fieten. Er schlug mit seinen Fäusten an die Tür.

Ovens öffnete mit einem Ruck und kam heraus.

«Was soll die Ruhestörung? Und was hör ich da? Ihr hättet Recht behalten?», wiederholte Ovens. «Ihr müsst ja wohl zugeben, Herr Geschworener, dass eine solche Flut im Sommer ungewöhnlich ist.»

«Nein», antwortete Joenes an Fietens Stelle. «Auf Wasser ist kein Verlass! Wildes Wasser kommt, wann und wie es will! Das weiß hier jedes Kind!»

«Dieses kleine Loch, meine Herren, das stopfen wir schnell wieder dicht!», sagte Ovens unbeeindruckt.

«Das ist aber ein großes Loch», sagte Joenes.

«Und wer soll das bezahlen?», fragte Fieten. «Von uns

ist nichts mehr zu holen! Das schreibt Euch mal hinter die Ohren! Denn diese Erfahrung mit dem Wasser, Herr Oberdeichinspektor, die hättet Ihr mitbringen müssen, bevor Ihr hier überhaupt mit der Arbeit anfingt!»

Ovens verdrehte seine Augen.

«Ich verbitte mir mit allem Nachdruck diese Anfechtung meiner Person.»

«Eure Person wird auch von anderen angefochten, Herr Ovens!»

Dessen rot angelaufenes Gesicht hob sich aus dem steifen Kragen. «Ich werde mich auf der Stelle bei der Regierung über Euch beschweren, mein Herr!»

Er wandte sich zu den Tagelöhnern um. «Und ihr seid entlassen! Wer nicht arbeitet, hat hier nichts verloren!»

Ovens drehte sich um und verschwand türenknallend in seiner Hütte. Der Schlüssel drehte sich im Schloss.

«Nützt nichts», sagte Metta, als Fieten und Joenes ihr später davon erzählten.

Am nächsten Morgen wussten einige der Arbeiter zu berichten, Ovens sei sofort mit dem Schiff nach Stade gereist. Zuvor allerdings habe er seine Vorarbeiter angewiesen, unverzüglich mit den Aufräumarbeiten zu beginnen.

Über dem Wasserland kreisten die lachenden Möwen.

Untätig wanderte Joenes umher, wortlos tat er seine Arbeit auf dem Hof. Niemand, auch Mattes nicht, brachte ihn zum Sprechen. Er ging allen aus dem Weg, und hätte er die Kraft gehabt, wahrscheinlich hätte er mit seinen Händen den Deich allein gestopft. In Joenes' Kopf gärten

Pläne, Ovens unschädlich zu machen, damit ein anderer Baumeister dem Deich endlich die Festigkeit geben würde, um das Land vom Wasser zu befreien.

«Hauuues–rein! Hauuues–rein! Hauuues–rein!»

Und dieser eine Plan, der gefiel ihm ganz besonders gut, den musste er so vorbereiten, dass niemand ihm auf die Schliche käme. Am Galgen wollte er wegen des Betrügers nicht hängen.

«Hauuues–rein! Hauuues–rein! Hauuues–rein!»

Er musste nur noch handeln. Die Gelegenheit würde kommen.

Wenn Metta ihn, weil er wieder in düsteres Schweigen versunken vom zerflossenen Deich kam, fragte: «Was schiebst du da in deinem Kopf für Gedanken umher?», dann setzt Joenes inzwischen ein so höhnisches Grinsen auf, dass es nicht nur Mattes angst und bange wurde.

Abends, im letzten Licht, stand Joenes am Wasser. Er sah und hörte nicht, wie Mattes herbeirannte, sosehr war er in seine Gedanken versunken.

«Vater! Vater!», rief Mattes. «Da sind Männer mit Waffen, die haben nach dir und Fieten gefragt!»

Joenes lief sofort zum Hof. Er kam gerade, um zu sehen, wie ein Kammerrat und vier Wachtmeister Fieten aus dem Haus stießen. Hinter ihnen stand Metta. Händeringend.

«Was werfen Sie mir vor?», fragte Fieten verwundert.

«Ihr habt Baumaterial entwendet, um Deichbaumeister Ovens zu verleumden und zu schaden», sagte der Kammerrat, «dafür gibt es Beweise!»

Fieten Burmester lachte nur: «Da haben sich die Herren aber den Falschen ausgesucht!»

Atemlos stand Joenes vor ihnen. Seine Blicke irrten auf den Gesichtern hin und her.

«Ist Er der Kätner und Tagelöhner Joenes Marten?», fragte der Kammerrat.

«Jawohl», rief Joenes.

«Er ist ebenfalls festgenommen!», sagte der Kammerrat. «Wegen Diebstahls!»

Welche Gedanken Joenes auch in diesem Augenblick haben mochte, in seinem Gesicht stand ein böses Lachen.

«Das werdet Ihr mir büßen, Herr Oberdeichinspektor Ovens!», rief Joenes in den Abend hinein.

Mit seinen Fäusten wehrte er sich gegen die Festnahme. Auf Anweisung des Kammerrates wurde er in Ketten gelegt und abgeführt.

Metta schlug die Hände vors Gesicht, nahm sie wieder herunter und sagte: «Nützt nichts. Da müssen wir jetzt auch noch durch.»

Als die anderen Geschworenen der Schauung von der Verhaftung erfuhren, setzten sie ein Schreiben an die Regierung auf: Für die weitere Stopfung des Deiches würden sie Ovens keinen ihrer Tagelöhner mehr geben.

Wegen der Dringlichkeit ließen sie es sofort von einem Boten nach Stade bringen.

Mit Mattes zusammen führte Metta den Hof allein weiter.

«Du bist jetzt der Hausmann», sagte sie zu ihm.

«Aber du bist nicht meine Frau», sagte Mattes.

«Das ist wohl richtig so», sagte Metta. «Aber ein bisschen deine Mutter bin ich doch wohl.»

«Ja, schon», sagte Mattes. «Aber meine Mutter, die hatte lange blonde Zöpfe, wo du bloß einen dünnen Knoten hast.»

Nun hätte Mattes dafür zumindest einen kräftigen Nasenstüber bekommen müssen, aber Metta wandte sich nur ab und wischte heimlich ihre Tränen mit dem Rockzipfel aus. Kein Fieten war in der Nähe, der ihr einen Lappen reichte.

Weil kaum noch Tagelöhner aufzutreiben waren, ging die Stopfung des zerstörten Rammwerks nur langsam vor sich. Trotzdem gelang es Ovens, noch vor dem Winter den Deich zu schließen. Die Rammen und die Karren ließ er abtransportieren. Sie wurden nicht mehr gebraucht.

Der Triumph des Deichbaumeisters währte bis zum Jahreswechsel.

Bei der Neujahrsflut 1721 rissen die hölzernen Dämme weg. Der frische Deich dazwischen floss auseinander. Das Land stand wieder gänzlich unter Wasser, als hätte es nie sieben Rammen, viele Hunderte Erd- und Sturzkarren und Tausende Tagelöhner täglich gegeben. Zweihundertfünfundzwanzigtausend Reichstaler waren in der Elbe und in den Taschen von Ovens versackt.

Die anderen Geschworenen der Schauung kamen zu Pferd auf den Hof und teilten Metta mit, dass Fieten und Joenes alsbald auf freien Fuß kämen.

Vor Freude schenkte Metta gleich einen ein.

Daraufhin hatten sie noch mehr zu berichten.

Ovens hätte in Stade vorgeschlagen, den Deich auf eigene Kosten erneut zu stopfen. Als Ausgleich hätte er das unter Wasser stehende Land gefordert.

«Zu viel der Dreistigkeit», befand Metta. Und schenkte noch einen ein. Das löste die Zungen ein wenig mehr.

Also: Stade habe eine Untersuchungskommission in Sachen Jacob Ovens wegen der Veruntreuung von Geld und Material eingesetzt.

Metta schenkte einen dritten ein. Obwohl man mit den Frauen geschäftliche Dinge sonst nicht beredete, erfuhr sie auch den Grund.

Ovens hätte kaum Belege für Materialeinkäufe vorgelegt. Hätte seinen Vertrauensleuten doppelte Gehälter gezahlt, durchgängig mehr Geld für Löhne gefordert, als Tagelöhner zu bezahlen gewesen waren.

Nach dem vierten Glas kam auf den Tisch, worüber Metta erschrak.

Jacob Ovens sei von den zuständigen Richtern in Verwahrungshaft genommen worden.

«Und wer stopft nun den Deich wieder zu?», fragte Metta.

«Unser Land», sagte einer der Geschworenen, «das werden wir so oder so nicht wiedersehen!»

«Prost», sagte Metta. «Nun trinken wir auch den Rest.»

Fieten und Joenes jedenfalls, die kamen wieder frei. Der eine froh, wieder bei seinen Pferden zu sein, der andere voller Verzweiflung. Er tat seine Arbeit auf dem Hof und verkroch sich, wenn es dunkel wurde, im Stroh.

Das Wasser lief täglich zweimal auf und wieder ab, und nur bei ablandigem Wind tauchten aus der Bucht die fast gänzlich überschlickten Mauern der Häuser auf, deren Steine nach und nach herausbröckelten.

«Manches Mal», so sagte Metta zu Fieten, «da habe ich schon gedacht, er wird darüber noch verrückt, dass er Geeske nicht begraben kann.»

«Das glaube ich jetzt auch», sagte Fieten. «Joenes ist krank im Kopf geworden.»

«Ob wir wohl mal Catharina zu Hilfe holen sollten?», fragte Metta. «Die hat bei anderen mit Johanniskraut schon allerlei bewirkt. Das soll nämlich die Seele aufhellen, wenn man es fleißig trinkt.»

«Joenes hat ein gebrochenes Herz», sagte Fieten, «so einen Riss kannst du weder mit gelben Blüten noch mit schwarzem Pech wieder zusammenkleben, nur mit Glück.»

«Ob das wohl Glück ist, ein paar Knochen zu finden?», erwiderte Metta kopfschüttelnd.

Es war wieder Frühjahr geworden. Am gebrochenen Deich geschah nichts.

Statt sich auch um den Deichbau zu kümmern, so schimpften die Geschworenen der Schauung, würde die Regierung in Stade weitere überflüssige Beweise gegen Jacob Ovens sammeln.

Kurz bevor die Regierung fündig geworden war und mehr als genügend Material für eine Anklage zusammenhatte, verschwand Jacob Ovens klammheimlich aus dem Gefängnis.

Ein Gerücht tauchte auf, schneller als ein Vogel das Wasserland überflog. Jacob Ovens sei einfach in den Kleidern eines Bauern, die er von einem bestochenen Wärter bekommen habe, aus dem Gefängnis spaziert und mit der nächsten Fähre über die Elbe geflohen.

Joenes hörte dies, und die finstere Entschlossenheit, die er jetzt im Gesicht trug, gefiel Fieten.

«Fieten, wo liegt Friedrichstadt?»

«Wenn du das meinst, was ich jetzt annehme, das könnte wohl angehen, dass du ihn dort findest. Aber was hast du vor?»

«Das veruntreute Geld muss her», sagte Joenes. «Sonst geht gar nichts mehr.»

Das Geld ist doch längst versickert, besagte Fietens stummer Blick. Trotzdem wollte er Joenes helfen. «Dann pass mal genauestens auf, wo es lang geht.»

Er malte auf ein Stück Papier die Elbe, die Fähren dazu und die Dörfer und kleinen Städte, wie er es in Erinnerung hatte.

«Aber pass auch auf dich auf», sagte Metta. «Auf einer solchen Reise lauert an jeder Ecke ein Wegelagerer. Und die Grenze zum Dänischen Königreich kannst du auch nicht immer erkennen. Dem Dän' sitzt das Bajonett locker, das haben wir am eigenen Leib erlebt.»

Fieten gab ihm den Schecken. Und was er ihm sonst noch in die Satteltaschen packte, das erfuhr nicht einmal Metta. «Nützt nichts», sagte sie, «wenn es sein muss, geben wir auch noch eine Buddel Schluck dazu.»

Fieten schmunzelte nur. Frauen, die bekamen von allem Wind. Mit traurigen Augen sah Mattes den Vater davonreiten.

Vor Joenes das Moor. Es gab keinen anderen Weg nach Stade. Vielleicht wollte er noch einmal das Kind sehen, falls ihm etwas zustieße. Vielleicht. Welcher Gedanke auch immer ihn den Schecken an einer Birke festbinden und zu Fuß weiter bis zu Lises Hütte gehen ließ, er sprach ihn nicht aus.

Auf einer Fußbank hockte das Kind. Dicke blonde Haare in einem Zopfkranz um den Kopf gebunden, darin steckte eine Kornblume. Im Schoß von Claus ein halbfertiger Korb. Das Kind reichte ihm Weidenruten aus einer wassergefüllten Wanne, und während er flocht, hörte das Kind ihm zu.

«Wo der letzte Gagel steht und das Moos so weich ist, bevor alles strauchlos und sumpfig wird, wo du versacken kannst, eh du dich versiehst, wo du in der Dämmerung aufpassen musst, dass die Irrlichter dich nicht mit ihren blauen Flämmchen hineinlocken, dahin, wo niemand sonst hingeht, dahin gingen wir. Sie hielt mich an der Hand, obwohl ich natürlich jeden Fußbreit kannte.»

Claus strich dem Kind über den Kopf. Es lachte ihn an und gab ihm eine Weidenrute.

Wärme auf dem braunen Land. Insekten summen. Mittagsstille. Wenn die Sonne einen halben Tag lang aufgestiegen ist und sich gerade anschickt, wieder abzusteigen, verlöschen alle Stimmen.

Joenes gab dem Pferd die Sporen und jagte davon. Der Torf flog unter den Hufen des Schecken auf. Catharina vor ihrer Hütte reckte drohend die Faust. Nichts sah er von den Birken, den Eschen, später den Eichen am Rand des Stader Berges.

Er bekam heraus, dass der Fährmann den Flüchtling zwischen Stade und Hamburg auf die Seite der Fürstlich Holsteinischen Regierung gesetzt habe. Und für diese Auskunft vor dem Gefängnis musste er bezahlen, nichts weniger als ein saftiger Hinterschinken. Den hatte Fieten dafür gern vom Haken über dem Herd genommen und ihm mitgegeben.

«Wo Joenes wohl jetzt abgeblieben ist?», fragte Metta ein paar Tage später. Und gab sich gleich darauf, weil Fieten schwieg, die tröstende Antwort selbst.

«Wollen es hoffen, dass er in Stade nicht unter die Räder gekommen ist.»

«Der nicht», sagte Fieten. «Der ist seinem Ziel jetzt ganz nah.»

Mehr sagte er nicht zu Metta. Frauensleute müssen nicht alles wissen, was Männer sich anvertrauen. Aber Metta hatte mehr gesehen, als er ahnte. Dass ein paar Taler und drei Flaschen zusätzlich fort waren und der Vorderschinken dazu.

«Ovens, ja, das ist sein Ziel», sagte Metta. «Aber eh er Geeske nicht begraben hat, da wird Joenes trotzdem kein Mensch wieder.»

Alles ging sehr glatt vonstatten. Der Fährmann setzte ihn auf die andere Elbseite über und gab ihm für eine Buddel gleich die Reiserichtung des Gastes an, den Joenes ihm beschrieben hatte. Im Fährkrug musste er gar nicht erst lange nachfragen.

«Der ist mir gleich aufgefallen. Der trug wohl ein Wams

wie ein Bauer», sagte der Fährmann, «aber seine Hände, die sahen ganz und gar nicht aus wie von einem, der die Sense schwingt.»

«Der konnte auch besser mit dem Mund arbeiten und die Feder übers Papier ziehen», sagte Joenes.

«Hab ich mir doch gleich gedacht», sagte der Fährmann, «dass an dem etwas faul ist. So wie der seine eine Augenbraue nach oben zog.»

Joenes lachte.

Noch ein paar Reetfelder am Fluss. Sandige Wege, zerfahren, aber zum Laufen gut genug.

«Immer gen Norden», hatte Fieten gesagt. «Da kannst du lange auf dem Sand gehen. Bis du an die Eider kommst, da wendest du dich an ihr entlang nach Nordwesten. Du brauchst wohl zwei helle Tage dafür, dann erreichst du Friedrichstadt.»

Aber so weit musste Joenes nicht. In einer Herberge vor Neumünster lauschte der Wirt für den Vorderschinken bereitwillig seinen Fragen, zumal nach der Beschreibung der unsteten Augen und der langgliedrigen Finger des Gesuchten. Und da er vom Deichbruch auf der anderen Elbseite an Weihnachten 1717 gehört hatte, «der soll ja ebenso jämmerlich gewesen sein wie der am Eddelaker Kolk auf dieser Seite», war er zur Auskunft bereit. Und die überraschte Joenes nicht.

«Wir haben nämlich vor Jahren miteinander Branntweingeschäfte gemacht, und dabei hat er mich übers Ohr gehauen. Bin gerade noch dem Tod vom Spaten gesprungen, aber fast wäre ich blind geworden vom dem Zeugs.»

Wo also der Gesuchte abgestiegen sein könnte?

«Im ‹Weißen Bären›», sagte der Wirt.

«Kann ich meinen Schecken bei dir abschirren?», fragte Joenes.

Der Wirt nickte. «Und wenn du nicht wieder auftauchst?»

«Dann gehört er dir», sagte Joenes. «Aber verlass dich nicht darauf. Ich bin noch immer zurückgekommen!»

Joenes steckte sich die letzten Flaschen Branntwein in die Taschen. Zu Fuß ging er davon.

Kalter Schweiß lief ihm den Rücken hinunter, als er durch die kleinen Scheiben des Fensters vom «Weißen Bären» sah und seinen Kopf gleich wieder duckte.

Jacob Ovens. Er saß nicht weit vom Fenster entfernt. Und redete so großspurig wie sonst auch daher.

Jetzt haben mir die Wale doch noch Glück gebracht, schoss es Joenes zusammen mit dem Blut in den Kopf. Und er wagte noch einen vorsichtigen Blick.

Und jetzt sah er auch, wer der Mann war, auf den Ovens einredete. Ein Wachtmeister. Mehr Glück war nicht zu haben. Den musste er nur noch auf seine Seite bringen.

«Hauuues–rein! Hauuues–rein! Hauuues–rein!»

Es brannte ihm unter den Nägeln, es juckte ihn in den Fäusten, aber so leicht wollte er es Ovens jetzt nicht machen. Also warten, bis der Wachtmeister das Lokal verließ. Dann dem reinen Wein einschenken, damit der Ovens in Gewahrsam nähme.

Joenes hob den Kopf wieder. Und sah Ovens in die Augen, der in diesem Augenblick den Kopf zum Fenster wandte.

«Haltet den Dieb», rief Ovens.

Joenes duckte sich weg.

Es ging so schnell, dass er nicht fortlaufen konnte. Der Wachtmeister drückte ihm die Arme nach hinten auseinander.

Ovens lachte höhnisch. Eine Augenbraue zog er dabei hoch.

«Der Zigeuner hat die Regierung in Stade bestohlen, und weg war er! Dem ist auf der anderen Elbseite wohl der Boden zu heiß geworden.»

Joenes stieß seinen Fuß rückwärts gegen das Schienbein des Wachtmeisters, der ihn mit einem Schmerzensschrei losließ. Joenes griff nach der Branntweinflasche und schlug sie Ovens ins Gesicht. Die Flasche zersprang. Das Grinsen verschwand. Sofort lief Blut. Zweimal schlug Joenes mit der Faust nach, bis Ovens vor ihm auf dem Boden lag, sich krümmte und schließlich regungslos liegen blieb.

Das wäre erledigt, dachte Joenes, da griff der Wachtmeister von hinten zu.

«Elender Dieb und Mörder!», brüllte der. «Einen ehrenwerten Landsmann aus dem Holsteinischen hast du erschlagen, du Zigeuner!»

Joenes stieß den Wachtmeister zum zweiten Mal gegen das Bein, während von dem Geschrei schon Leute zusammenliefen.

Er rannte los. Verwirrte die Gaffer, schubste sie und nutzte aus, wie sie auf die blutige Lache starrten.

Wie lange er lief, merkte er nicht. Als er sich zum ersten Mal umdrehte, war er am Rande eines Waldstücks angelangt. Niemand folgte ihm. Er sah zur Sonne. Sie stand im Mittag. Nach Südwesten, da musste die Elbe sein. Und die

Dänen. Er lief weiter, bis die Sonne im Nachmittag stand. Als er die Uniformen sah, erschrak er trotzdem, die kannte er zur Genüge von der Herrschaft der Dänen hinter dem Deich. Die Bajonette, Mettas Worte fielen ihm ein. Die ließen ihn nicht nur gebückt weiterschleichen, die ließen ihn auch vor ein paar Soldaten in einen Graben springen, der, Gott sei es gedankt, nur wenig Wasser führte. Das Reet sah genauso aus wie auf der anderen Seite der Elbe, harte silbergrüne Halme, aus denen eben die Blütenähren hervorsahen. Der Fluss schien nicht weit zu sein. Er roch ihn sogar schon. Wie Claus. Der konnte auch das Wasser riechen.

Joenes griff in seinen Beutel auf dem Rücken, holte die bis jetzt eingesparte Flasche Branntwein heraus, öffnete den Stopfen und trank einen langen Schluck, den er mit einem «Pfui Teufel, Fieten!» wieder ausspuckte.

Zuckerbranntwein hatte der ihm mitgegeben! Mit Zuckerbranntwein, da kannst du gerade mal die Leute aus dem Moor bestechen! Und den Dän'.

Einer der Soldaten hatte das Fluchen gehört und sah im Graben nach. Dem warf Joenes die Flasche entgegen. Was sonst hätte er auch tun sollen? Und weil der Soldat von einem Ohr zum anderen breit grinste und nach dem Fangen die zweite Hand ausstreckte, warf Joenes ihm gleich noch eine Flasche hinterher.

«Elbe?», fragte er.

Der Däne schüttelte den Kopf. Joenes nahm den Graben zu Hilfe. Zeigte zuerst auf das eine Ufer, ließ einen trockenen Ast hinüberrutschen und ihn dann auf der anderen Seite aufrecht davonlaufen.

Der Däne schüttelte den Kopf.

Und dann fielen Joenes doch noch ein paar Brocken aus der Dänenzeit ein. «Psch! Forråd mig ikke. Færge? Hal ind?»

«Ja? Ja!», sagte der Däne erfreut nickend. Und danach zeigte er mit ausgestreckten Armen und Fingern, wo es langgehen sollte.

«Gå mod vest. Fra Møllen mod nord, så atter mod vest. Fortsæt ved diget til du ser færgemanden. Lykke til. Lad dig ikke opsnappe!»

Joenes verstand nur «Møllen». Die Mühle. Und die konnte er bald darauf sehen. Er wusste es jetzt genau. Die Wale hatten ihm Glück gebracht.

Der Fährmann setzte die Segel und nahm für die letzte Flasche von Fieten Kurs auf die andere Elbseite. Eine Weile fuhr er den Ewer im Windschatten des Deiches, dann begann er, über den Fluss zu kreuzen. Es war noch auflaufendes Wasser gegen Hamburg und nicht lange bevor die Sonne unterging. Mit gerefften Segeln lag ein Viermaster an der Insel, nah am Strom. Joenes schien es so, als ob der das Ablaufen erwarten wollte, um schnell die Elbe mit ihren tückischen Untiefen hinter sich zu bringen.

Gleich werde ich Fieten Burmester bei einem guten Schluck alles berichten. Fieten wird sagen, sie werden ihn in Gewahrsam nehmen und nicht noch einmal laufen lassen, den Lumpen. Und wenn ich ihn totgeschlagen habe?, werde ich antworten. Fieten wird erschrecken und sagen: Ich lege die Hand dafür ins Feuer, dass du die ganze Zeit hier auf dem Hof gewesen bist. Nützt nichts, wird Metta sagen, da müssen wir durch.

Und ich werde sagen, jetzt ist noch Zeit genug bis zu den ersten Stürmen im Herbst, um den Deich wieder zu schließen, bevor die Zugvögel von uns gehen und manche auch zu uns kommen.

Nun geh du nach vorn an meinen Platz, und ich ruh mich am Ende aus, bis ich wieder an der Reihe bin, in den Himmel zu stoßen und die Richtung anzugeben. Und wenn wir dann landen, eine nach der anderen, denkt daran, grad so viel Platz zwischen uns zu lassen, dass wir die Flügel schlagen können nach dem langen Gleiten in der Luft, bevor wir uns über die Wintersaat hermachen, die der Bauer nur für uns gesät hat, wofür wir ihm mit gutem Dünger danken, ganz und gar umsonst.

Bevor die Zugvögel kommen, werde ich Geeske beerdigen, und wenn ich das ganze untergegangene Land mit dem Kleispaten nach ihr absuchen sollte. An dem Bernstein um den Hals werde ich sie erkennen. Ich werde ihr für zehn gute Jahre danken, in denen mein Glück vollkommen war. Mattes werde ich Fieten und Metta an Kindes statt geben, zum Dank für alles. Claus will ich niemals mehr sehen. Ich werde auf so einem Viermaster anheuern, so einem, wie er auf dem Sand an der Insel liegt, und auf den sieben Meeren fahren, wo jeder Seemann in jedem Hafen eine kennt, die auf ihn wartet. Ja, auch das werde ich wieder tun. Ich habe es lange genug entbehrt. Am Morgen vor der Flut, das war das letzte Mal mit Geeske. Zurückkehren werde ich niemals, auch nicht bei Krankheit. Und sollte ich merken, dass mein Ende naht, werde ich ins Meer gehen. Denn meine Seele, die wird keine Ruhe finden. Aber vielleicht nimmt einer von den Albatrossen sie mit, die für immer und ewig in der Luft bleiben, so hat es mal einer erzählt.

Die Sonne ging unter. Der Fährmann setzte den Ewer auf den Sand. Gleich würde das Wasser auflaufen und ihn zurück an das andere Ufer bringen. Joenes drehte sich um. Noch lag der Viermaster schräg an der Insel.

Soll ich mich wegen des Mordes an diesem Halunken im Fürstlich Holsteinischen am Galgen aufknüpfen lassen? Da kann ich mir einen besseren Tod vorstellen, der einem nicht hinterher die Zunge aus dem Hals hängen lässt.

«Willst du nicht runter?», fragte der Fährmann. «Jetzt kriegst du noch keine nassen Füße dabei.»

«Bring mich zum Viermaster», sagte Joenes.

Langsam richtete sich der Ewer mit dem Wasser auf, bis er schwamm. Der Fährmann nahm kopfschüttelnd Kurs zur Insel auf.

Ich, Maria Magdalena Marten, bin inzwischen vierundzwanzig Jahre alt und versorge Claus, der weder sehen
noch hören kann. Lise bekam noch ein zehntes Kind, das
hatte ihr ein Tagelöhner vom Deichbau für ihre Dienste geschenkt. Bevor Catharina bei Neumond ins Wasser
ging, gab sie ihr Wissen an mich weiter. So habe ich mein
Auskommen. Das zweite Gesicht hatte ich noch nie, und
wenn ich aufrichtig sein soll, möchte ich es auch niemals
haben. Nur wenige Tage nachdem der Deich gestopft war,
legte ein Schiff, von Afrika kommend, im Hafen an. Auf
Anweisung des Kapitäns wurde ein Junge zu meinem
Bruder Mattes geschickt, der Hannoveraner züchtet und
Hausmann auf Mettas und Fietens Hof ist. Die beiden sind
auf dem Altenteil. Mattes kam auf seinem Pferd ins Moor
galoppiert, hieß mich aufsitzen und mit ihm zum Hafen
reiten. Sie hatten unseren Vater auf eine Bahre gebunden,
ließen ihn an der Strickleiter herunter und stellten ihn auf
dem Ufer ab. Seine ehemals schwarzen Haare waren weiß,
sein Gesicht aufgequollen, seine Augen lächelten, als er
unserer ansichtig wurde. Mattes ritt zurück zum Hof, einen
Wagen für ihn zu holen. Mit langsamer, oft versagender
Stimme erzählte er, was er in all den Jahren auf den vielen Schiffen erlebt hatte, die ihn um die ganze Welt, sogar
über den Äquator hinausbrachten.

Erst als Vater mit dem Bericht am Ende seiner Reisen

angelangt war, begann er von Mutter zu erzählen. Wie lieb er sie hatte. Wie sein Herz nach ihrem Tod zerbrochen war. Wie er nicht habe verstehen können, dass sie sterben musste und ich leben durfte. Wie er die ertrunkene fremde Frau mit ihrem Kind fand. Ich versprach, Mutter ein Grab auf dem Kirchhof zu geben. Er bat mich, ihm seine Flucht zu verzeihen. Obwohl mein Herz schwer von Trauer war, habe ich ihm diesen Wunsch gern erfüllt. Mit einem Mal dachte ich, er wäre gestorben. Aber dann richtete er noch einmal seine Augen auf mich und sagte mit klarer Stimme: «Ich wollte Claus in der Kleikuhle töten.» Da nahm ich mir vor, Vater zu sagen, das weiß ich, und auch, dass ich nicht seine Tochter bin. Aber in diesem Augenblick lächelte er mich an, und ich dachte bei mir, dass es barmherzige Lügen gibt. Seine Augen verdrehten sich, nur noch das Weiß war zu sehen. Sein Kopf legte sich zur Seite. Ich drückte ihm die Lider zu. Meine Tränen liefen unaufhörlich. Weil ich kein Tuch dabeihatte, leckte ich sie mit der Zunge auf. Mattes kam mit dem Wagen, und wir stellten die Bahre mit seinem Körper darauf. Er war ganz leicht. Ich berichtete von Vaters langer Reise um die Welt. Mit leuchtenden Augen sagte Mattes: «So einer ist das, mein Vater!» Diesen großen Stolz in meines Bruders Stimme verstand ich nicht. Ich habe mir aber vorgenommen, ihn eines Tages danach zu fragen. Während die Pferde uns zum Hof brachten, begleitete uns ein Albatros. Als wir ankamen, drehte er einen weiten Bogen und flog zum Meer.

Maria Magdalena Marten

Nachwort

Als Folge der Eiszeiten prägen Marsch, Moor und Geest noch heute die Landschaft in Norddeutschland. Diese drei geologischen Formationen weisen extrem unterschiedliche Böden auf. Während der Kontinentalverschiebung schoben Gletscher aus dem Norden Sand und Geröll vor sich her, nach dem Abschmelzen blieben mächtige Moränen liegen, die Geest. Bei Hamburg brach die Elbe durch die Barriere und strömte in einem viele Kilometer breiten Urstromtal zur Nordsee.

Die Gezeiten an der Küste sind ein Steigen und Fallen des Meeresspiegels. Durch die Gravitationskräfte des Mondes, in geringem Umfang auch durch die der Sonne, steht unter dem erdumlaufenden Mond ständig ein Flutberg, unter dem die Erde rotiert. Deren Zentrifugalkräfte erzeugen auf der gegenüberliegenden Seite einen zweiten Flutberg, zischen beiden liegen die Ebbtäler. In den vierundzwanzig Stunden der Erdumdrehung gibt es also zweimal Flut und zweimal Ebbe. Während des kurzen Stillstands zwischen Ebbe und Flut, dem «Kenterwasser», sinken feine organische Schwebstoffe, der Schlick, ab, aus denen der fruchtbare tonige Klei wird, die Marsch.

Im Urstromtal der Elbe floss auch die Oste abwärts, wie die Elbe ein Tide- oder Gezeitengewässer. Die Ufer beider Flüsse schlickten immer höher auf und bildeten natürliche Dämme, zwischen denen eine Niederung blieb,

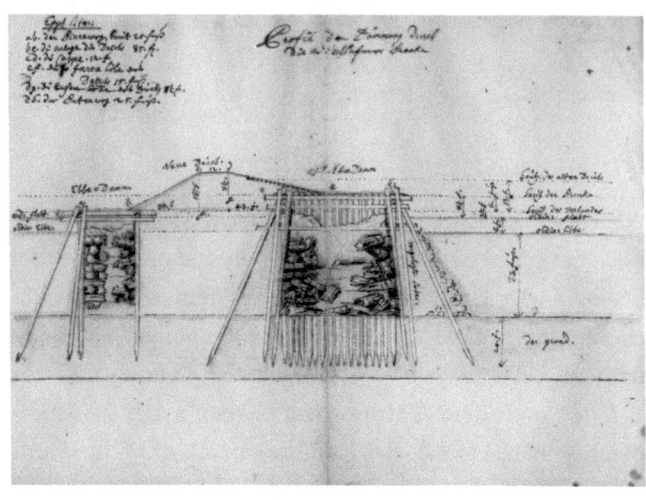

die bei höheren Wasserständen überschwemmt wurde. Auf den tief gelegenen nassen Flächen, dem Sietland, siedelten sich Torfmoose an. Als Niederungsmoor wuchs es millimeterweise durch die abgestorbenen und neu keimenden Moose, bis der Kontakt zum Boden unterbrochen war. Fortan, gespeist vom Regen, entwickelte es sich zum Hochmoor. Oft mehr als fünfzehn Meter mächtig, hielt es wie ein Schwamm das Wasser fest. Das Moor hat einen niedrigen pH-Wert, wegen der Säure gedeihen auf ihm nur wenige Pflanzen. Für den Buchweizenanbau wurde die oberste Torfschicht abgebrannt.

Zwischen Elbe und Oste bildete das Hochmoor jahrtausendelang eine natürliche und unüberwindbare Landwehr. Bei Sturmfluten und damit einhergehenden Deichbrüchen an Elbe und Oste drang das Wasser nur bis an das Moor vor. Mehr als zehntausend Jahre wuchsen die Moore fast unberührt, bis Menschen sich an seinem Rand und später auch darauf ansiedelten, es entwässerten und Torf abgruben, sodass es zusammensackte. Bei der großen Sturmflut von 1976 lief daher zum ersten Mal von der Elbe her Wasser hinüber in die Ostemarsch.

«Wildes» oder «fremdes» Wasser, so wurden früher die Sturmfluten genannt. Die Weihnachtsflut von 1717, «die wilde Wassersfluth», überschwemmte von den Niederlanden bis Jütland alle Marschländer bis an die Geest. Nur ein paar Moore ragten wie Inseln aus dem Wasser hervor. Etwa zehntausend Menschen ertranken.

Den in diesem Buch beschriebenen verheerenden Deichbruch an der Elbe und die dadurch entstandene gro-

PROJECTIRTE. Verstärkung des Profils
von der tieffsten Grund

Ordin: Sommer-Waßer

Sohle

Höchstes Sommer Waßer

40 Süß   30   20   10

1/70

911

ße Bracke hat es tatsächlich gegeben, ebenso die wiederholten Versuche, das Loch zu stopfen. Stopfen – das war
damals der gängige Ausdruck. Brack oder Kolk heißen die
tiefen Ausspülungen, die nach Deichbrüchen entstehen.
Priele sind Wasserläufe, die mit den Gezeiten schwingen.

Deiche wurden dazumal mit Schaufeln, Karren, Gespannen, Handrammen und mit der Kraft der Hände gebaut. Daraus erklärt sich die große Anzahl der Tagelöhner, deren Versorgung eine hohe Logistik erforderte. Es
war damals Stand der Technik, zwischen zwei provisori-
schen Dämmen den eigentlichen Deich zu bauen. Dem
Flutdamm, der das Wasser vom Meer oder vom Fluss ab-
schottete, und dem Ebbdamm, der das abfließende Ober-
flächenwasser aus den Mooren aufhielt.

Die Personen in dem Roman sind frei erfunden. Bis auf
Jacob Ovens. Der korrupte, selbst ernannte Oberdeichinspektor wurde, nachdem man ihm zunächst freie Hand
bei den Arbeiten am Deich gegeben hatte, tatsächlich des
Betruges und der Bereicherung überführt und verschwand
für immer im Gefängnis von Celle. An der Niederelbe hat
sich bis heute die Legende erhalten, die aufgebrachten
Bauern hätten Jacob Ovens bis nach Holstein verfolgt und
ihn dort erschlagen. Nach der Zerstörung seiner Rammwerke wurde das Land aufgegeben. Die Provinzialregierung Stade gehörte zu den Herzogtümern Bremen-Verden,
die seit 1712 Kurhannover untertan waren, welches vom
britischen König Georg I. in Personalunion regiert wurde.
Als der Deich 1742 durch die Finanzierung von Kurhannover endgültig wieder geschlossen wurde, hatte inzwischen

König Georg II. die Macht übernommen. Bis dahin war Wasser mit jeder Tide herein- und herausgelaufen und hatte nach und nach fruchtbaren Boden aufgeschlickt. Sein Name heute: Neuland.

Wo das Land untergegangen war, sind noch heute Zeichen zu finden, die von dem Deichbruch erzählen. Fährt man auf der Bundesstraße 495 von Westen her kommend über die Ostebrücke Richtung Elbfähre in Wischhafen, um dort nach Glückstadt überzusetzen, sind unterwegs an den Birken die letzten Reste des ehemaligen Hochmoores zu erkennen, das damals vom Wasser verschont blieb. Inzwischen wurde und wird es in großem Umfang industriell abgetorft. Teile des ehemaligen Moores werden renaturiert, nennenswertes Moorwachstum ist dabei allerdings nicht mehr zu verzeichnen.

Nach einem Gasthof gelangt man auf einen immer höher werdenden Damm, der rechtwinklig auf dem Obstmarschenweg endet. Er ist der südliche Schirm- oder Defensionsdeich, angelegt in den ersten Jahren nach der Weihnachtsflut, um die angrenzenden Marschen vor dem Wasser zu schützen. In Wischhafen gibt es noch Teile der großen Bracke als einen stillen See zu sehen, etwas weiter nördlich verläuft der zweite Schirmdeich, der nun ein idyllischer Wanderweg ist.

Für wichtige Hinweise danke ich Richard Toborg aus dem Hamelwördener Moor sowie Catrin Gold vom Landschaftsverband Stade.

Elke Loewe

Quellennachweise der Abbildungen

S. 6: Wischhafener Deichbruch (mit Bild: «Prospect des Wischhavener Teich Baues Anno 1720»)
Signatur: Niedersächsisches Staatsarchiv Stade Neu Nr. 11912

S. 280: Profilzeichnung der Dämmung des WISCHHA-FENER Flutdammes, 1719
Signatur: Niedersächsisches Staatsarchiv Stade Neu Nr. 1104

S. 282: Profil der projektierten Verstärkung des WISCH-HAFENER Bracks, 1742
Signatur: Niedersächsisches Staatsarchiv Stade Neu Nr. 1112/2